托马斯·曼《魔山》的空间美学研究

Eine Studie über die räumliche Ästhetik von Thomas Manns Der Zauberberg

黄兰花 著

九州出版社

图书在版编目（CIP）数据

托马斯·曼《魔山》的空间美学研究 / 黄兰花著
. -- 北京：九州出版社，2022.11
ISBN 978-7-5225-1199-3

Ⅰ．①托… Ⅱ．①黄… Ⅲ．①曼(Mann, Thomas 1875-1955)—小说研究 Ⅳ．①I561.074

中国版本图书馆CIP数据核字(2022)第182901号

托马斯·曼《魔山》的空间美学研究

作　　者	黄兰花　著
责任编辑	陈文龙
出版发行	九州出版社
地　　址	北京市西城区阜外大街甲 35 号（100037）
发行电话	(010)68992190/3/5/6
网　　址	www.jiuzhoupress.com
印　　刷	北京捷迅佳彩印刷有限公司
开　　本	880 毫米 ×1230 毫米　32 开
印　　张	9.875
字　　数	210 千字
版　　次	2022 年 11 月第 1 版
印　　次	2022 年 11 月第 1 次印刷
书　　号	ISBN 978-7-5225-1199-3
定　　价	68.00 元

★版权所有　侵权必究★

目　录

绪　论 …………………………………………………… 001

第一章　托马斯·曼空间美学的发端 ………………… 062
  第一节　托马斯·曼空间美学的发生语境 ………… 062
  第二节　托马斯·曼早期作品中的空间形式 ……… 083

第二章　作为空间小说的《魔山》 …………………… 104
  第一节　空间与情节：狭小空间里的漫长故事 …… 104
  第二节　继承与颠覆：作为空间小说的《魔山》 … 112

第三章　《魔山》中的自然空间 ……………………… 130
  第一节　平原与高山：《魔山》的双重空间设置 … 131
  第二节　《魔山》中的景观体验 …………………… 144

第四章 《魔山》中的文化空间·················164
第一节 疾病文学与疗养院空间···············166
第二节 《魔山》的疗养院空间建构··········180
第三节 停滞的时间与密闭的教化：疗养院空间的
文化救赎·······················190

第五章 《魔山》中的神话空间·················201
第一节 爱欲与死亡的空间：汉斯的"冥府之行"······202
第二节 非理性的空间：现代的"瓦尔普吉斯之夜"······217

第六章 《魔山》中的政治空间·················235
第一节 在法国和俄罗斯之间的德国···········237
第二节 《魔山》中德意志的抉择·············245
第三节 "同情有机质"：民主精神············258

结　语·······································267

附录一　思想史上的魔山论辩
——海德格尔和卡西尔在魔山·················271
附录二　托马斯·曼生平、作品简谱·············284
参考文献··299

绪　论

一、问题的提出

　　时间和空间是 20 世纪现代小说中的重要问题，也是小说《魔山》(*Der Zauberberg*，1924) 的核心问题之一。长久以来，受历史决定论的影响，人们往往聚焦于时间，认为时间是影响人类生活最重要的维度，因此或多或少忽略了空间，导致空间话语有所缺失。在早期现代世界，"空间被当做是僵死的、刻板的、非辩证的和静止的东西"[①]。然而，随着现代社会的日益空间化，尤其是在 19 世纪之后，主体与空间经验的互动和融合愈发紧密，这种情况有所改变。福柯就曾谈道："19 世纪最重要的着魔 (obsession)，一如我们所知，乃是历史：以它不同主题的发展、中止、危机与循环，以过去不断累积的主题，以逝者的优势影响着世界的发展进程。19 世纪把它本质神话的根源，建立在热力学第二原理上。而当今的时代或许应是空间的纪元。我们身处

[①] 爱德华·W·苏贾:《后现代地理学——重申批判社会理论中的空间》，王文斌译，北京：商务印书馆，2004，第 15 页。

同时性的时代（epoch of simultaneity）中，处在一个并置的年代，这是远近的年代、比肩的年代、星罗散布的年代。我确信，我们处在这么一刻，其中由时间发展出来的世界经验，远少于连系着不同点与点之间的混乱网络所形成的世界经验。"① 理论家、思想家们对空间问题的洞察，深刻影响现代文学的创作。现代小说家致力于探索一种空间化的小说，作品里呈现的空间书写日渐多元化和复杂化，还借此形成了既关注主体存在处境与精神状况，又充满审美和文化批判的现代空间美学。作为 20 世纪最重要的德语作家之一，托马斯·曼（Thomas Mann，1875—1955）根植于当时的思想语境，以独特的空间敏感性、独到的观察视角以及独具一格文学创作参与到现代空间美学的建构中。其中最为典型的例子当属《魔山》。《魔山》一反传统成长小说（Bildungsroman）②

---

① 米歇尔·福柯：《不同空间的正文与上下文》，陈志梧译，见包亚明主编：《后现代性与地理学的政治》，上海：上海教育出版社，2001，第 18 页。
② 在德语文学中，成长小说（Bildungsroman）是一种特殊小说类型，形成于 18 世纪中后期，勃兴于 19 世纪，具有独特的文体特征。学界通常把歌德的《威廉·迈斯特的学习时代》（*Wilhelm Meisters Lehrjahre*，1795/1796）视为成长小说的代表作，因此成长小说也有"《迈斯特》式的小说"之称。两百年来，几乎所有重要的德语长篇小说，都可归入此中。至于"Bildungsroman"，目前国内学者译作"成长发展小说""教育小说""成长小说""成长教育小说"或"教养小说"，译名纷杂，说明这个术语的内涵复杂而多变。本书沿用"成长小说"这一通俗译法。在 20 世纪德语文学中，成长小说的创作依然活跃。其典型代表除了托马斯·曼的《魔山》（1924）、《大骗子菲利克斯·克鲁尔的自白》（*Bekenntnisse des Hochstaplers Felix Krull*，1910/1954），还有穆齐尔（Robert Musil）的《没有个性的人》（*Der Mann Ohne Eigenschaf-ten*，1931/1932）、黑塞（Hermann Hesse）的《玻璃球游戏》（*Das Glasperlenspiel*，1943）以及

线性时间发展的成长模式，以主人公在高山疗养院的独特空间体验开启认识自我和认识世界的成长之路。托马斯·曼通过对空间的审美化、符号化和人文化，以空间为媒介呈现了20世纪初欧洲个体的生存处境和精神状态，并对其展开文化的反思和批判，进而为德国设计了一套现代性方案。小说中的"魔山"是一个具有多重象征意义的主题级空间意象，反过来，"魔山"的建构也拓展了托马斯·曼空间美学的纵深。因此，本研究将以"空间"为切入点来解读《魔山》，进而阐释托马斯·曼的空间美学思想。在进一步阐述之前，首先应辨析何谓"空间美学"，我们先从空

（接上页）君特·格拉斯（Günter Grass）的《铁皮鼓》（*Die Blechtrommel*，1959）。一众作家之中，只有托马斯·曼明确宣称，自己有意识地模仿成长小说传统进行创作。《魔山》尚在构思时，托马斯·曼在致友人的信中就明确提出，这是一部"成长小说"（Thomas Mann, *Briefe II 1914-1923*, Thomas Sprecher, Hans R. Vaget und Cornelia Bernini [Hrsg.], Frankfurt am Main: Fischer, 2004, S. 85）。《魔山》成书后，托马斯·曼又在不同场合多次表示，《魔山》戏仿了"以《威廉·迈斯特》为代表的德国成长小说传统"（托马斯·曼：《作为精神生活方式的吕贝克》，见《托马斯·曼散文》，黄燎宇等译，北京：人民文学出版社，2014，第86页）。类似的说法还有，《魔山》是"一部晚期的德语成长小说（Bildungsroman）和教育小说（Erziehungsroman）"（托马斯·曼：《关于我自己》，见《托马斯·曼散文》，第248页）；"这是一个尝试，将成长小说（Bildungsroman）和发展小说（Entwicklungsroman）的路线、威廉·迈斯特的路线向前推进"（Thomas Mann an Max Rychner, August 7, 1922, in: Thomas Mann, *Selbstkommentare: Der Zauberberg*, Hans Wysling [Hrsg.], Frankfurt am Main: S. Fischer, 1993, S. 32: so auch im Tagebuch am Juli 15, 1921, Thomas Mann, *Tagebücher 1918-1921*, Peter de Mendelssohn [Hrsg.], Frankfurt am Main: S. Fischer, 1979, S. 531）。"成长小说"是我们解读《魔山》的一个重要维度。

间美学的含义、文学中的空间形式以及空间的叙事结构等方面来考辨"空间美学"的概念。

（一）空间美学

所谓空间美学，探讨的是主体在空间中的感性认知和审美体验的美学理论，是一种研究个体与空间互动的美学话语。空间、个体和审美成为"空间美学"的三大关键词。由于每个时代面临的问题和使命不一样，空间美学所探讨的焦点也有所不同。在前现代时期，空间美学具有鲜明的朴素本体论特征。原因在于，当时的人们所感知和体验的空间基本上是自然空间，而且往往将人与自然空间看作是一体的。人是自然空间的一部分，而人又是依靠自然空间认知世界。也就是说，人在与自然空间的互动和融合中认识自我。因而，自然空间成为这一时期文学作品中的主要表现对象。

到了现代社会，随着启蒙运动对人的解放，个体的地位更加凸显，同时哲学和美学领域更加关注个体的心灵体验和感性认知。因而在个体与空间的互动中，人的感性审美占据越来越重要的位置，空间成为传达和体现个体存在与体验的载体。同时，随着现代社会日益空间化，个体被现时空间分割和剥蚀的体验愈发明显，现代人的空间经验呈现出断裂化和破碎化。个体的外在世界体验和内在心理都投射在空间中，因此这个时期的空间更多的是一种体验性的空间。现代空间美学也因此与人的生存问题、现代性批判紧密相关。现代文学也因现代的这种新的空间体验和感知发生了巨大变化。尤其是在 20 世纪的现代小说中，作家更多地去呈现现代人断裂和破碎的空间经验，这瓦解了传统小说中时间的主导地位。因而，我们看到，在现代小说中发生了一次现代性转型，作家们不再遵循客观规律来处理小说的时空关系，而是以心理的、潜意识的、抽象的、精神的心理空间、审美空间来铺陈故事。"空间—并置"的叙事模式代替了以往"时间—线性"的叙事模式。现代小说的重要内容变成空间的经验、结构和叙事。

而到了后现代的当今时代，主体空间的交往和位移更加广泛，空间进一步成为文学书写和表达主体存在的重要元素。在后现代的小说中，作家们更加大胆革新对空间元素的呈现，以表达个体更加断裂和破碎的空间体验，进而进行批判和反思。

事实上，无论哪个时期的空间美学，都与主体的感性认知和审美体验紧密相关，显示出强烈的主体性、审美性和批判性。因此，我们在探讨托马斯·曼的空间美学时将聚焦于"空间"以及主体的"空间感"（sense of space）现象。

文学研究也因现代小说中凸显的空间化特征有了新的视角和方式。那么，现在的问题是，空间美学在小说中的具体表征（representation）是什么？换言之，文学作品是如何呈现空间的，空间在文学作品中的功能和意义又是什么？以往我们谈及文学中的空间，往往首先想到的是作者在作品中所描绘的自然风景、城市景观、乡土风情、房屋建筑等机械性的"场所"或"空间"，这与我们今天所讨论的现代空间美学有什么异同？

事实上，进入文学话语的空间可概括出以下三种类型的空间形象。文学对空间最常见的呈现是一种"再现式"的空间形象。此种类型的文学空间是以现实空间为原型，再现与主体生存相关的空间场景，是一种物质性的空间，比如房屋、街道、教堂、山川河流、小镇、城市，等等。故事在空间中上演，空间推动情节的发展。通过再现现实空间，文学作品中展现了不同的空间形式，而作者以并置的结构将这些不同的空间形式纳入作品主旨的表达和意义的追寻。因为，作者在小说中刻画某种空间，其主要目的不是描摹现实空间，而是通过对现实空间的再现，去再现主体的存在。也就是说，这种"再现式"的空间形式不单单是故事发生的场所或舞台，更是一种呈现主体存在的符号和意义指向。比如，《百年孤独》中的马孔多小镇，《呼啸山庄》中的山庄，《尤利西斯》中的都柏林，等等。

第二种是"融合式"的空间形式，此种类型的文学空间将个体的感性体验与空间经验相互融合，二者合而为一。空间成为主体情感体验和精神思辨的投射，空间不再单纯是物质性的空间，而是主体生存处境和精神状态的具象化和具体化，是一种抽象的、情感的、隐喻的、象征的空间。比如《布登勃洛克一家》（*Buddenbrooks*，1901）中的布家大宅，既是布家几代人的居住空间，又是市民精神的载体。作者以这栋豪华宅邸几易其主的变迁来侧写布家命运的沉浮，布家人极力保持对大宅的拥有权，与其说是保护宅邸，不如说是保护宅邸所代表的家族荣耀，保护市民阶层的精神文化。

第三种是纯粹"精神性"的空间。与前两种空间形式相比，"精神性"的空间最突出的特征是它的虚构性和隐喻性。此种类型的空间形式并不依赖确定的现实空间原型，也可能与现实空间风马牛不相及，是作者虚构、想象或杜撰出来的，但是又形象而深刻地表达了主体的体验和认知。最为典型的例子是博尔赫斯

（Jorges Luis Borges）在《阿莱夫》（Aleph）中刻画的空间形式。"阿莱夫"是一个抽象的空间，它既非具体地点，也非现实场所。它只是一个小小的发光球，但内里却包罗万象，涵纳了世界上所有的地方和元素。"这是一切地方都在其中的空间，可从任何一个角度去看它。"① 这个虚拟的变形空间具有巨大的隐喻性，是人类的存在和命运的象征。事实上，塞塔姆布里尼（Settembrini）与纳夫塔（Leo Naphta）辩论的"魔山"也属此类空间。

文学中的三种空间形式代表了主体与空间三种不同的互动模式，也表征着空间在文学中的三种不同形象。那么，作者们在具体的文学文本中又是如何呈现这些空间形式的？换言之，文学如何塑造和建构不同的空间形式成为我们接下来要探讨的问题。弗兰克（Joseph Frank）在《现代小说中的空间形式》一书中指出，"空间并置"和"空间隐喻"是建构"空间形式"的两种方式。他进一步解释说，所谓"空间并置"（Juxtaposition），是指把不同的空间场景、空间意象和空间形态彼此参照，共同编织成一个空间整体。在文章中，弗兰克以《包法利夫人》（Madame Bovary）中那个著名的农产品展览会为例进行分析，指出展览会场景是由三个不同层次的空间组成：最底端的是混杂着普通百姓和家禽的街道空间；中间的是官员大张其词的演讲台；最上层的是爱玛和罗道夫一边俯瞰前两个空间一边虚情假意交谈的阁楼。福楼拜将这三个空间并置在一起，建构起一个既真实又虚伪的二元空间，借此讽刺了资产阶级的虚伪，也为爱玛的悲剧埋下伏笔。当然，"空

---

① 爱德华·W·苏贾：《第三空间——去往洛杉矶和其他真实和想象地方的旅程》，陆扬等译，上海：上海教育出版社，2005，第72页。

间的并置"不单纯指并置空间场景或空间意象,还包括并置故事的空间结构以及主题。而"空间的隐喻"则指将空间作为某种符号,或精神文化的原型,通过对空间的符号化和象征化,使空间成为一种隐喻。值得注意的是,"空间的隐喻"不是一种单纯的修辞手法,而是一种文化的取向、精神的诉求和意义的寻求。

(二)作为"空间小说"的《魔山》

《魔山》讲述的是主人公汉斯·卡斯托尔普(Hans Castorp)从家乡汉堡前往瑞士达沃斯的高山疗养院探望表兄约阿希姆(Joachim Ziemßens),原本计划停留三周,却一住七年,直到"一战"爆发,他才回到平原,投身战场的故事。小说的创作历经十余年(1913—1924)。在此期间,德国经历了第一次世界大战(1914—1918),成立了魏玛共和国(Weimarer Republik,1918),德国乃至欧洲的政治、社会、文化都发生了翻天覆地的变化。作者通过主人公汉斯的经历,将时代的全景统摄交汇在魔山上。一方面,记录了"作为整体的一个民族"的种种危险,描绘了20世纪初欧洲知识分子的精神面貌和不同的思想观点,展现了没落社会和"一战"前后整个世界范围内的动乱、分裂和灾难,以及由此带来的死寂、恐怖和腐朽;另一方面,通过刻画20世纪初欧洲的病态现象,托马斯·曼对魏玛共和国的危机进行了美学阐释[①],对"上帝已死"之后弥漫着虚无主义(Nihilismus)

---

① 佩德罗·卡尔德斯:《汉斯·卡斯托尔普的美学教育:论成长小说〈魔山〉》,赵培玲译,《学术研究》2016年第10期,第110页。卡尔德斯以汉斯-罗伯特·姚斯对美学经验的定义为参照,认为《魔山》开头章节

和颓废主义（Decadentism）的市民社会进行深刻的揭露和反思，并试图为欧洲人走出精神困境和思想危机寻找良方。学者恩斯特（Ernst Wees）表示，"《魔山》比过去十年的文学作品更生动，因为它几乎触及到1914至1924年间的所有问题。此小说是作者的时代及其人民的一面镜子，书中刻画了这个混沌时代的市民。对我们而言，这个时代太大了，我们的主人公在我们可想象出来的精神的、肉体的、病态的，沉湎于健康的混乱中摇摆不定。托马斯·曼在《魔山》中对这种混乱特征的把握比歌德的作品更敏锐"[①]。而托马斯·曼本人则在《〈魔山〉导论》中称："在《魔山》中，在叙述方面运用了现实主义手法，但它逐渐越出现实主义范围，用象征手法推动和提高它，使我们有可能透过它看到精神（das Geistige）领域与理念（das Ideelle）领域。"[②] 因此，我们不能把《魔山》只看作一个简单的故事，一部单纯的小说，《魔山》是对世纪之交动乱、分裂和灾难的时代书写，还是对当时欧洲各

（接上页）存在着三种美学经验，分别是创制（poiesis）、净化（katharsis）、感知（aisthesis）。其中创制体现在托马斯·曼采取的从战后叙事者的角度叙述战前的人物的叙事策略；感知体现在读者的理解过程，据作者称，读者需要花费至少7天，长则7个月的时间来理解这部小说；净化是小说的重要主题，小说在开头就指出战后的读者可能会对这种故事不太感兴趣，因为战争"还没有完全从我们的视线中消失"。详见 Thomas Mann, *Der Zauberberg*, Frankfurt am Main: S. Fischer, 2010, S. 9–10。

① 转引自刘致宁：《时代病中的自我救赎——论〈魔山〉与〈荒原狼〉中的人道主义精神》，《青年文学家》2018年第5期，第88页。

② Thomas Mann, "Einführung in den Zauberberg, Für Studenten der Universität Princeton," in: Thomas Mann, *Gesammelte Werke in dreizehn Bänden*, Bd. 11: *Reden und Aufsätze* 3, Frankfurt am Main: S. Fischer, 1990, S. 612.

种思想论争和精神交锋的深刻反映。

正因如此，有人把《魔山》当作一部批判现实主义小说，认为它蕴涵了一个时代的特征，借达沃斯疗养院揭示和批判"一战"前的欧洲社会；也有人认为《魔山》是一部哲理小说，关注书中对爱情、疾病和死亡这类永恒话题的讨论；还有人把《魔山》当作一部时间小说（Zeitroman）[①] 来看，时常将它与柏格森（Henri Bergson）、爱因斯坦（Albert Einstein）、海德格尔（Martin Heidegger）以及普鲁斯特（Marcel Proust）等人的时间观作对比；当然，更多的是把它看作成长小说或反成长小说（Antibildungsroman），聚焦于主人公外在的经历对他的培养和教育，同时也关注主人公内在天性的展露和人格的塑造，从不同方面探究小说对德意志传统成长小说的继承和偏离。[②] 托马斯·曼

[①] 托马斯·曼本人也曾表示，《魔山》不仅是一部时代小说，同时也是一部"时间小说"。详见托马斯·曼：《关于我自己》，见《托马斯·曼散文》，第 254 页。

[②] 关于托马斯·曼和成长小说研究很多，比较典型的有 Michael Minden 的《德国成长小说：混乱与继承》（*The German Bildungsroman: incest and inheritance*）的第五章，Eric Downing 的《〈魔山〉中的摄影术与成长》（"Photography and Bildung in *The Magic Mountain*"），以及 Frank D. Hirschbach 的《汉斯·卡斯托尔普的教育》（"The Education of Hans Castorp"）等。这些研究或从比较的角度进行分析，认为《魔山》与《威廉·迈斯特的学习时代》等传统成长小说有着深厚的渊源；或着力于证明《魔山》是一部成长小说（Bildungsroman），而非发展小说（Entwicklungsroman）；或具体分析小说的第六章"雪"，阐释汉斯在雪中思想上的顿悟和精神上的升华。约阿希姆·舍普夫（Joachim Schöepf）也从同主题展开研究，他从成长小说中对人格塑造的维度，重点分析疗养院中的塞塔姆布里尼、纳夫塔和皮佩尔科恩对汉斯的精神激荡。

本人也曾多次在不同场合明确表示,《魔山》戏仿了"以《威廉·迈斯特》为代表的德国成长小说传统"①,是"一部晚期的德语成长发展(Bildungsroman)和教育小说(Erziehungsroman)"②。在他看来,成长小说是"德国式的""典型的德国式的"小说文体。③因此,有学者称"托马斯·曼是20世纪最后一位在理论上肯定、在创作上追随(成长小说)的大师"④。综合这些研究来看,小说《魔山》对成长小说这一独特体裁既有接续,又有创新。与传统的成长小说相比,《魔山》展现出复杂的美学特征,尤其是对空间美学的探索与建构,暗含了对德意志传统成长小说的颠覆与反思,并由此形成了托马斯·曼独特的空间美学。

首先,小说取名为"魔山"(Der Zauberberg),其本身是一个空间称谓。托马斯·曼以"魔山"命名受到尼采《悲剧的诞生》(*Die Geburt der Tragödie*,1872)的启发。⑤ 在《悲剧的诞生》中,尼采明确使用了"魔山"一词,用以指代奥林匹斯山

---

① 托马斯·曼:《作为精神生活方式的吕贝克》,见《托马斯·曼散文》,第86页。类似的说法还有:"这是一个尝试,将成长小说(Bildungsroman)和发展小说(Entwicklungsroman)的路线、威廉·迈斯特的路线向前推进。" Thomas Mann an Max Rychner, August 7, 1922, in: Thomas Mann, *Selbstkommentare: Der Zauberberg*, Hans Wysling (Hrsg.), S. 32: so auch im Tagebuch am Juli 15, 1921, Thomas Mann, *Tagebücher 1918-1921*, S. 531.
② 托马斯·曼:《关于我自己》,见《托马斯·曼散文》,第248页。
③ Thomas Mann, *Eassy II 1914-1916*, Große Kommentierte Frankfurter Ausgabe, Bd. 15, Frankfurt am Main: S. Fischer, 2002, S. 174.
④ 谷裕:《德语修养小说研究》,北京:北京大学出版社,2013,第33页。
⑤ A. S. Byatt, "Introduction of *The Magic Mountain*," in Thomas Mann, *The Magic Mountain*, John E. Woods (trans.), New York: Alfred a Knopf, 1995, P. 15.

（Olympus）[①]，所表示的也是一种空间概念。托马斯·曼沿用"魔山"为小说命名，同时沿用的还有这个词原初的空间意义。[②]这种命名方式与传统成长小说不同，后者通常采用以主人公名字命名的方式：从中世纪成长小说的前身《痴儿西木传》（*Der abenteuerliche Simplicissimus*，1668/1669），到18世纪成长小说的雏形《阿伽通的故事》（*Geschichte des Agathon*，1766/1767），再到古典时期成长小说的范式《威廉·迈斯特的学习时代》《威廉·迈斯特的漫游时代》（*Wilhelm Meisters Wanderjahre*，1795/1796），以及浪漫时期诗化的成长小说《海因里希·封·奥夫特丁根》（*Heinrich von Ofterdingen*，1802）等，莫不如此。而《魔山》则一反常规以空间称谓来命名，其中就暗含了对传统小说的颠覆，

[①] 尼采：《悲剧的诞生》，孙周兴译，北京：商务印书馆，2012，第32—33页。书中写道："眼下，奥林匹斯魔山（der olympische Zauberberg）仿佛对我们敞开了，向我们显露出它的根基了。希腊人认识和感受到了人生此在（Dasein）的恐怖和可怕：为了终究能够生活下去，他们不得不在这种恐怖和可怕面前设立了光辉灿烂的奥林匹斯诸神的梦之诞生（Traumgeburt）。"

[②] 尼采的著作与思想对《魔山》的创作有深刻的影响，对理解这部作品具有重要的意义。不仅《魔山》的题目直接取自尼采的《悲剧的诞生》，小说的情节安排、主人公的设定都与尼采有着紧密的联系，小说平原与高山的空间设置也借用了《扎拉图斯特拉如是说》中高山和平原的寓意，汉斯的上山下山与扎拉图斯特拉也有隐秘的联系。参见 Erkme Joseph, *Nietzsche im Zauberberg*, Frankfurt am Main: Vittorio Klostermann, 1996, 以及 Alexander Nehamas, "Nietzsche in *The Magic Mountain*," in Hans Rudolf Vaget (ed.), *Thomas Mann's The Magic Mountain: A Casebook*, New York: Oxford university press, 2008, P. 105–116。

强调和突出了空间的作用。因此,我们阅读《魔山》时,也应将其当成一部"空间小说"来读。当然,《魔山》对传统成长小说的反思和颠覆不单单是在命名方式上突出空间的维度,同时也在情节设置、结构安排、叙述手法等方面彰显空间的元素。

与传统成长小说相比,《魔山》在叙事模式与主题和内容上都以突出的空间元素颠覆了成长小说的传统。首先,《魔山》在叙事模式上打破了以主人公线性时间发展的传统成长模式,代之以主人公在空间中的自我反思和成长。小说中的时间凝滞,空间静止封闭,主人公的人生经历也不再是以时间的发展逐步走向成熟,而是以他在魔山上的精神历险来认识自我和世界。在这里,托马斯·曼既放弃了主人公在纵向上"从童年、少年、青年到成年"的个体成长模式,也放弃了主人公在横向上漫游现实世界的个体经历,而是从主人公的青年时代开始,只讲述了他从23岁到30岁的这段经历。主人公的成长既没有过去(是一张白纸),也没有未来(战场上生死未卜),只有在魔山上的"停顿的现在"(nunc stans)。[①] 其次,从小说的主题和内容上看,《魔山》对成长小说的革新之处在于托马斯·曼将主人公安置在高山疗养院,让他在这个充满疾病和死亡的空间里,以对人生最终的"死亡"的接受和反思作为起点,在死亡与生命、疾病与健康、精神与生活的永恒对立中追问当下存在的意义,寻找生命的本真。换言之,托马斯·曼以主人公在特定空间(疗养院)中精神和思想上的历险代替了传统成长小说主人公离乡漫游或游学的经历。主

---

① 托马斯·曼:《关于我自己》,见《托马斯·曼散文》,第254页。

人公所体验的空间由传统成长小说中流动性、现实性和物质性的空间转变成封闭性、精神性和象征性的高山疗养院。

而如果跳出成长小说的传统来看《魔山》，它也是当之无愧的"空间小说"。首先，空间是推动《魔山》故事情节发展的关键因素。小说以汉斯离开家乡汉堡为开端，以汉斯入住达沃斯疗养院为发展，最后以汉斯从高山返回平原结束小说的故事。在《艺术文本的结构》中，符号学家尤里·洛特曼（Юрий Михайлович Лотман）指出，艺术文本具有空间模拟机制，文本中的人物在不同语义场的穿梭跨越促成了情节的发展。他认为，"文本中的事件是人物跨越语义场界限的转移"[①]。《魔山》就具有这种空间模拟机制，汉斯在高山与平原这两个不同空间的穿梭跨越推动故事情节的展开。同时，小说中主要人物数次往返于平原与高山两地：从肖夏（Clawdia Chauchat）在瓦尔普吉斯之夜之后离开又与荷兰富豪明希尔·皮佩尔科恩（Mynheer Peeperkorn）回来，到约阿希姆不顾医嘱，执意下山服兵役，结果重疾而归，病死在高山，再到平原代表汉斯的舅舅上山看望汉斯，却被高山怪诞的生活方式吓到落荒而逃。这些空间转换的插曲，打破了小说原本相对单一的叙事线索，让《魔山》更富有戏剧性，同时也打断了汉斯成长的时间线索，延宕了他在时间中的成长，这些插曲引起的空间反应更强烈地作用于他。更重要的一点是，这些主要人物也在高山与平原的空间转换中获得精神的历险和命运的改变，他们的每一次到达或出发都是其自身成长的一个中断、一次

[①] 尤里·洛特曼：《艺术文本的结构》，王坤译，广州：中山大学出版社，2003，第324页。

质疑和一场考验。由此，平原与高山的空间转换不仅是推动故事情节发展的因素，还是人物开启自我认知和成长的经验，人物的空间体验被升华为思想精神的历险，小说中空间的转换也成为小说主旨的表达。

而从小说内容来说，托马斯·曼在《魔山》中将故事发生的空间设置在阿尔卑斯山，把故事安排在一座肺病疗养院，围绕疗养院及其周围的景观展开叙述。整个故事讲述的都是疗养院这个现代的异质空间（heterotopias）① 中的人和事。在《魔山》中，托马斯·曼刻画和描述了大量不同层次风格迥异的空间形态，这里既有充满异域风情的东方，也有文明的发源地欧洲；既有雄伟壮阔蔚为大观的自然景观，也有包罗万象内涵丰富的人文景观；既有远离尘嚣自成一体的高山疗养院，也有热闹非凡生气勃勃的海滨城市；既有多种多样具体实在的现实空间，也有充满回忆和想象的非现实空间。从自然空间到人文空间，从居住空间到疗养院空间，从外部空间到内在心理空间，从具象空间到抽象空间，托马斯·曼在《魔山》中以"空间并置"和"空间隐喻"的手法建

---

① 福柯在《不同空间的正文与上下文》中将既真实存在又再现、对立和倒转现实的空间称为"异质空间"，其中典型的代表就有疗养院。heterotopias 的命名源于希腊文，hetero 表示"不同的""其他的"的意思，而 topia 则表示"地点"。因此，heterotopias 这个概念有人译作"差异地点"，还有人译为"异托邦"或"异质空间"，本书选用"异质空间"。"异质空间"原本应用于医学领域，指称多余或错位的器官。经福柯阐释后，成为（后）现代社会学理论的重要概念，形成了以研究社会空间在社会文化领域的差异性、颠覆性和异质性的"异质空间学"（heterotopology）。

构出"魔山"这个具有多重象征意涵的空间形象。

首先,"魔山"以20世纪的肺病疗养院为原型,准确而精细地"再现"了疗养院空间的结构、气候、起居生活、医治手段、娱乐活动及周围环境,《魔山》因此被称为是"一篇具有德式缜密和长度的疗养院生活的研究报告"[①],是描写"一战"前欧洲疗养院那种穷奢极欲、醉生梦死的生活方式的"天鹅绝唱"[②]。在小说中,疗养院内部的餐厅、阳台、活动室,外部的高山、雪野、树木,都是作者描摹的对象,更为重要的是,这些自然景观和人文景观的刻画早已超越了它们本身的意义,成为人物精神生活方式的表征。

其次,托马斯·曼对"魔山"的空间建构融合了小说人物在高山疗养院的感性体验和精神变化。"魔山"的空间经验与主体的感性体验相互融合,合而为一,使得"魔山"成为20世纪初欧洲生活图景和精神状态的缩影。疗养院是疾病和死亡的世界,托马斯·曼借这个异质空间向我们展现了一幅病态的众生相。这里既有沉默寡言的颓废病患,也有夸夸其谈的享乐主义者,又有装腔作势的道貌岸然者,还有死亡和疾病的俘虏,更有万念俱灰的虚无主义者。魔山上奢靡的生活和空虚的状态与《魔山》写作的时代人们的生存危机和精神困境交织在一起,因而魔山的空间经验具有了更丰富的内涵,不仅是小说中人物生活和精神的投

---

① Thomas Mann, *Der Zauberberg*, Große kommentierte Frankfurter Ausgabe, Kommentarband, Herausgegeben und testkritisch durchgesehen von Michael Neumann, Frankfurt am Main: S. Fischer, 2002, S. 122.

② 托马斯·曼:《关于我自己》,见《托马斯·曼散文》,第251页。

射,也是时代生活处境和精神状况的写照。

最后,托马斯·曼所建构的"魔山"既是现实疗养院空间的再现,又融合了20世纪初欧洲人的生存处境与精神状态,在这两重物质性的空间之外,它还是一个纯粹文化性和精神性的空间,这突出地表现在以下三个层面。其一,在魔山上汇聚了世界各地不同性别、年龄、职业的病人,他们来自不同民族和国家,"都是不同精神领域、不同的准则和世界的发言人、代表和使者"[①]。作者曾强调,"小说的外部空间无比狭小,因为这是一个汇聚了各国人士的瑞士山谷,其内在空间却是无比开阔:它囊括了第二次世界大战之前十四年间整个西方世界的政治、道德的辩证法"[②]。因此,我们看到各种不同文化、心态和意识形态在此自由展露,相互激荡,使得魔山既是一个具有象征意义的文化性空间,又是精神的居所。主人公身体上足不出户,精神上却游走四方。其二,"魔山"是一个冥想的空间。托马斯·曼重点描写了疗养院中的阳台空间,病人们每天要在此处"卧疗"四次。阳台对其他的病人而言依然还是享受的温床,但汉斯却不一样,阳台是他精神修炼的场所。他在阳台上观看室外壮观的自然景观、病友的活动,还在阳台上阅读,探索生命的秘密,更重要的是他还在阳台上沉思冥想,反思疾病、死亡、生命等形而上的问题。通过阳台,疗养院封闭的空间被打破。阳台既是汉斯审视自我和观看世界的一个视角,也是他探索生命和灵魂的精神空间,既连接着疗养院内部空间与外部自然空间,又连接着

---

① 托马斯·曼:《关于我自己》,见《托马斯·曼散文》,第254页。
② 托马斯·曼:《我的时代》,见《托马斯·曼散文》,第334页。

汉斯对外部世界的感知与内在心灵的反思，是一个精神的修炼场。其三，托马斯·曼在"魔山"上还以寓意式的人物设计和布局，艺术化地再现了一场现代思想大碰撞，让两位重要人物塞塔姆布里尼与纳夫塔展开内容博杂、观点犀利、思想深刻的大辩论。二者的辩论一方面在叙述内容上增加了"魔山"的精神性和思想性，卡尔维诺（Italo Calvino）甚至因此称"阿尔卑斯山中疗养院那狭小而封闭的世界是二十世纪思想家必定遵循的全部线索的出发点；今天被讨论的全部主题都已经在那里预告过、评论过了"[①]。另一方面，长达两百多页的思想辩论，打破了叙述时间和故事线性时间的发展，"魔山"变成一个思想辩论的现在，获得了一种无时间感，时间被空间化了，而且是精神的空间化。

正因为"魔山"空间突出的精神性和思想性，托马斯·曼在"再现式""融合式"和"纯粹精神"的空间形象之外，建构了一个新的维度，即以批判性和反思性的空间形态对抗启蒙主义，宣扬自己的人道主义思想。托马斯·曼所建构的"魔山"，其重要之处不仅在于再现了"一战"前欧洲疗养院穷奢极欲、醉生梦死的生活方式，也不单单是反映了20世纪初欧洲人的生存处境和精神状态，或是艺术化地展演了20世纪思想的大碰撞，更在于通过"魔山"这个美学和精神的空间，让生活在其中的人对死亡、时间和永恒皆有独到的体验，以这种独特的空间体验塑造个体的人格和探索时代的问题。小说中主人公对人格完善的追求被升华

[①] 卡尔维诺：《未来千年文学备忘录》，杨德友译，沈阳：辽宁教育出版社，1997，第81页。

为德意志民族的追求，代表着德意志民族的精神、思想和文化。托马斯·曼试图以"魔山"的空间建构调和德意志文化和启蒙思想的矛盾，宣扬人道主义思想，进而为根植于德国自身传统的现代性危机设计一套解决方案。

　　从小说的结构来看，《魔山》也是一部具有空间形式的小说。首先，《魔山》以"空间并置"的手法设置了平原与高山这个二元的空间，通过平原和高山两个截然不同的空间展示两种不同的精神生活方式，揭示现代人的精神困境。其次，《魔山》中还以空间化的时间叙事方式展开叙述。小说分为七章，涵盖七年的时间，但是每一章中故事进展的时间与叙述时间以及故事的内容是不成比例的。第一章以16页讲述汉斯的到达；第二章用15页回溯汉斯上山前的岁月；第三章则以53页描述汉斯上山第一天的情形；第四章用89页涵盖汉斯原计划的三周；第五章花费166页讲述汉斯在山上七个月的时光；第六章用202页写接着的一年零九个月；最后一章则以180页讲述剩下的四年半。[①] 这些数字的关系揭示了几个问题。其一，讲述的时间与被讲述的时间相比不断地缩短；其二，讲述内容的扩展与叙事的缩略相结合，造成一种投影的效果，既传达出主人公丧失时间观念时的内心斗争，也突出了魔山独特的空间感，即时间流逝的快慢不依从客观规律的标准，而是以主人公的空间体验为依据，小说不再以时间的叙事向前推进，而是以大量的细节、片段和情境化的空间形态呈现。

　　由是观之，从内容到形式，从主体的体验到文本的客观描

---

① 此处页码依据中译钱鸿嘉译本《魔山》（上海译文出版社，2007）统计。

述,《魔山》展现了大量不同层次、风格各异且具有象征意义的空间形态,彰显了突出的空间元素、空间话语和空间体验。因此,"空间"成为解读《魔山》的一把钥匙。同时,在这些丰富而复杂的空间形态中,处处弥漫着个体在空间中细微而多样的感官体验和情感认知。外部世界带给个体独特的空间感和地方感,同时个体又聚焦于内心深处,冥想反思。外部的空间体验与内在的感知体验相互碰撞,相互交融,形成极有张力的互动关系。因此,我们在考察《魔山》的空间美学时将聚焦于"空间"以及主体的"空间感"现象。

二、研究现状与趋势

关于托马斯·曼的研究汗牛充栋,涉及各个方面。从研究文献来说,托马斯·曼文集、日记和书信的德语原文最为重要。在这些一手资料中,最常被引用的是德国菲舍尔出版社(S. Fischer Verlag)[①]1960年出版的全集(共12卷),以及门德尔松(Peter de Mendelessohn)编辑的全集(*Gesammelte Werke in Einzelbänden*,

---

[①] 1898年3月,菲舍尔出版社出版了托马斯·曼的第一个短篇小说集《矮个子先生弗里德曼》,在收到这部书稿不久的1897年5月,萨缪尔·菲舍尔(Samuel Fischer,托马斯·曼的德文出版商)曾致信托马斯·曼:"如果您让我有机会出版您一本稍厚一点儿的散文作品,或许是一部长篇小说,假如它不太长的话,我将非常地高兴。对于这类出版物,我可以付优厚得多的报酬。"托马斯·曼欣然答应,开始构思并创作了一部长篇小说,即《布登勃洛克一家》。之后,托马斯·曼与菲舍尔出版社建立了长期的、稳固的、互惠互利的关系,他的作品几乎全部由菲舍尔出版社出版。参见黄燎宇:《托马斯·曼》,成都:四川人民出版社,1999,第20页。

1980—1986，共20卷）。除此之外，还有2002年托马斯·曼档案馆（位于苏黎世）与托马斯·曼研究专家合作出版的全集（*Große Kommentierte Frankurter Ausgabe: Werk-Biref-Tagebücher*，共22卷），当中增录了托马斯·曼生前公开或未公开发表的书信、日记等内容，材料充实可靠。参与该全集编辑和出版工作的都是长期从事托马斯·曼研究且在业内久负盛名的专家，如库尔茨克（Hermann Kurzke）、瓦格特（Hans Rudolf Vaget）等。此全集涵盖了托马斯·曼的成长经历、创作生涯和思想观念的发展轨迹，是研究托马斯·曼不可或缺的重要资料。托马斯·曼的长女艾丽卡·曼（Erika Mann）编辑出版的3卷本《托马斯·曼书信集》（*Thomas Mann Briefe 1889-1955*）①，记录了托马斯·曼不同时期个人世界观和社会政治思想的发展和演变。托马斯·曼本人的日记，则展现了其不为人知的情感和思想世界，如同性恋取向等问题一度引起轰动，推动了研究的进一步深入。维克多·曼（Viktor Mann，托马斯·曼的弟弟）的回忆录——《我们兄弟姊妹五个》（*Wir waren fünf: Bildnis der Familie Mann*）②，卡蒂娅·曼（Katia Mann，托马斯·曼的妻子）所著的《我不曾写过的回忆录》（*Meine ungeschriebenen Memoiren*）③ 和艾丽卡·曼编

---

① Thomas Mann, *Briefe 1889-1955*, Erika Mann (Hrsg.), Frankfurt am Main: S. Fischer, 1992.

② Viktor Mann, *Wir waren fünf: Bildnis der Familie Mann*, Konstanz: Südverlag, 1949.

③ Katia Mann, *Meine ungeschriebenen Memoiren Unwritt*, Frankfurt am Main: S. Fischer, 1976.

著的《我的父亲托马斯·曼》①，也为研究者更好地理解作家生活和思想提供了丰富而翔实的参考资料。除此之外，汉斯·维斯林（Hans Wysling）整理编辑的3卷本《作家托马斯·曼论其文学创作》（*Dichter über ihre Dichtungen: Thomas Mann*）价值很大，编者从许多罕见的材料中详细整理出了一份托马斯·曼有关其作品的自我评论。在德国还设有专门的托马斯·曼研究中心、博物馆研究其著作和思想，这些机构的研究成果也是研究托马斯·曼的重要参考。

随着托马斯·曼全集的不断充实，以及其他研究资料的问世，德语学界对托马斯·曼的批评研究层出不穷，相关研究早已突破文学和美学的界限，延伸至政治、伦理、文化等多个方面。与此同时，在英语学界，托马斯·曼的相关研究也方兴未艾。② 本书重点考察国内外对《魔山》的研究，下面将结合德语和英语学界的研究成果，从以下几个方面进行梳理。

（一）国外关于《魔山》的研究现状

1924年，历时十余年创作的《魔山》终于面世，马上获得了极大的关注，并迅速被译成各种语言，相关的评论也纷至沓来。关于《魔山》的批评研究大致经历了从普遍称赞到忽视小说本

---

① 艾丽卡·曼著，伊·冯·德吕厄、乌·瑙曼编：《我的父亲托马斯·曼》，潘海峰、朱妙珍译，北京：东方出版社，2001。

② 1913年，英文版的《死于威尼斯》问世，这是托马斯·曼作品在英语世界的首次亮相。1921年，萨缪尔·菲舍尔与美国的阿尔弗雷德·诺普夫（Alfred A. Knopf）达成协议，后者拿到了托马斯·曼在美的独家版权。之后，托马斯·曼的著作大量译介进英语世界，相关的研究也随之展开。

身,注重挖掘小说背后的故事,再到回归小说,开启新的研究主题的发展趋势,具体如下。

1924年至40年代初。《魔山》甫一发表,批评家们马上致以热情的研究兴趣,哈佛大学等高校还用整学期的课程研读《魔山》。在这一阶段,研究者们普遍认为《魔山》的作者乃这个时代最重要的作家之一。1933年,第一本研究《魔山》的专著问世,作者耶鲁大学教授魏甘德(Hermann Weigand)在书中称托马斯·曼是与普鲁斯特和乔伊斯一样伟大的现代小说作家,小说塑造了一位具有"德意志代表性"特征的人物汉斯,寄托了作者探求德意志民族精神的愿望。[1]《魔山》之所以获得如此关注和赞誉,原因有多种。首先,学界普遍认为1929年托马斯·曼获得诺贝尔文学奖,《魔山》功不可没,因此对它特别关注。其次,小说《马里奥和魔术师》("Mario und der Zauberer",1930)的推波助澜。当时法西斯势力甚嚣尘上,托马斯·曼此时以其政治讽刺小说来反抗,获得了极大的认可,被称为"时代最具有洞察力的诊断者"[2]。因此之故,学界对《魔山》也赞誉有加。事实上,最重要的原因还是《魔山》本身的魅力。《魔山》一书视野开阔,内容丰富,反映深广,从精神、文化和哲学的高度,深刻而直率地提出了"一战"前夕欧洲大陆的根本问题。小说精彩的辩论,波云诡谲的高山景象,各式各样的人物也给读者带来独特的阅读体验。同时,托马斯·曼深受他的偶像瓦格纳(Richard Wagner)的

---

[1] Hermann J. Weigand, *The Magic Mountain: A Study of Thomas Mann's Novel Der Zauberberg*, Chapel Hill: North Carolina University Press, 1965, P. 107.

[2] Hans Rudolf Vaget (ed.), *Thomas Mann's The Magic Mountain: A Casebook*, P. 4.

影响，在作品中不仅努力赢得精英读者的青睐，也注重吸引普通读者的关注，这种追求雅俗共赏的创作也为《魔山》的广受欢迎打下了基础。

40年代后期至70年代。一方面，德国于1945年向盟军投降，第二次世界大战结束，人们都在思索如何对待给世界带来深重灾难的德国人。托马斯·曼发表演讲《德意志与德意志人》("Deutschland und die Deutschen", 1945)，深刻剖析自我，同时也指出德国人要为历史灾难承担集体责任。对于这篇演说，德国流亡者众说纷纭，有支持，更有反对，甚至引出关于"流亡"与"内心流亡"的大讨论。不过这中间也有荒唐至极的声音，比如一个俄亥俄州的文学教授就曾写信质问托马斯·曼，认为美国之所以不与纳粹德国作战，纯粹是因为听了他的煽动性演说。不管怎么说，此时的托马斯·曼无疑已被从"德国好人"（good Germans）的"神坛"拉下来，之后因"麦卡锡主义"（McCarthyism）的破坏，托马斯·曼再次踏上流亡之路，回到瑞士。这些也必然影响对《魔山》乃至其他作品的研究。另一方面，40年代中后期，美国的批评家从托马斯·曼令人眼花缭乱的反讽中清醒过来，开始厌烦他那些陈旧的观念。1948年，《浮士德博士》（*Doktor Faustus*）出版，此书被认为是《魔山》的续作，尤其在音乐方面。书一出来，书评家普瑞司各特（Orville Prescott）就在纽约时报上抱怨道：要想读托马斯·曼的这本新书，读者得先到朱莉亚学院（Juilliard School）[①]学校进修一番。相应地，这一时期对《魔

[①] 朱莉亚学院，坐落于纽约市曼哈顿上西城的林肯表演艺术中心，成立于1905年，是世界著名的表演艺术学校之一。

山》的评价也多是消极负面的,认为它冗长乏味,是"最沉重压抑"的现代长篇小说。随着后现代主义思潮的兴起,有人称,普鲁斯特、乔伊斯、托马斯·曼的时代已经过去,《魔山》更是以陈词滥调被打入冷宫。这种局面直到 1979 年才被托马斯·曼研究专家哈特菲尔德(Henry Hatfield)的一番评论打破。在他看来,《魔山》无疑是近百年来稀有的一部伟大的小说,托马斯·曼无疑是我们这个时代不可多得的严肃作家。[①]

80 年代以后。随着 70 年代后期托马斯·曼日记的出版,人们对托马斯·曼的生活和创作兴趣又重新被唤醒,对于《魔山》也有了新的认识,此时的研究呈现出多元的研究态势,涉及各个方面。

比如,从时间角度研究《魔山》。时间是《魔山》的重要主题之一,代表研究有法国学者保罗·利科(Paul Ricoeur)从阐释学的角度探讨《魔山》叙事与时间的关系。在利科看来,《魔山》不仅是一个关于时间的寓言,在作为时间小说的《魔山》中同时还嵌入了作为疾病小说、文化小说的《魔山》,这些又是在作为教育小说的框架内,是一个层层叠叠的复杂结构。在这个复杂的结构中演绎着疾病、死亡、文化的悲剧。[②]鲁普雷特·温默(Ruprecht Wimmer)的《论魔山的时间哲学》("Zur Philosophie der Zeit im *Zauberberg*"),重点讨论《魔山》中的时间理论与叔

[①] Henry Hatfield, *From "The Magic Mountain": Mann's Later Masterpieces*, Ithaca, New York: Cornell University Press, 1979, P. 34.

[②] 保尔·利科:《虚构叙事中时间的塑形:时间与叙事》第 2 卷,王文融译,北京:生活·读书·新知三联书店,2003。

本华和尼采哲学的关系。①

又如，从疾病的角度入手。美国学者苏桑·桑塔格（Susan Sontag）是托马斯·曼的忠实拥趸，对《魔山》偏爱有加，《魔山》刚在美国出版，她就带着激动的心情一口气读完。在《疾病的隐喻》中，她称《魔山》是一部汇集了托马斯·曼对结核病意义思考的著作。② 自浪漫主义以来，人们都乐于赋予结核病特殊的意义，将之视为一种富有启发的优雅病。而托马斯·曼的重要之处在于，他在"美化"结核病的传统之外，还以此来对抗启蒙主义，宣扬了自己的人文主义思想。而卡特琳·马克思（Katrin Max）则从医学的角度剖析了疗养院中病人们的病症，详尽分析了汉斯从健康逐渐沦为病人的过程，批判了高山疗养院不恰当的治疗方式，指出魔山上没有一个正常的人。③

再如，从成长小说的角度切入。研究者们将《魔山》当作成长小说或反成长小说来读，聚焦于主人公汉斯·卡斯托尔普的教育、成长经历，探究《魔山》在何种意义上继承或偏离了这一充满德意志特色的文学传统。比较典型的有于尔根·沙尔夫施维特（Jürgen Scharfschwerdt）的《托马斯·曼与德语成长小说：对文学

---

① Ruprecht Wimmer, "Zur Philosophie der Zeit im *Zauberberg*," in: Thomas Sprecher (Hrsg.), *Auf dem Weg zum Zauberberg: Die Davoser Literaturtage 1996*, Frankfurt am Main: Klostermann, 1997, S. 251-272.

② 苏珊·桑塔格:《疾病的隐喻》，程巍译，上海：上海译文出版社，2003，第15页。

③ Katrin Max, *Liegekur und Baterienrausch Literarische Deutungen der Tuberkulose im Zauberberg und anderswo*, Würzburg: Königshausen und Neumann, 2013.

传统的一项考察》(Thomas Mann und der deutsche Bildungsroman: Eine Untersuchung zu den Problemen einer literarischen Tradition)。该论著以托马斯·曼摆脱传统成长小说的束缚，经历自我肯定，最后在模仿中重获活力的叙事线索，细致分析了托马斯·曼与成长小说的各种关系，极富洞见。① 曼弗雷德·塞拉（Manfred Sera）的 Utopie und Parodie bei Musil, Broch und Thomas Mann: Der Mann ohne Eigenschaften-Die Schafwandler-Der Zauberberg，则将小说《魔山》视为对成长小说的戏仿。② 此主题的代表研究还有迈克尔·明登（Michael Minden）的《德国成长小说：混乱与继承》(The German Bildungsroman: incest and inheritance)的第五章，埃里克·唐宁（Eric Downing）的《〈魔山〉中的摄影与成长》("Photography and Bildung in The Magic Mountain")，以及弗兰克·希尔施巴赫（Frank D. Hirschbach）的《汉斯·卡斯托尔普的教育》("The Education of Hans Castorp")等。这些研究或者从比较的角度进行分析，认为《魔山》与《威廉·迈斯特的学习时代》等传统成长小说有着深厚的渊源；或者着力于证明《魔山》是一部成长小说（Bildungsroman），而非发展小说（Entwicklungsroman）；或者具体分析小说的第六章"雪"，阐释汉斯在雪中的思想上的顿悟和精神上的升华。约阿希姆·舍普夫

---

① Jürgen Scharfschwerdt, *Thomas Mann und der deutsche Bildungsroman: Eine Untersuchung zu den Problemen einer literarischen Tradition*, Stuttgart; Berlin; Köln; Mainz: W. Kohlhammer, 1967.

② Manfred Sera, *Utopie und Parodie bei Musil, Broch und Thomas Mann: Der Mann ohne Eigenschaften-Die Schafwandler-Der Zauberberg*, Bonn: Bouvier, 1969.

（Joachim Schöepf）也从同主题展开研究，他从成长小说中对人格塑造的维度，重点分析疗养院中的塞塔姆布里尼、纳夫塔和皮佩尔科恩对汉斯的精神激荡。

也有研究者关注小说的形式，从内容与形式的关系切入，在现代语境中解读《魔山》。典型的研究有詹姆逊的《〈魔山〉中的形式建构》，作者克服内容和形式的对立，采用双重视角，既注重内容本身，也关注形式的内容，来探讨《魔山》的现代美学特征。[①]

还有研究者从爱、生命、死亡、政治及其相互之间的关系来讨论《魔山》。譬如，斯坦福大学的克劳福德（Karin Lorine Crawford）在其博士论文"Love, Music and Politics in Thomas Mann's *Tristan, Der Zauberberg,* and *Doktor Faustus*"中认为：在这三篇小说中，托马斯·曼在阐释"音乐"和"爱"中彰显出自己的"政治"观念，这是托马斯·曼调和个人和群体间的自由和意志，并将其统合成以"和平"为宗旨的政治理念的起点。他进一步阐发道：托马斯·曼的理想是建立一个以"音乐"为隐喻的"共同整体"，正是通过"爱"和"音乐"的实践，他以一种隐形的意识结构实现着"共和"的政治夙愿。[②] 而杰西卡·麦考利（Jessica Macauley）的《含混的力量：托马斯·曼〈魔山〉中的生命、死亡、疾病和爱欲》（*Forces of Ambiguity: Life, Death, Disease and Eros in Thomas Mann's Der Zauberberg*），则从互文的角度重新审视小说中所论述

---

① 詹姆逊：《论现代主义文学》，苏仲乐、陈广兴、王逢振译，北京：中国人民大学出版社，2010，第85—144页。

② Karin Lorine Crawford, "Love, Music and Politics in Thomas Mann's *Tristan, Der Zauberberg,* and *Doktor Faustus*," Ph.D. diss., Stanford University, 2000.

的生命、死亡、疾病和爱欲的概念与诺瓦里斯、叔本华、尼采和弗洛伊德思想的关系，以及他们对小说所描述的文化的影响，同时也关注作者对生命、死亡、疾病和爱欲的本质的理解。①

还有研究者从宗教的角度进行研究。例如，克里斯托夫（Christoph Schwöbel）从哲学宗教的角度分析魔山《魔山》，深入讨论了小说中的神学现象，尤其是关于数字7在小说中的功能和作用的分析极富洞见。此外，伊格纳斯·弗埃利希特（Ignace Feuerlicht）在《托马斯·曼》（*Thomas Mann*）一书中也有力地论证了数字7在《魔山》中有着至关重要的意义："卡斯托尔普七岁就成了孤儿，他前往达沃斯这个决定命运的决定是在1907年7月的最后一天（第7个月）……在那儿停留了七年……有七个桌子在餐厅里……在他滞留贝格霍夫后期，卡斯托尔普坐的桌子有七个人……这部小说有七章；第一卷汉斯上山七个月后结束；而"雪"的关键部分是第六章第七节。"②

另外，多本关于《魔山》研究的论文集也先后问世，比如托马斯·施普雷歇（Thomas Sprecher）的《通往〈魔山〉之路：1996年达沃斯文学论坛论文集》（*Auf dem Weg zum, Zauberberg: Die Davoser Literaturtage 1996*），所收论文分别从医学、文学、哲学、社会学等角度进行研究③；而哈德罗·布鲁姆（Harold Bloom）

---

① Jessica Macauley, *Forces of Ambiguity: Life, Death, Disease and Eros in Thomas Mann's Der Zauberberg*, Oxford: Peter Lang Ltd, International Academic Publishers, 2017.

② Ignace Feuerlicht, *Thomas Mann*, New York: Twayne, 1968, P. 29-30.

③ Thomas Sprecher (Hrsg.), *Auf dem Weg zum, Zauberberg: Die Davoser Literaturtage 1996*, Frankfurt am Main: Klostermann, 1997.

主编的《托马斯·曼的〈魔山〉》(*Thomas Mann's The Magic Mountain*)，收录了包括魏甘德、卢卡奇等在内的8篇论文，从疾病、传统、教养、市民精神、尼采与《魔山》的关系等角度探讨《魔山》的特征①；瓦格特编辑的《托马斯·曼的〈魔山〉汇编》(*Thomas Mann's The magic mountain: A Casebook*)收录了10篇当前学界对《魔山》一书的典型研究，从《魔山》的创作、《魔山》一书中的心理学、教养、民族主义、音乐、具体人物纳夫塔、《魔山》与《死于威尼斯》的关系等方面展开分析。

（二）国内关于《魔山》的研究现状

托马斯·曼进入中国学界的视野甚早，自1928年章明生翻译托马斯·曼的小说集《意志的胜利》②以来，对其的译介和研究已有90年之久。国内有关托马斯·曼的研究中，学者们对《魔山》最为关注。从目前掌握的材料来看，《魔山》一书首次进入中国学界视野是在1928年，即托马斯·曼获得诺贝尔文学奖前一年底。在上海启智书局出版的小说集《意志的胜利》的序言中有对于《魔山》的简短介绍。《意志的胜利》收录《滑稽的天才》《失望》《一个畸形人的惨败》和《意志的胜利》等四篇短篇小说，并附有一则简短的介绍：

---

① Harold Bloom (ed.), *Thomas Mann's The Magic Mountain*, New York: Chelsea House Publishers, 1986.

② 从目前掌握的材料看，上海启智书局在托马斯·曼获得诺贝尔文学奖的前一年年底（1928）出版的小说集《意志的胜利》，也许是其作品在中国的首译。

> 这位作者……是位新古典主义者，现在还生存着。他的著作极富，最著名的是"主人与狗"，"怪异的山岳"，"家族的衰落"，"奇异的儿童"及这几篇短篇小说。单就这几篇小说而言，已经翻印九十余版了。①

上面提到的"怪异的山岳"就是今译的《魔山》，而"家族的衰落"就是《布登勃洛克一家——一个家庭的没落》，"奇异的儿童"则为《神童》。不过，这本小说集反响平平，直到1929年11月，托马斯·曼获得诺贝尔文学奖，中国文坛迅速回应，开始真正关注他。② 一方面快速报道托马斯·曼其人其作，其中一些报道重点介绍了托马斯·曼的新作《魔山》③；另一方面译介了托马斯·曼的诸多作品，不过多数为中短篇小说④。这一时期关于

---

① 汤谟斯曼：《意志的胜利》，章明生译，上海：上海启智书局，1928。此集子没有序跋，仅附有一则简短的说明，中云："译者尚有一篇短序介绍这个作者的身世，现未缮就。"译序尚未完成就匆匆推出此集子，不知当时的译者和出版者是否与诺贝尔文学奖评委会心有灵犀，次年11月托马斯·曼即获奖。

② 1929年11月13日瑞典科学院公布托马斯·曼获奖，12月1日赵景深即在《文学周报》报道。鉴于当时的通讯条件，反应已属迅捷，报道中称"他的得奖作品似乎是最近的《初恋》"有误。

③ 1929年12月10日赵景深在《小说月报》上发表《托马斯·曼——一九二九年诺贝尔文学奖金的得主》一文，详细介绍了托马斯·曼的生平以及主要著作《布登布鲁克》《在威尼斯境内之死》以及《魔山》。

④ 当时译介的作品主要有《衣橱》（段白莼译）、《对镜——托马斯·曼的自传》（江思译）、《脱列思丹》（施蛰存译）、《一次火车的遇险》（虚白译）、《神童》《到坟园之路》（段白莼译，1930）。诺贝尔文学奖引发的这股热潮，不久就因托马斯·曼对"一战"的态度冷却下来，对他的相关译介变

《魔山》只有零星一些介绍。直到 1990 年《魔山》中译本面世后[①]，对其的关注和研究才真正拉开帷幕，并持久不衰。国内学界对于《魔山》的研究主要围绕以下几个方面。

其一，对小说《魔山》的介绍及其内容的评述。如《魔山》译者杨武能的《〈魔山〉初探》《我译〈魔山〉二十年》《〈魔山〉：一个阶级的没落》，以译者的经验和理解详尽介绍了小说的艺术特征。在他看来，《魔山》是"德语文学乃至西方文学率先将现实主义和现代主义结合起来的典范之一"[②]。此外，杨武能对《魔

（接上页）得冷清。从 1931 到 1936 年，国内学界仅翻译《殴打》（段可情译，1936）和《托马斯·曼论日耳曼文学》（仲特译，1936）两部作品。其间，杨昌溪发表短文《托马斯·曼描写催眠术》（《青年界》，1931）、《托马斯曼素描及其德国文学的观察》（《文艺月刊》，1934），介绍托马斯·曼的创作以及"离开了言论不自由的德国"正在写作的《约瑟及其兄弟》。1933 年，托马斯·曼迫于法西斯压力开始流亡。出于对受害者的同情，国内学界再度重视对托马斯·曼的译介。1940 年以后，国内又先后翻译了《壁橱》、《幻灭》（欧阳竞译）、《爱人归来》（即《绿蒂在魏玛》，夏楚译）、《向墓地去的路上》（杜宣译）、《诗人之恋》（张尚之译）、《火车的失事》（薛生甡译）。此外，《西洋文学》还翻译了托马斯·曼女儿的回忆文章《我们的父亲——托马斯·曼》，近距离了解托马斯·曼。同时还有多则短讯报道托马斯·曼的政治命运、身体状况、写作计划以及出版情况。

① 1990 年 10 月，漓江出版社推出杨武能、洪天富、郑寿康和王荫祺的合译本。稍后，即 1991 年 1 月，上海译文出版社出版钱鸿嘉独译本。2005 年，杨武能独立翻译的《魔山》出版。随后又有数个中译本推出，不过最为人所知的还是杨武能和钱鸿嘉的译本。杨、钱两位译者均为本领域浸淫有年的专家，但各人翻译宗旨不同，译本风格也就有异。本书主要参考钱鸿嘉译本。
② 杨武能:《〈魔山〉：一个阶级的没落》,《四川外国语学院学报》1990 年第 2 期。

山》的社会意义进行研究。他认为,《魔山》作为《布登勃洛克一家》的后续之作,象征着欧洲战前代表自由资本主义的资产阶级的没落。① 而叶廷芳则在《〈魔山〉的魔力在哪里》中分析了小说的社会批判意义、哲理内涵以及作为教育小说的"现代品种"的特征。② 此外,黄燎宇的《〈魔山〉是怎样的一本书》《〈魔山〉:一部启蒙启示录》,通过分析《魔山》的基本艺术特征来探索其艺术结构和思想。③

其二,对《魔山》作品人物形象和写作技巧的分析。如黄燎宇对纳夫塔的个人形象展开论述,认为作为基督教共产主义者,纳夫塔具有独特的象征内涵。通过对纳夫塔的解读,黄燎宇进而探究了托马斯·曼在20世纪20年代主张走德国式的"中庸之道"的原因和目的。④ 于冬云的《众声喧哗的"魔山"——论〈魔山〉的对话性叙述特色》聚焦于小说人物之间以及小说作者与人物的对话,阐述了小说"对话性叙述"的叙事技巧,证明《魔山》的叙述超越了现实主义小说的叙事传统。⑤

其三,从哲学和思想角度来研究《魔山》。如顾梅珑的《〈魔

---

① 杨武能:《〈魔山〉:一个阶级的没落》,《四川外国语学院学报》1990年第2期。
② 叶廷芳:《〈魔山〉的魔力在哪里》,《世界文学》1992年第4期。
③ 黄燎宇:《思想者的语言》,北京:生活·读书·新知三联书店,2013,第22—28、106—124页。
④ 黄燎宇:《试论〈魔山〉中的纳夫塔》,见氏著:《思想者的语言》,第8—21页。
⑤ 于冬云:《众声喧哗的"魔山"——论〈魔山〉的对话性叙述特色》,《烟台师范学院学报(哲学社会科学版)》2000年第2期。

山〉与托马斯·曼的审美主义思想》,聚焦于小说中所呈现的疾病、死亡和虚无主义,以及感性和理性的关系,认为托马斯·曼尝试用爱和艺术来化解矛盾,体现了他的人道主义情怀。① 又如,谷裕《由〈魔山〉看托马斯·曼对保守主义的回应》认为,《魔山》隐含的保守主义思想与 20 世纪初的保守主义相互应和,体现了作者的审美冲动与人道关怀的张力。② 此外,还有张明娟的《从〈魔山〉看世纪之交欧洲思想图景与精神样态》③、涂险峰和黄艳的《疾病在〈魔山〉起舞——论托马斯·曼反讽的疾病诗学》④ 等,从《魔山》中的"风景体验"与疾病、死亡和时间问题相联系,探讨其中所面临的"存在"之深渊和精神冲突,分析萦绕魔山之上的各种当代思潮,建构起反讽的"疾病诗学",实现了从"疾病浪漫化"转向"浪漫疾病化"的现代转型,并展现了欧洲思想喧嚣失序和实验主义价值缺失的现代"疾病"景观。王炎从"认识论和本体论的时间观"来分析小说,他在《〈魔山〉对时间的追问》中,认为"托马斯的时间观是对存在的领悟";此外,他还将《魔山》与《扎拉图斯特拉如是说》(*Also Sprach Zarathustra*)对读,

---

① 顾梅珑:《〈魔山〉与托马斯·曼的审美主义思想》,《常熟理工学院学报》2005 年第 3 期。
② 曹卫东主编:《危机时刻:德国保守主义革命》,上海:上海人民出版社,2014,第 287—299 页。
③ 张明娟:《从〈魔山〉看世纪之交欧洲思想图景与精神样态》,《文化学刊》2016 年第 11 期。
④ 涂险峰、黄艳:《疾病在〈魔山〉起舞——论托马斯·曼反讽的疾病诗学》,《武汉大学学报(人文科学版)》2017 年第 2 期。

比较《魔山》中的时间观与尼采的"永恒轮回"观。①

其四，从比较文学的视野来研究《魔山》。如，卫茂平从中西文化比较的角度分析，认为《魔山》中论述的亚洲和东方"在很大程度上就是指中国"，批评了托马斯·曼这种"面对东方文化的大举进侵"的主张。② 还有人把《魔山》与村上春树的《挪威的森林》做对比，从创作主题、象征意义、创作基调以及人物情感方面阐述前者对后者的影响。③ 张姗姗的博士论文则以里尔克（Rainer Maria Rilke）的《马尔特·劳里茨·布里格手记》（*Die Aufzeichnungen des Malte Laurids Brigge*）与《魔山》为例，从文化学的视角观察20世纪初德语文学对时间的独特建构。论文通过对文本中特定的时间感知和时间观念进行考察，分析人们在特定时期特定的不同的感受机制，从而考辨出其中的历史原型。该论文的第二部分论述了《魔山》中停滞的空间化的时间形态，指出《魔山》中"停滞的时间感集中表现了现代人忧郁的生存状态"④。尤其值得注意的是，谷裕以德国成长小说的传统来观照创作于20世纪的现代作品《魔山》，在其专著《德语修养小说研究》中有专章进行论述，其中探讨了在现代语境中，托马斯·曼以20世

---

① 王炎：《小说的时间性与现代性——欧洲成长教育小说叙事的时间性研究》，北京：外语教学与研究出版社，2007，第143—158页。

② 卫茂平：《托马斯·曼〈魔山〉中的中西文化评论及〈绿蒂在魏玛〉中的"中国格言"》，《中国比较文学》1994年第2期。

③ 赵佳舒、唐新艳：《托马斯·曼对村上春树的影响——比较〈魔山〉和〈挪威的森林〉》，《译林》2008年第4期。

④ 张姗姗：《20世纪初期德语文学中的时间》，北京外国语大学博士学位论文，2015，第122页。

纪的思维范式以及所关注的问题为导向，颠覆了传统的修养小说（Bildungsroman）模式，表达他对人性的探讨和对人道的追求。①

（三）从空间的角度研究《魔山》

因为本书选择从空间角度切入，下面梳理与《魔山》空间相关的主要研究。

近些年关于《魔山》空间的解读出现得比较多。如：雨果·瓦尔特（Hugo G. Walter）的《魔山中的空间与时间：19世纪及20世纪早期欧洲文学研究》(*Space and Time on the Magic Mountain: Studies in Nineteenth- and Early-Twentieth-Century European Literature*)。在该书中，作者分别以托马斯·曼、威廉·华兹华斯（William Wordsworth），马修·阿诺德（Matthew Arnold）以及詹姆斯·希尔顿（James Hilton）作品中的时间和空间为讨论对象，分析了19世纪至20世纪初欧洲文学中的"魔山"主题。作者认为，一个活跃的空间体验感能使个人发生自我转变，而汉斯通过对魔山独特空间的体验，获得了一种深刻的永恒感。魔山作为一个美学与精神的空间，生活在其中的个人对死亡、时间和永恒皆有独到的体验。文中作者重点讨论因魔山的独特空间感带来的永恒静止的时间感（a sense of everlasting peace），强调空间与时间的紧密关系。② 而乌尔苏拉·赖德尔·施雷威（Ursula Reidel-

---

① 谷裕：《德语修养小说研究》，第249—273页。
② Hugo G. Walter, *Space and Time on the Magic Mountain: Studies in Nineteenth- and Early-Twentieth-Century European Literature*, New York: Peter Lang Publishing Inc., 1999, P. 114. 作者还著有《20世纪欧洲文学中的宏伟住宅》

Schrewe）则从空间叙事学的角度进行分析，他从文本结构进行研究，认为《魔山》中疗养院里的空间和时间不可割裂开来看。它们是一体的，二者融合后所呈现的是一种"无时间感的空间"（zeitloser Raum）。[①] 另外，南希·内诺（Nancy P. Nenno）则将魔山的空间与个体和国家身份建构联系起来，认为魔山为个人与国家双重身份认同引起的冲突提供了折射问题和解决问题的舞台，成为一个极富象征意义的空间。[②] 扎卡里·蒙哥马利（Zachary Montgomery）的《〈贝尼托·切里诺〉与〈魔山〉中空间化的时间与时间化的空间：一种乌托邦式对读》（"The Time of Space and the Space of Time in *Benito Cereno* and *The Magic Mountain*: Towards A Comparative Utopian Reading"），则从福柯的空间观来解读《贝尼托·切里诺》和《魔山》，指出文本中的空间象征着一种"资本主义社会关系的空间"，其真实的主观体验是人类生活的具体化。[③]

国内从空间层面对《魔山》进行的研究最早见于易丹的

（接上页）(*Magnificent Houses in Twentieth Century European Literature*, New York: Peter Lang Publishing Inc., 2012)，书中第一章重点分析了托马斯·曼主要作品，如《布登勃洛克一家》《特里斯坦》《死于威尼斯》《魔山》等小说中的空间特点，关于《魔山》的论述与上书同。

① Ursula Reidel-Schrewe, *Die Raumstruktur des narrativen Textes: Thomas Mann, Der Zauberberg*, Würzburg: Königshausen und Neumann, 1992, S. 17.

② Nancy P. Nenno, "Projection on Blank Space: Landscape, Nationality, and Identity in *Der Zauberberg*," in Hans Rudolf Vaget (ed.), *Thomas Mann's The Magic Mountain: A Casebook*, P. 95-122.

③ Zachary Montgomery, "The Time of Space and the Space of Time in *Benito Cereno* and *The Magic Mountain*: Towards A Comparative Utopian Reading," UC Santa Cruz Electronic Theses and Dissertations, 2016, P. 16.

《〈魔山〉的坐标》，文中作者以"上下""左右""内外"三重空间方位进行分析，揭示出魔山上的生活之本质，从而把握托马斯·曼在小说中试图建筑的意义。① 孙纯的《风景与"存在"的诗学——托马斯·曼的〈魔山〉》聚焦于空间中的"风景"元素，探讨风景与死亡、疾病和时间的关系，并指出魔山中的景观再现了现代人忧郁、孤独、精神无所归依的存在处境。② 黄燎宇的《一部载入史册的疗养院小说——从〈魔山〉看历史书记官托马斯·曼》，认为《魔山》勾勒了一幅耐人寻味的疗养院素描，一方面，作者忠实记录了疗养院生活的方方面面；另一方面，又在字里行间讽刺批判历史，实现了科学、历史和文学的三合一。③ 曹晓玲的硕士学位论文《时间、空间维度下的〈魔山〉解读》，分别从时间和空间的角度进行阐述。④ 王晓静的硕士学位论文《空间转换作为精神升华的隐喻——论托马斯·曼小说〈魔山〉与〈死于威尼斯〉》，以洛特曼的空间理论为指导，探讨《魔山》与《死于威尼斯》中空间的变化与情节和作品主题之间的关系，认为小说中的"疗养之旅"实为"精神之旅"，小说中的空间转换则是主人公精神变化的隐喻。⑤

---

① 易丹：《大师风格》，成都：四川人民出版社，2003，第51—64页。
② 孙纯：《风景与"存在"的诗学——托马斯·曼的〈魔山〉》，《德语人文研究》2016年第1期。
③ 黄燎宇：《一部载入史册的疗养院小说——从〈魔山〉看历史书记官托马斯·曼》，《同济大学学报（社会科学版）》2018年第2期。
④ 曹晓玲：《时间、空间维度下的〈魔山〉解读》，黑龙江大学硕士学位论文，2018。
⑤ 王晓静：《空间转换作为精神升华的隐喻——论托马斯·曼小说〈魔山〉与〈死于威尼斯〉》，南京师范大学硕士学位论文，2018。

由以上国内外研究综述可知，对于托马斯·曼及其《魔山》的研究已经取得了十分丰硕的成果，但是还存在着继续拓展的空间。而本书选取空间作为切入点，一方面是由于小说文本自身所呈现和传达出的大量时间和空间的内容，包括丰富多样的时空描写、人物主体意识与时空感知的张力关系；另一方面，20世纪后半叶西方学界的"空间转型"为本书将"空间"作为研究对象提供了视角可能性。关注和反思空间，本质上是对人类自身的生存环境、生存状态的反思，探讨的是作为主体的个体与世界的关系。接下来，首先要明晰小说中的空间形式指的是什么。或者说，我们要探讨《魔山》中的空间美学，得先弄清楚小说中的空间形式的内涵和特征。

三、现代小说中的空间形式

时间和空间是20世纪现代小说中的重要问题，也是《魔山》的核心问题之一。关于时间和空间在小说中的关系，巴赫金称："时间在这里（小说）浓缩、凝聚，变成艺术上可见的东西；空间则趋向紧张，被卷入时间、情节、历史的运动之中。时间的标志要展现在空间里，而空间则要通过时间来理解和衡量。"[①] 小说中时间与空间的关系复杂而多样，共同营造了小说中独特的"时空体"（хронотоп）[②]。然而，长久以来，受历史决定论的影响，人

[①] 巴赫金:《小说理论》，白春仁、晓河译，石家庄：河北教育出版社，1998，第275页。

[②] 巴赫金称"时空体"指的是"文学中已经艺术地把握了的时间关系和空间关系相互间的重要联系"。参见巴赫金:《小说理论》，第274页。

们往往聚焦于时间，认为时间是影响人类生活最重要的维度，因此或多或少地忽略了空间，导致空间话语有所缺失。时间优先与空间滞后的历史发展特征也延续到小说的研究中，学界对小说中时间问题的研究汗牛充栋，相反，关于小说中的空间因素研究相较而言却有些冷清。拿《魔山》来说，以往的研究者包括托马斯·曼本人大都把它当作"时间小说"（Zeitroman）来读[1]，把它与柏格森、爱因斯坦、海德格尔以及普鲁斯特等人的时间观做对比。[2] 然而，不容忽视的是，尽管在《魔山》的内部叙述结构中时间元素举足轻重，托马斯·曼呈现了对时间深刻而复杂的探索，但是其中对空间的维度的探索也不容小觑，甚至可以说小说独特的空间性比时间性更具体可感。[3] 随着近来西方空间理论的勃兴，小说中的空间形式问题得到越来越多的关注和讨论。但是真正追问起什么是小说的空间形式却依然争论不休，众说纷纭。原因在于，我们对小说中的空间问题这一研究对象仍有疑义，小说的空间因素究竟何指？时间和空间在小说中如何并存？研究小说的空间形态对于小说学有什么具体的意义？一言以蔽之，当我们在探讨小说中的空间问题时我们在探讨的是什么？下面将试着回答这些问题。

---

[1] 托马斯·曼：《关于我自己》，见《托马斯·曼散文》，第254页。

[2] Ruprecht Wimmer, "Zur Philosophie der Zeit im *Zauberberg*," in: Thomas Sprecher (Hrsg.), *Auf dem Weg zum Zauberberg: Die Davoser Literaturtage 1996*, S. 251-272.

[3] Hugo G. Walter, *Space and Time on the Magic Mountain: Studies in Nineteenth- and Early-Twentieth-Century European Literature*, P. 121.

（一）小说中的空间性存在

一部小说，具有两个维度，即时间与空间，二者相互依存，不可分割。"小说既是空间结构也是时间结构。说它是空间结构是因为它在展开的书页中出现了在我们的目光下静止不动的形式的组织和体系；说它是时间结构是因为不存在瞬间阅读，因为一生的经历总是在时间中展开的。"[①] 尽管时间和空间都是构成小说的基本元素，但在传统的研究中，前者比后者更受重视。小说首先是一种时间性的存在。因为小说是一种语言艺术，作者用语言文字先后叙述出故事形成小说。换言之，一部小说的生成首先得经历一个叙述时间。小说故事是在一个时间的延展中逐渐成形的。从外在的形式来看，小说表现为一本书的形式，这本书从第一页故事开始，到最后一页故事结束，是有一个从前到后的时间顺序。而就小说的内在文本来说，它同样也是一种时间性的存在。小说的情节发展总是沿着某个时间的逻辑或模式向前推进和拓展，明着或暗着都有一条或清晰或模糊的时间线索。故事随着时间的延展而展开，时间伴着故事的发展而流逝。尤其在传统小说中，时间或因果关系是铺陈小说情节和故事的主要手段。正如巴赫金所言，"在文学中，时空体里的主导因素是时间"[②]。

不过，小说不仅有时间维度，也有空间维度。换言之，小说既是一种时间性的存在，也是一种空间性的存在，而且对小说而

---

① 让-伊夫·塔迪埃：《普鲁斯特和小说》，桂裕芳、王森译，上海：上海译文出版社，1992，第224页。

② 巴赫金：《小说理论》，第275页。

言，空间还是一个不亚于时间的核心因素。小说首先是一种以语言文字的媒介先后叙述出来的语言艺术，不过这些语言并存后构成一本书，最终呈现为一种空间的形态。这是小说在物质形态上的一种空间表现，然而这与我们今天要讨论的现代小说中的空间形式还有些区别。那么，我们所探讨的到底是怎样的空间形式？

1945年约瑟夫·弗兰克在《现代小说中的空间形式》中专门探讨了小说的空间问题，并引发了持久的讨论。不过，关于小说是否存在"空间形式"的问题迄今也还有争论。比如，有这么一种说法，认为"克服时间的愿望，是与字词的时间上的连续互相抵触的"[①]。这里说的是，时间和空间这两个元素在小说中是两个矛盾对立的事物，二者相互抵触，不可兼容。甚至说，空间形式"永远与小说叙述的和连续的趋势相抵触，因为顾名思义，这些趋势是反对作为一个重要的结构因素的空间的"[②]，小说中的叙述行为和连续性的过程与作为结构性因素的空间相互对立，相互矛盾，是一种悖反性的二元结构。然而，尽管"纯粹的空间性是一种为文学所渴望的、但永远实现不了的状态"，但是小说中的空间形式依然存在，小说家为实现这种状态的努力依然继续。尤其是在西方的现代小说中，"克服时间的愿望"促使小说家不断地探索并产生了具体的小说创作手法，在小说中展演各种空间形式。

---

① 卡里·纳尔逊：《有形的文字：作为言辞空间的文学》，伊利诺斯大学出版社，1973，第3页；转引自杰罗姆·科林柯维支：《作为人造物的小说：当代小说中的空间形式》，见约瑟夫·弗兰克等著，秦林芳编译：《现代小说中的空间形式》，北京：北京大学出版社，1991，第51页。
② 杰罗姆·科林柯维支：《作为人造物的小说：当代小说中的空间形式》，见约瑟夫·弗兰克等著，秦林芳编译：《现代小说中的空间形式》，第50页。

现代小说家"克服时间的愿望"随着现代社会的空间化特征日益凸显,愈加强烈。正如福柯所说:"而当今的时代(20世纪)或许应是空间的纪元。我们身处同时性的时代(epoch of simultaneity)中,处在一个并置的年代,这是远近的年代、比肩的年代、星罗散布的年代。我确信,我们处在这么一刻,其中由时间发展出来的世界经验,远少于连系着不同点与点之间的混乱网络所形成的世界经验。"① 现代空间带给人们新的空间体验、感受和认知,这种新的体验冲击了传统小说中占主导地位的时间。有学者称,"现代主义小说运用时空交叉和时空倒置的方法,打破了传统的单一时间顺序,展露了追求空间化效果的趋势。……二十世纪的作家表现出了对时间和顺序的弃绝、对空间和结构的偏爱"②。相应地,小说理论也对空间更加关注。詹姆斯·M.柯蒂斯表示,"科学理论的有效性大部分依靠它们预示现象的能力,因而当异常的情况(理论不能解释的现象)发生时,危机也就发生了。如果这个危机显得非常严重,那么,只有一个新的范型的出现才能解决它"③。危机感促发了新的理论范型,产生了"小说的空间形式"理论,为阐释现代小说提供新的可能。那么,小说的空间形式具体何指?

以往我们谈及小说中的空间形式,最先浮现在脑海中的是作者

---

① 米歇尔·福柯:《不同空间的正文与上下文》,见包亚明主编:《后现代性与地理学的政治》,第18页。
② 秦林芳:《译序》,见约瑟夫·弗兰克等著,秦林芳编译:《现代小说中的空间形式》,第Ⅰ—Ⅱ页。
③ 詹姆斯·M.柯蒂斯:《现代主义美学关联域中的空间形式》,见约瑟夫·弗兰克等著,秦林芳编译:《现代小说中的空间形式》,第72页。

在作品中所描绘的自然风景、城市景观、乡土风情、房屋建筑等，常不自觉地把作品中的空间当作人物的背景和故事发生的舞台。但是随着对小说空间形式研究的深入，我们发现回答这个问题并不容易。小说中空间形式复杂而多元，其负载的隐喻和象征也广博多样。下面我们试着概括出现代小说中最典型的几种空间形式。

（二）现代小说中的空间形式

1. 并置的结构

小说中最为典型的空间形式当属"并置"（juxtaposition）空间。何谓"并置"？有学者称它即"在文本中并列地置放那些游离于叙述过程之外的各种意象和暗示、象征和联系，使它们在文本中取得连续的参照和前后参照，从而结成一个整体；换言之，并置就是'词的组合'，就是'对意象和短语的空间编织'。……空间形式小说是由许多分散的而又互相关联的象征、意象和参照等意义单位所构成的一个艺术整体"[①]。也就是说，"并置"指的是小说中把那些相互观照、相互联系的意象、暗示或象征并置，是短语和意象的空间性呈现。典型的例子，如福楼拜的《包法利夫人》中那个著名的农产品展览会场景。在这一场景中，作者通过在同一情节（展览会）不同层次之间的来回切换，取消了时间的顺序，实现了小说中形式的空间化，"注意力在有限的时间范围内被固定在诸种联系的交互作用中。这些联系游离叙述过程之外而被并置着；该场景的全部意味都仅仅由各个意义单位之间的反应联系所

[①] 秦林芳：《译序》，见约瑟夫·弗兰克等著，秦林芳编译：《现代小说中的空间形式》，第Ⅲ页。

赋予"①。或者是乔伊斯在《尤利西斯》中片段地展示他所要叙述的各种要素。乔伊斯经常不经说明就把布鲁姆、斯蒂芬和莫莉的故事抛出来，对这些人物的经历和心理活动的理解需要通过重组各个片段来重构，这些片段有时甚至相隔数百页，散布在书中各处。乔伊斯想通过这个方式向读者建立一个作为一个整体的都柏林印象，所以读者在阅读时必须把各种暗示和片段在空间上连接起来。都柏林的整体形象通过书中并置在各处的空间描绘得以呈现。

不过，"并置"在小说空间形式中绝不仅仅是词语或意象的并置。小说中空间的"并置"还应该包括结构性的并置。比如，在一本小说中可能有多个叙述者，完整的故事需叠加这些不同叙述者的讲述才可以实现，此类小说并置的是多重的叙述。再比如，一本小说由一个又一个故事串起，每个故事既相对独立又有联系，共同表现小说的主题，这是多重故事的并置。具体说来，艾米莉·勃朗特的《呼啸山庄》以嵌套式结构（embedding structure）展开叙述，作者先由房客洛克伍德的自述开启呼啸山庄的故事，接着利用洛克伍德从女管家耐莉处听来的故事推进情节发展，将读者带入呼啸山庄与画眉山庄的前尘往事中，而在耐莉的讲述中又包含着她从别人那里听来的故事。故事套着故事，读者从一个时空转入另一个时空。每位讲述者分别从各自的角度讲述，同时也以自己的立场评判事件和人物，各种叙事层面并置存在且相互交叉，共同完成《呼啸山庄》的故事。保罗·利科认为《魔山》的结构设置也有这种嵌套式结构的特征。在利科

---

① 约瑟夫·弗兰克：《现代小说中的空间形式》，见约瑟夫·弗兰克等著，秦林芳编译：《现代小说中的空间形式》，第3页。

看来,《魔山》不仅是一个关于时间的寓言,在作为时间小说的《魔山》中同时还嵌入了作为疾病小说、文化小说的《魔山》,这些又是在作为教育小说的框架内,是一个层层叠叠的复杂结构。在这个复杂的结构中演绎着疾病、死亡、文化的悲剧。① 更为典型的是福克纳的《喧哗与骚动》(The Sound and the Fury)。作者在小说中安排了四个不同的叙述者分别讲述同一个故事,并把这四种叙述的声音并置在一起。因此,对《喧哗与骚动》的解读应当首先关注这种并置结构,将散乱的故事情节拼接起来。因为前三个叙述者所讲的故事都不完整,我们必须把第四个叙述者的故事叠加起来看,才能读懂小说。但是,就算把所有并置的故事叠加在一起,也没有穷尽故事的完整意义。与传统的小说相比,这类小说的叙述经常戛然而止,出人意表,也因此具有了开放、多样的解读方式。《现代小说中的空间形式》将小说中并置的空间形式称为"橘瓣式"的构造,各种空间形式就像一瓣一瓣的橘子比邻而立,它们的地位相等,集中围在橘子中心。

2. 时间化的空间

小说的空间形式除了以"并置"的方式呈现外,还有一个特别突出的形式,那就是以小说中空间性的存在代替时间性的存在。弗兰克在《现代小说中的空间形式》中论及《尤利西斯》和《追忆似水年华》(以下简称《追忆》)时,将二者称作"具有空间形式"的小说。② 弗兰克如此定义《尤利西斯》,倒还能理

---

① 保尔·利科:《虚构叙事中时间的塑形:时间与叙事》第2卷,第204—239页。

② 约瑟夫·弗兰克:《现代小说中的空间形式》,见约瑟夫·弗兰克等著,秦林芳编译:《现代小说中的空间形式》,第4页。

解，因为整部《尤利西斯》围绕着布鲁姆、斯蒂芬和莫莉的经历和心理活动，展现了都柏林当代的社会生活，给读者"一幅被视为一个整体的都柏林的图画"①。但是《追忆》历来被看作一部伟大的时间小说，是关于时间的一个隐喻。时间是《追忆》的真正主题，整部小说都在讲述作者如何寻找逝去的时光。不过，弗兰克却提请我们注意，如果仅从时间维度来阐释《追忆》，将会忽略普鲁斯特"作品中最为深刻的意义"。因为普鲁斯特对过去时光的追忆，本质上是一种"超越时间的精神"。比利时批评家乔治·普莱（Georges Poulet）也认为，普鲁斯特的《追忆》"不仅追寻失去的时间，而且也追寻失去的空间"②。普鲁斯特对时间的超越和对空间的追寻表现在他对"纯粹时间"的瞬间呈现。在他看来，人的一生中，总有那么一些时刻和瞬间非同寻常，可以容纳和浓缩过去和现在。比如小说中那个著名的"马德莱娜小甜饼"的场景。主人公喝了泡着小甜饼的茶后，突然有这么一种感觉，自己浑身一震，身体和思绪都发生了巨大的震动，仿佛回到从前喝这种茶的时光。③过去的时间和记忆随着这块点心复活。弗兰克认为，这一瞬间的实质"根本就不是时间——它是瞬间的感觉，也就是说，是空间"④。因为在这一瞬间，时间是几乎静止

---

① 约瑟夫·弗兰克：《现代小说中的空间形式》，见约瑟夫·弗兰克等著，秦林芳编译：《现代小说中的空间形式》，第5页。

② 乔治·普莱：《普鲁斯特的空间》，张新木译，上海：华东师范大学出版社，2015，第7页。

③ 马塞尔·普鲁斯特：《追忆似水年华》，周克希等译，南京：译林出版社，2008，第326页。

④ 约瑟夫·弗兰克：《现代小说中的空间形式》，见约瑟夫·弗兰克等著，秦林芳编译：《现代小说中的空间形式》，第15页。

的，而这静止的片刻又是包含了意象、记忆和人物等大量细节的空间性形态。"在这个片段中，作者将那个对抗时间摧毁力量的胜利精确地搬移到空间领域中，而小说就其本质而言恰恰就是要构成这种时间的摧毁力量。"① 换言之，在这个片段中，故事的时间停止了，而大量的细节填充着，使得这个片刻的时间呈现出空间化的特征。

如果说普鲁斯特沉醉于通过追寻过去时间而超越时间，那么卡夫卡则特别迷恋以潜在的时间消解顺序的时间，进而将时间空间化。在卡夫卡的笔下，时间并非线性向前延展，而是停滞不前的。"他的人物没有过去，生活在烦躁不安的永恒的现时，因为他们徒劳地去寻找那不是他们所能找到的真理。"② 比如《城堡》中那位没有过去，也不知未来在何处的主人公 K，始终徘徊在城堡前，不得其门而入。对 K 而言，面对近在咫尺又不知所谓的城堡，他的时间是混乱的，只有永远迷乱的现在，让他只能在城堡这个空间中迷失自我。在这里，卡夫卡对时间的消解和弱化，通过主人公一次次对空间（城堡）的靠近和远离所产生的漫长而又令人沮丧的情绪来实现。主人公潜意识中混乱得让人迷失自我的时间意识呈现为空间的模糊和不确定。而卡夫卡的伟大之处在于，现代人的被驱逐感和陌生感被他用这种空间的模糊和不确定表达出来了。

---

① 乔治·普莱:《普鲁斯特的空间》，第 10 页。
② Roman Karst, "Franz Kafka: Word-Space-Time," in *Mosaic: An Interdisciplinary Critical Journal*, Vol. 3, No. 4, New Views of *Franz Kafka* (Summer, 1970), P. 14.

而萨特（Jean-Paul Sartre）对《喧哗与骚动》的时间问题的分析，更具体地阐释了空间化的时间如何成为可能。在他看来，福克纳的时间哲学集中体现为他对"现在"的阐释。福克纳笔下的现在"并不是在过去和未来之间一个划定界线或有明确位置的点。他的现在在实质上是不合理的；它是一个事件，怪异而不可思议，像贼一样来临——来到我们跟前又消失了。现在再往前，什么也没有，因为未来并不存在。一个现在从不可知中出现，赶去另一个现在"①。也就是说，福克纳的现在是一个独立于由过去、现在和未来组成的正常时间的时间。这个"现在"横空出世，既没有"过去"的来源，也不指向"未来"，"现在"的下一刻还是"现在"。因此，萨特认为这个"现在"还具有"中顿"（L'enforcement）的特征。"在福克纳的小说中，从来不存在发展，没有任何来自未来的东西。……他的现在就是无缘无故地到来而中顿。"②也就是说，福克纳的"现在"是由一个个瞬间构成，这一个个"现在"的瞬间是空间，而且他的"现在"还是没有未来的纯粹的现在，时间在这里永远处于现时，因而也是空间性的。

而托马斯·曼在《魔山》中则通过营造一种时间凝滞的空间来凸显时间的空间化。托马斯·曼表示，"这本书本身的写法就是它所讲述的内容相一致；它描写了年轻的主人公如何在封闭环境中走火入魔，忘记了时间，这本身就是通过艺术手段、通过保持

---

① 让-保尔·萨特：《〈喧哗与骚动〉：福克纳小说中的时间》，俞石文译，见李文俊编：《福克纳的神话》，上海：上海译文出版社，2008，第112—113页。
② 同上，第113页。

音乐-思想（musikalisch-ideell）总体世界中的永恒存在（völlige Präsenz）并制造魔幻的'停顿的现在'（nunc stans）的尝试来取消时间"①。而这种无时间感的时间本质上是一种空间化的时间（die Verräumlichung der Zeit）②，时间不再向前延展而只有"停顿的现在"。

3. 重复的主导动机

在现代主义小说中，用来获得空间形式的方式除了上述的"并置的结构"和"时间的空间化"，还有对"主导动机"（Leitmotiv）的借鉴和融合。主导动机原本指的是一种音乐上的创作手法。在一部音乐作品中，作者为了呈现作品的主题或体现人物的性格特征，经常会用特定的旋律或音色来表达某种和作品主题或人物性格有关的思想和情感，这种特定的旋律和音色贯穿整部作品。比如，瓦格纳在创作《特里斯坦和伊索尔德》（*Tristan und Isolde*）时不断重复使用高音来表达男主人公的激昂之情。值得注意的是，作品中的主导动机并非一成不变。作者可以根据具体的需要安排不同的主导动机，既可以是具体层面的，如大海、荒野、戒指等实际存在的事物，也可以是抽象层面的，如爱、恐惧、欢乐、颓废等情感。

在现代小说家中，托马斯·曼对"主导动机"的借鉴和融合可谓炉火纯青。他尤其善于在小说中反复运用各种与主题相关的，且具有独特意涵的人物、事件和物品，借此明晰人物的情感发展

---

① 托马斯·曼：《关于我自己》，见《托马斯·曼散文》，第 254 页。

② Ursula Reidel-Schrewe, *Die Raumstruktur des narrativen Textes: Thomas Mann, Der Zauberberg*, S. 15.

或故事情节的走向。[①] 例如，在《死于威尼斯》中，托马斯·曼用具有不同特征的古希腊神话中的人或物来象征"死亡使者"，从墓地的陌生人到乔装打扮的老头，再到举止怪异的船夫、街头卖唱的吉他手，这些人物都具有明显的古希腊神话人物的体貌特征，由此托马斯·曼营造出一个充满死亡气息的诡异空间。这些情节的重复出现，预示着主人公不平静的旅行，不仅推动了故事情节的发展，也凸显了故事的死亡主题。在《魔山》的第五章"死神的舞蹈"这一节中，托马斯·曼同样运用重复的主导动机，以汉斯和约阿希姆给重病的病友送临终关怀，描述了疗养院中光怪陆离的死亡。这些死亡场景的叠加让魔山上充满疾病和死亡的空间特征更加凸显。此外，疗养院中病人每天准时准点在餐厅用餐的情景描写也有类似的效果。病人们在餐厅一顿接着一顿，准时坐在相同的位置吃饭，让人产生他们似乎从没离开过的错觉。用餐情景的叠加让人体验到的不是时间的流逝，而是空间的永恒，人们永远都在吃饭。魔山上的空间因此有了一种停滞感。

4. 空间化的情境

除了上述的"并置的解构""空间化的时间"以及"重复的主导动机"，小说中的空间形式还体现为"空间化的情境"，故事集中在一个相对固定和统一的空间里。比如《魔山》，小说的故事基本围绕着达沃斯的高山疗养院展开，即便牵涉到其他地方的

[①] 对托马斯·曼作品中"主导动机"的运用进行深入分析的研究，可参见 P. G. Klussmann, "Die Struktur des Leitmotivs in Thomas Manns Erzählprosa," in: Rudolf Wolff（Hrsg.）, *Thomas Mann：Erzählungen und Novellen*，Bonn：Bouvier，S. 8–26。

故事，基本都是以回忆或转述的方式来叙述。还比如海明威的《白象似的群山》(Hills Like White Elephants)，故事发生在一个火车站，在等待火车的时候，男人劝女人去做一个小手术。这个故事将海明威"冰山文体"的写作手法阐释得淋漓尽致。他只截取了一个生活的横切面，将故事固定在站台这个有限的空间里，客观地记录了火车到来前一小段时间里所发生的事件。故事以一个简单的情境承载了复杂而独特的内涵。

（三）现代小说中空间形式的价值和功能

诚然，现代小说中的空间形式不止上述的这几种，西方现代的小说家和学者越来越多地投身于小说中空间形式的创作和研究中，使得新的空间形式层出不穷。《魔山》就以各种风格迥异的空间形态书写参与到这股小说空间化的思潮中。在后现代的当代社会，空间化在小说中乃至整个社会中都占据着更为主导的位置。现代小说中的空间形式之所以愈发凸显，原因在于它具有独特的价值和功能。

首先，现代小说中的空间形式是界定现代人的生存困境的重要维度。现代社会的发展使得人与空间的互动呈现更为复杂的关系。相应地，文学作品中对现代空间的书写也与人的生存处境更加紧密。因此，对小说中空间形式的关注实际上是对现代人的生存处境的关注。卢卡奇（Georg Lukács）在分析史诗与现代小说的差异时，认为史诗时代呈现的是一个有限的、封闭的甚至是神秘且混沌的世界，与此相反，小说时代则展现一个无限的、开放的、复杂且多元的世界。生活在小说时代的现代人因此丧失了归属感和整体感,丧失了给自己定位的能力。他们要么自我放逐,要么奋力寻找自我救赎的可能性。因此,作为现代人"无家可归(Unheimlichkeit)的先验表达"[①]的现代小说在叙事模式和主题建构上都致力于对空间的塑造。与传统小说相比,现代小说看起来好像"缺少故事情节和人物形象,也缺少清晰可辨的时间结构,实际上,反而比19世纪那些写实传统的现实主义小说更能真实地表现零碎和断裂的经验"[②]。因此,在对现代小说中的空间形式进行研究的时候,要将空间形式的表征与现代人的生存状态联系起来,从现代人独特的空间体验来分析现代人不安、焦虑的深层原因,同时从现代人易孤独易无助的现实状态反过来理解现代小说中独特的空间形式。

其次,现代小说中的空间形式是现代人精神危机的重要写照。现代小说在主题和叙事内容上多表达现代人漂泊的旅程,因此刻画了许多游客、远足者、流浪汉、漂泊者、浪荡子的人物形象,同时也记录下这些人的空间体验和精神变化。现代社会的发展让越来越多的人走出自我的小世界,投身社会的大世界,但是现代社会的偶然性、易变性、破碎性不断消解着传统的信仰和价值标准,"上帝死了",但新的救赎又虚无缥缈,人们身体上可以游走四方,但精神上依然压抑困顿。"分裂的当代文化既让他们

---

① Georg Lukács, *Die Theorie des Romans: Ein geschichtsphilosophischer Versuch über die Formen der großen Epik*, Neuwied und Berlin: Luchterhand, 1963, S. 52.

② Paul Ricoeur, *Time and Narrative*, Kathleen Mclaughlin and David Pellauer (trans.), Chicago: University of Chicago Press, 1985, P. 13.

动,也让他们无法动弹。"①利科形象地总结说,现代的"空间不是满的,它没有被填满"②。事实上,这也是现代人精神状态的真实写照。现代社会的发展尽管带来巨大的物质飞跃,但同时也极大地剥蚀了现代人的空间,引发他们精神上的压抑感和沉郁感。现代小说中破碎的、断裂的、瞬间的空间形式恰恰是对现代人的精神危机与思想困境的真实写照。

再者,现代小说中的空间形式是现代人历史感和文化归属感的重要载体。现代小说中空间化的时间,意味着时间以及历史纵深感的丧失。时间被现实的空间分割和侵蚀,人们越来越没有时间去回忆、去思索,而是被困在当下庸庸碌碌的现实生活中。因为现代人只关注当下的生活,而现时的空间带给他们更多的是焦虑、不安和烦躁。人们体验到的也多是被放逐感、孤独感和陌生感,他们精神上所孜孜以求的文化归属感荡然无存。文化归属感关涉的不仅是时间,事实上,空间更为重要。通常,我们认为文化归属感与历史感和时间意识紧密相关。当我们谈起自己是炎黄子孙时,背后隐含着的是中国上下五千年所赋予的文化自豪感。而现代人往往失去了这种时间体验,现代社会讲究的是效益,是速度,是快,高效而快速的时间体验也阻碍了现代人对历史感和文化归属感的真正获得。而现代小说中时间空间化的空间形式正是对现代人历史感和文化归属感薄弱的反映。因此,个体历史感和文化归属感要在独特的现代空间中追寻。而空间不仅仅是一个

---

① 保罗·利科:《记忆,历史,遗忘》,李彦岑、陈颖译,上海:华东师范大学出版社,2018,第191页。

② 同上。

地理位置，更重要的，它是一个凝聚了文明与文化的载体，是对历史和文化的具象化呈现。我们时常说，"一方水土，养一方人"，这里的"养"更多的是指一个地方的文化氛围和精神气质。因此，当我们解读现代小说中的空间形式时，要注重挖掘一个地理空间上负载的文化内涵。

四、本书内容与结构安排

综合前文所述，本书将从以下几个章节展开论述。

第一章主要探讨托马斯·曼早期空间美学的发端和特征。《魔山》所建构的空间美学并非无本之木、无源之水，而是根植于当时充满危机的时代以及托马斯·曼早期创作中的空间美学观念和文学实践。因此，本章首先回到《魔山》写作的历史语境，从当时的政治、经济、社会和文化等方面探究托马斯·曼自觉以空间的视角和论述参与现代性批判的根源。其次，具体分析托马斯·曼早期作品，挖掘他的早期空间美学思想和文学创作与《魔山》的关联。在创作《魔山》之前，托马斯·曼已在各种题材的写作中，生发了以空间符号呈现个体的存在方式、知觉体验和精神诉求的空间美学观念。同时他还热衷以"参差对照"或"并置"的手法建构不同的二元空间形式：由内而外的家宅空间、从北到南的跨文化空间以及由西向东的跨界域空间，并赋予这些二元空间独特的精神、观念或文化的隐喻，进而展开文化批判和哲学思考。空间功能的属性在托马斯·曼早期作品中自由展现，并在《魔山》中进一步发扬光大。

第二章旨在分析《魔山》何以成为一部"空间小说"，即在德国成长小说的传统中，阐明将《魔山》作为一部"空间小说"的合法性。首先论述《魔山》在叙述内容、情节安排、结构设计、叙述手法等方面突出空间的维度，使其成为名副其实的"空间小说"，进而具体分析《魔山》对德语传统成长小说的继承与颠覆，以及作者如此安排的原因和用意。《魔山》一反成长小说线性时间发展的成长模式，以主人公在时间凝滞和空间静止的高山疗养院中的独特空间体验开启认识自我和认识世界的成长之路。托马斯·曼在《魔山》中突出空间的元素是为了顺应复杂的时代背景，以更直观和更深入的方式反映20世纪人类对自身的存在状态和历史命运的困惑，以及对造成这种困惑根源和解决之道的探索。

接下来的三个章节进一步阐释托马斯·曼在《魔山》中如何建构既关注主体存在处境与精神状况，又充满审美和文化批判的空间美学思想。对托马斯·曼而言，空间是一种文化符号，是一种精神生活方式，以空间的视角探究某一具体空间的文化内涵和结构特点，或者探究不同文化空间之间的冲突和文化，既可以唤起人们对空间的想象和体验，同时也唤起人们对人类的存在和出路的严肃思考。因而，在《魔山》的各种形态的空间书写中，他都非常关切人类的生存处境和时代的精神状况。而托马斯·曼对"魔山"的建构有一条清晰的空间逻辑，即由远及近、从大到小，他首先把故事发生的空间设置为阿尔卑斯山，进而又设计了一座肺病疗养院，随后的故事情节围绕着疗养院周围的环境展开。因此，我们对《魔山》中空间形式的分析也沿着这条空间主线入手，分别从自然空间、疗养院空间以及神话空间展开。值得注意的是,此三重空间并非孤立存在,而是连接大地、社会与超验的有机整体。

具体而言,第三章主要探讨《魔山》的自然空间。本章第一部分论述的是《魔山》中平原与高山的双重空间设置。以汉堡为代表的平原空间表现出繁忙劳碌、世俗物质的生活景象,其热闹、拥挤和物质性的空间形态使得平原世界充满生机,代表了世俗的日常生活;而以达沃斯疗养院为代表的高山空间则因位置高远,远离世俗生活而成为精神的居所,各种精神和理念在此相互激荡,彼此交融,呈现出鲜明的精神性,象征着脱俗的精神生活。托马斯·曼通过设置平原与高山的双重空间,既推动了故事情节的展开和发展,也呈现了小说的主旨和内涵。面对20世纪初叶苦难深重的德国或者说欧洲,托马斯·曼以高山空间的建构为精神上流离失所的人们寻找一个栖身之所,这个栖身之所不是美好的乌托邦,而是充满腐朽和死亡的炼金炉,需要在其中经历痛苦的蒸馏、萃取、提纯等过程,才能获得精神、思想和道德的提升。本章的第二部分则聚焦于《魔山》中的景观书写,选取了小说中典型的景观来分析不同景观形态的内涵,从自然景观高山和雪野到生活景观餐厅和阳台,再到文化景观墓地与教堂,这些不同的景观形态蕴含着不同的精神取向和文化内涵,超越了它们单纯作为景观本身的意义。它们相互交织,相互呼应,相互对比,共同编织了魔山有机的整体,而这个有机的整体又与小说《魔山》涵纳的多元的精神和文化相互应和和补充,共同建构出一个丰富而复杂的文化世界,由此,托马斯·曼也在"沉思性"和"阐释性"的景观意识之外,建构出一个新的维度,即"反思性"的景观意识,丰富了空间美学中的景观书写。

  第四章则聚焦于《魔山》故事发生的场所疗养院空间。小说中,位于阿尔卑斯山的这座疗养院既是现实生活中确实存在的疗养院空间(托马斯·曼以妻子在达沃斯治疗肺病的疗养院为原型),又是远离日常生活的空间,具有一套与日常生活截然不同的生活方式和价值观念的地方。福柯将这种既真实存在又再现、对立和倒转现实的空间称为"异质空间"。因此,本章的重点是分析魔山上的疗养院这个异质空间。本章首先梳理了现代小说中的疗养院空间与疾病文学传统的关系。疗养院进入文学话语与文学对疾病的表达紧密相关。因此第一部分主要是探讨疾病与文学的关系,尤其是肺结核的文学表达。作家们对疾病的浪漫化、审美化、哲学化让疾病成为诗意的化身、隐喻的符号,更重要的是成为现代人的生存表达,成为现代性批判的象征。文学中的疾病不单是被审美化的意象符号,还是个体自身身份、地位、权力和文化的象征。而托马斯·曼正是借用疾病在文化、政治、经济的象征意涵,表达对当时德国乃至整个欧洲资本主义社会的批判和反思。第二部分则分析疾病文学与疗养院空间的书写。疗养院在特殊历史时期产生因而也具有特殊的空间特征。疗养院作为福柯所说的"异质空间",是疾病文学中对病态元素的一个集中展示。作家通过重置空间的疗养和居住功能,让疗养院空间具有反思性功能,并透过疗养院空间的书写和建构,来审视和观照个体完整的生命体验,反思和批判人类其他的空间形态。正是在这个意义上,作为隐喻的疗养院空间超越了修辞意义上的隐喻,而具有伦理道德和意识形态的内涵,折射出作者的文化价值取向和政治诉求。而"魔山"则是20世纪现代小说中最庞大也是包含最多元隐喻意义的疗养院空间。因此，本章的第三部分探究"魔山"上的疗养院空间及其生活方式和价值观念，并分析托马斯·曼建构这样一个疗养院空间的动机和意蕴。

第五章主要探讨的是《魔山》中的神话空间。托马斯·曼通过对各种神话典故的改写和化用将魔山塑造成一个充满爱欲与死亡的非理性的、超越的神话空间，并在其中展开对现代社会、启蒙思想的批判与反思，用神话宣扬人道主义，形成了独特的新神话空间美学。本章的第一部分以奥德修斯的"冥府之行"来观照汉斯的"魔山之旅"，对比分析二者展开旅行的动机、经历和结果。托马斯·曼通过汉斯的魔山之旅重塑奥德修斯的冥府之行，揭示了二者精神上的同源性，即作为一个探寻者，经历死亡和爱欲的考验后，带着对生命价值更充分的认识重新踏上生命之路。在这里，托马斯·曼将成长小说中主人公的空间体验从现实的日常空间位移延伸至神话层面，革新了成长小说的空间模式。第二部分则以《魔山》中的重要插曲"瓦尔普吉斯之夜"为讨论对象。托马斯·曼创造性地将传统瓦尔普吉斯之夜中室外的女巫夜会转换成疗养院室内的狂欢舞会，营造出一个现代的非理性神话空间，并在这场主角从魔鬼变成人类、地点从荒野迁移到室内的现代"瓦尔普吉斯之夜"中，对启蒙思想展开德国化和浪漫化的批判和反思。

值得注意的是，从处于大地的自然空间到立于社会中的疗养院空间，再到超验的神话空间，它们并非单独、孤立地存在，而是相互交叠，相互补充，共同将魔山编织成一个有机的整体。这些空间作为不同观念的象征，与《魔山》多元的精神异形同构，建构出一个多元的文化世界。

"一战"的溃败和魏玛共和国的成立,既是托马斯·曼生活的转折点,同时也是《魔山》的转折点。因为战争不仅让这位自诩为"一个不问政治者"的作家成为政治活动家,也重塑了《魔山》的主题和思想。《魔山》不再是一部与《死于威尼斯》对照的滑稽"羊人剧"①,而是一部为战后的德国危机寻找出路的思想探索之作,是托马斯·曼捍卫德国内在精神文化,反抗西方文明的反思之作。因此本书的第六章主要是通过《魔山》中的空间书写来反观"一战"后托马斯·曼思想的转变,从而探讨托马斯·曼的政治观念。

《魔山》中的达沃斯还是思想论争的空间。在小说中的达沃斯疗养院里,塞塔姆布里尼与纳夫塔展开一场关于文明（Zivilisation）与文化（Kultur）的思想论争,而在小说之外,同样在达沃斯皑皑白雪的高峰中,海德格尔和卡西尔就康德哲学的阐释展开辩论,其辩论的实质也直指文明与文化之争。在附录一中主要论述魔山空间在思想史上的联系与意义。

结语部分是对全书进行梳理,并进一步阐发托马斯·曼空间美学对当下的意义。

---

① 1913 年 7 月 24 日,托马斯·曼致信友人说,他正在计划一个中篇,与刚刚完成的《死于威尼斯》相映成趣,是它的一个"对照篇"。后来他又称这个计划中的中篇将是与《死于威尼斯》这一悲剧不同的一个"羊人剧",是一个幽默、讽刺的故事。之后,托马斯·曼又曾构想让这个中篇表现"死亡意念的诱惑,迷醉的混乱战胜循规蹈矩的生活"的主题。Hans Wysling (Hrsg.), *Dichter über ihre Dichtungen: Thomas Mann*, München: Heimeran und S. Fischer, 1974, S. 451.

总而言之，通过阐明托马斯·曼独特的空间美学思想，一方面将有助于纠补目前国内学界对《魔山》的理解，将托马斯·曼从狭隘的小说家的标签中解放出来，重获其应有的思想史地位；另一方面，对托马斯·曼空间美学的研究，将有利于我们更加深入地认识现代空间美学理论的发展，并对新的文学研究方法和策略的推广产生积极意义。

第一章　托马斯·曼空间美学的发端

托马斯·曼在《魔山》中建构的空间美学并非横空出世，一蹴而就，而是根植于当时的思想语境和历史背景，进一步深入阐发了他在早期作品中生发的空间美学思想和实践。也就是说，托马斯·曼建构出"魔山"这样一个具有多重象征意义的主题级空间意象是一个循序渐进的过程。因此，在进入"魔山"的世界前，让我们先返回托马斯·曼萌发空间美学创作的时代，寻找他自觉以空间的视角和论述参与现代性批判的根源，并分析托马斯·曼在早期作品中生发的空间美学观念，明晰作为《魔山》空间建构前奏的早期作品中的空间形式及其特征，以及其与《魔山》的关联。

第一节　托马斯·曼空间美学的发生语境

托马斯·曼的空间美学并非无本之木，无源之水，而是源于其充满危机的时代。我们不妨把托马斯·曼这个吕贝克的市民之子放到20世纪初的历史坐标中，这样，我们可以设身处地地体会他那强烈爆发的危机意识根源何在。因为本书主要讨论的是《魔山》中的空间问题，而小说讲述的是1907—1914年之间的故事，写作小说的时间为1913—1924年，因此在这一节中集中讨论的是德意志帝国晚期（1907—1918）至魏玛共和国初期（1918—1924）风云动荡的社会、经济、文化等的状况。

20世纪初的德国处于一个异常混杂的多事之秋。从政治上来看，德国政治风雨飘摇，兵荒马乱。当时德意志帝国已濒临崩溃，尽管出现了德国历史上的第一个民主共和国，但革命暴乱不断，不久纳粹主义大行其道，引发更大的灾难。从经济上来看，一方面，由于资本主义经济高速发展，德国迅速跻身于世界强国之列；另一方面，战争的消耗，经济危机的爆发，导致严重的通货膨胀，经济失控，公司破产，人民生活在水深火热之中。从文化上来看，各种思潮、各种艺术流派竞相登上历史舞台，柏林取代巴黎成为欧洲的文化中心，但文化繁荣的背后却暗流涌动，"意义危机""价值危机"剥蚀着人们，让人们产生强烈的被放逐感和陌生感。20世纪初的德国在资本与战争的裹挟下，呈现出前所未有的分裂与破碎。个体与世界的裂隙日益扩大，既有的主流政权和文化无法解释和弥合这个裂隙，而新的救赎又虚无缥缈，整个社会呈现出一幅意义匮乏、颓废堕落的时代真空图景。

一、从德意志帝国到魏玛共和国

19世纪90年代，德国这个"迟到的民族"已向帝国主义阶段过渡。当时，它在经济上跻身于世界列强之列，急需获得更多的原料来源和销售市场，因此迫切地要求重新瓜分世界。而世界上其他老牌的帝国主义国家也虎视眈眈,想进一步扩充势力范围。两强对峙,一场非正义的战争无法规避,爆发了第一次世界大战。战争持续四年,发生翻天覆地的世界巨变,消耗了大量的人力、财力和物力,给世界人民带来深重灾难和致命创伤。

战争对德国的影响巨大。1918年11月,德军节节败退,但仍负隅顽抗,原本计划要同英国决一死战的德军突遭基尔港舰队公开造反,德国最后一搏的希望覆灭。继水兵起义后,整个海军系统迅速崩溃,而且这股溃败之势很快蔓延开来,波及全国各地。德皇威廉二世(Wilhelm II)仓皇退位,狼狈出逃。一夜之间,其他地方的王公贵族也都纷纷丢盔弃甲,退位逃跑。德国陷入国无王君的境地,帝国的权威瞬间化为乌有。德国各大政党立即开启政权的争夺大战。在一片慌乱之中,社会民主党人艾伯特(Friedrich Ebert)和国务秘书谢德曼(Philipp Scheidemann)先人一步,仓促宣布成立一个代议政治模式的民主共和国,即魏玛共和国。但是,当时的社会民主党人既不能也无力把握政权。同年11月11日,德国政府代表与同盟国签署停战协议。① 历时四年零三个月的第一次世界大战以德国投降结束。这个停战协议的签订标志着霍亨王朝(Hohenzollern)统治的彻底终结,自此,德国迈入一个新的时代。

但是,这个崭新的共和国却是建立在重重困难和危机之上。

---

① 1918年11月11日,德国政府派出代表马提亚斯·埃尔茨贝格前往法国与同盟国签署停战协议。协议规定,德国必须马上从当时的比利时、法国、卢森堡、莱茵河左岸、阿尔萨斯-洛林等区域撤军。同时,德国还必须上缴飞机、大炮、卡车等战略物资。

首先，魏玛共和国必须承担旧帝国遗留下来的沉疴痼疾，包括旧官僚体系和保守退化观念，要想解决这些问题并非朝夕之间的事；其二，新的共和政府必须应对战后国内经济崩溃和社会动荡不安的纷乱局面；其三，当时社会上的政治暗杀和暴力事件层出不穷，共和政府还得处理各政党派系之间的倾轧纷争；其四，战争招致了灭顶之灾，爆发前所未有的失业、贫困、饥饿危机，德国整个社会怨声载道，民不聊生；其五，1919年巴黎和会的召开带来致命打击，德国不仅要接受各种经济和军事的管辖和制裁，还要偿还巨额的战争赔款。问题源源不断，困难重重叠叠，新的共和政府危如累卵。

魏玛共和国自诞生之日起就处于风雨飘摇、岌岌可危的险境，且一直如此。在短短为期14年又3个月的共和时期，一共换了17个内阁。原本饱受战争之苦的人民对这个崭新的共和国寄予厚望，希望它能把德国从战争的废墟中解救出来，但随之而来的现实危机和政治变革将此信念吞噬殆尽。1918年6月28日，德国与同盟国签订《凡尔赛和约》（*Friedensvertrag von Versailles*），这个合约导致德国丧失了将近八分之一的领土，消减了大幅军事力量，取消了义务兵役制，赔付高额赔款。在和约条款中，最令人无法忍受且最受争议的莫过于剥夺德国人的"荣誉"，将德国人称为"战争罪犯"，要为其"残暴行为"受审。此条约一经签订，就激起德国上下的抗议，有的甚至主张要报复，要反击。人民对新生的共和政体非常不信任。同年8月，魏玛共和国颁布了第一部宪法，试图对经济生活、社会现状和政治制度进行民主化改革，但是其中的第48条规定，总统在国家危急时刻可全面接掌内阁，可自行解散国会和自由任命新的内阁总理。十余年后，这条臭名昭著的条款就把德国推向黑暗的深渊，德国再度陷入泥沼。①

魏玛共和国诞生于累累创伤中，之后又频遭打击。在其统治下的德国依然水深火热，战争、革命和失败引发的民族和社会矛盾使得这个先天不足、后天失调的新生政体始终摇摇欲坠，动荡不安。

二、动荡的社会和失控的经济

20世纪初期的德国社会极不安定。各种激进的力量相互打击，耗时四年的第一次世界大战又引发了各种社会矛盾。这一时期的德国，整个社会充斥着形形色色的暴动和暗杀活动。而政治上缺少一个强大且坚固的政权应对和解决这些社会问题，当时共和国的领导人无法与旧帝国的官僚和新兴的大地主、实业家相抗衡。魏玛共和国名存实亡，实际的统治者并不是社会民主党人，而是传统的旧有阶层和富人阶层。共和国虽然颁布了一些社会变革方案，但收效甚微。旧有的观念和秩序依旧顽固不化，共和国的前进之路举步维艰。

再者，当时的执政者没有一支属于自己的军队。面对斯巴达克同盟（Spartacus）的起义，他们还得依靠从各处征集来的各类反民主的志愿军队予以镇压。1919年1月15日，卡尔·李卜克内西（Karl Liebknecht）和罗莎·卢森堡（Rosa Luxemburg）被暗杀。这之后，大规模的政治暗杀活动在整个共和国上下层出不

① 1933年，兴登堡总统利用这一条款，任命希特勒为总理。

穷，各种血淋淋的谋杀活动源源不断，一时间人人自危，整个社会陷入骚乱与恐惧之中。人们刚刚摆脱了战争的毁灭性打击，立即又重新陷入惶惶不可终日的恐怖之境。与此同时，在人们的现实的日常生活领域爆发了一系列问题。

首先，民众生活困苦，存在着发生社会动乱的危险。战后德国经济萧条，所有的物资必须重新分配，煤炭、面包等各种生活必需品定量配给。普通民众食不果腹，衣不遮体，而金融家和实业家又大肆囤积居奇，哄抬物价，扰乱市场，人民的生活雪上加霜，社会矛盾日益尖锐。1916年6月17日，数万抗议者在慕尼黑举行暴动，反对贫困和不公平的食品分配。人们饥寒交迫，而贫困的生活又滋生大量的腐败和偷盗现象，社会更加动乱。困顿的生活让社会更加不安，而衣食匮乏、营养不良又导致疾病频发。在法兰克福，结核病死亡率从1914年的11.9%上升到1917年的17.3%。伤寒和霍乱病人数量也逐年上升。1918年，上千万的儿童、妇女和老人死于流感。

另外，严重的就业危机。从战场返回的大批德国士兵，让原本就十分饱和的就业市场形势更加严峻。失业问题猛然冒升，政府开始大举发行公债，结果导致更严重的物价上涨和通货膨胀。据记载，"在此期间，面包、面粉、肉、黄油、糖和咖啡的价格翻了一番，土豆和鸡蛋的价格翻了两番，工人的购买力从总体上下降了1/3"[①]。再者，当局为了赔付高额战争赔款，疯狂印刷钞票，导致马克急剧贬值，引发更严重的通货膨胀，最终爆发1929

---

① 里昂耐尔·理查尔：《魏玛共和国时期的德国（1919～1933）》，李末译，济南：山东画报出版社，2005，第4页。

年的经济危机。但更严重的问题还在后面，经济萧条和通货膨胀不仅让人民物质生活上饱受折磨，苦不堪言，同时也给每个人以精神重击。因为物质生活的极度匮乏直接影响着每一个人的情绪，影响着人们对未来的展望。失控的经济，破碎的社会，彻底摧毁了无数普通民众赖以生存的根基，也彻底摧毁了中间阶层虚假的殷实生活，社会状况进一步恶化。

动荡、失业和贫困、饥饿以前所未有的凌厉姿态摧残着这个饱经苦难的民族，让其陷入暗无天日的绝望中。德国人民恐惧不安，焦虑无措，他们在苦难中呼喊救赎的希望，又在虚幻希望的破产中再次陷入黑暗的深渊。希望与绝望、雄心与幻灭、恐惧与迷茫是这一时期德国民众所共有的集体体验。20世纪20年代的德国饱受政治、经济、社会和外交的重重重压，个体与世界之间产生了巨大的裂缝，且日益严重。旧有的秩序和价值信仰已经崩塌，现实的生活困顿不堪，而未来希望渺渺，德国民众愈发绝望与困惑。他们生活上居无定所，精神上无所归依，仿佛一群在"意义"真空中流窜的原子单位。

三、动荡中的繁荣？——20世纪初的德国文化

德国多灾多难的20世纪初期，尽管在政治上、经济上处于接连不断的危机之中，在文化上却以惊人的创造力开创出一段文化的"黄金时代"，产生了辉煌的文化成就。但是，在这份繁荣的背后却隐含着危险，人们再次陷入价值信仰的缺失和对未来的迷茫与恐惧。

一方面，这既是一个动荡不安的时代，也是一个富有创造

力的时代。战前和战后,德国经济均有一段稳定发展的时期,经济的繁荣为文化的发展提供了沃土。就在这个时期,一场声势浩大的"表现主义"(Expressionismus)运动登上历史舞台,并迅速在德国艺术与文化的各个领域产生影响。在绘画方面,以康定斯基(Wassily Kandinsky)为代表的现代画家,打破传统绘画艺术规则,用极抽象的点、线、面与强烈的色彩组合,大胆且直接地表达内心的情感、精神的思索与灵魂的渴望。在电影方面,表现主义伟大经典《卡利加里医生的小屋》(Das Cabinet des Dr. Caligari)和《吸血鬼诺斯费拉图》(Nosferatu),以其怪诞、荒谬的夸张闻名于世。在建筑方面,格罗皮乌斯(Walter Gropius)及其建立的"包豪斯"(Bauhauses)学院,成为魏玛共和时期培育艺术人才的重镇。在音乐方面,勋伯格(Arnold Schönberg)的十二音阶试验的前卫音乐,书写新的现代音乐神话。在文学方面,托马斯·曼的《魔山》揭示了整个欧洲文明的危机,里尔克的《马尔特·劳里茨·布里格手记》和诗集《杜伊诺哀歌》(Duineser Elegien),以及布莱希特(Berthold Brecht)的《三便士歌剧》(Die Dreigroschenoper)都在探索现代人的精神归宿。各个领域的艺术家以其激进的艺术主张和成果,表达内心的情感与欲望。他们一面宣告着要破除藩篱,与旧世界决裂,同时也表达着要勇于突破,热情迎接新世界。"二战"来临之时,大批文化界、知识界的精英被迫流亡海外,同时也让德国的文化和精神逃亡异乡。这些在异国他乡的德国精英和德国文化在西方思想领域产生了广泛回响。他们的思想和观念,以及其中富含的巨大创造力和人文主义精神,对整个世界都产生了影响和作用,不同文化都因之发生激荡并产生回响。

另一方面,这既是一个失控的时代,也是一个令人感到绝望的时代。20世纪初的德国,经历了生灵涂炭的战争年代,经历了屈辱而艰难的战后重建,人们一直生活在内外交困、苦不堪言的黑暗世界中。对当时的人民来说,不仅要担忧自身处境的无着无落,还要担忧国家境遇的岌岌可危,双重的担忧让他们备感恐惧和不安。因此,他们格外渴望内心的平静和灵魂的安顿。这种渴望直接反映在表现主义艺术家们的创作中。在知识界,反人道主义和反理性主义甚嚣尘上,尼采预言的"虚无主义"像幽灵般游荡在当时的艺术作品中。这些作品透露出"对非人道、前理性的和地下的阴暗信仰,与对土地、民族、血统、过去和死亡的可疑信仰沆瀣一气"[①]。因此,20世纪初德国文化繁荣的背后,暗含着人们对现实的极大不满以及对未来不确定的极大焦虑,更隐藏着人们对新的完整性和统一性的痛苦追寻和深情呼唤。

然而,当时动荡不安的国家和民族,对人们精神上这种深刻的苦痛和困顿束手无策,无能为力。即便在崭新的魏玛共和国,人们所能获得的只是一些浮于表面的快餐文化产品,而这些新鲜的文化工业产品也在1929年经济危机中烟消云散。因此,对于当时的人们来说,德意志帝国旧有的信仰已经坍塌,不复存在,而新生的价值观念又虚无缥缈,遥不可及。整个20世纪初的德国陷入意义匮乏的真空中,遭遇深重的现代性危机。生活上居无定所、精神上无所归依成为那个时代的典型特征。《魔山》面

---

① 托马斯·曼:《我的时代》,见《托马斯·曼散文》,第333页。

对的正是这样一个日益复杂和严峻的时代。在这部小说中,托马斯·曼从早期作品中捍卫精神和艺术不受政治(生活)危害的核心主题中脱离出来,转向对人的地位和归属问题的探讨,试图为欧洲文明的现代性危机探寻出路。

四、时代巨变与《魔山》的写作

《魔山》的写作始于"一战"爆发前的 1913 年,直至 1924 年才终告完成,历时十余年。在这期间,德国经历了国内战争、第一次世界大战、魏玛共和时期,德国的政治、经济、社会和文化均发生了翻天覆地的变化。而托马斯·曼本人的思想也在写作过程中多次的中断、改变、调整中发生巨大的转变,有学者甚至将《魔山》的写作过程称为"奥德修斯之旅"。① 因此,重新细致地梳理小说的创作始末,不仅可以了解 20 世纪初德国和欧洲的精神状态,也有助于明晰托马斯·曼本人的思想变化轨迹。②

1912 年初夏,托马斯·曼前往瑞士达沃斯的肺病疗养院探望妻子卡蒂娅·曼。自 1890 年以来,这家疗养院一直是疗养胜地,专治结核病。③ 在卡蒂娅住院的半年间,她给丈夫写了很多

---

① Hans Rudolf Vaget, "The Making of The Magic Mountain," in Hans Rudolf Vaget (ed.), *Thomas Mann's The Magic Mountain: A Casebook*, P. 15.

② 学界有一种流行的看法,认为《魔山》体现了托马斯·曼由审美主义、保守主义转变为民主共和的思想变化。但也有学者认为他的转变只限于表面。Hermann Kurzke, *Thomas Mann: Epoche-Werk-Wirkung*, München: C. H. Beck, 1997, S. 31.

③ 达沃斯疗养院于 1889 年向结核病患者敞开大门。它位于海拔 1600 米,得天独厚,且拥有当时最先进的医疗护理,被誉为世界领先的静养胜地

信，信中事无巨细地描述了疗养院的环境、活动、医生、护士以及病友们的怪癖。而托马斯·曼上山探望她时也立即被疗养院奇特的生活方式所吸引，留下深刻的印象，小说第一章"到达"一节中汉斯初到魔山的惊愕与兴奋就是作者当时的真实体验。上山不久，托马斯·曼因不适应高山气候，患上了呼吸道感染。主治医生在他肺部发现了一个"湿润病灶"，并严肃建议他住院治疗。不过，我们这位持怀疑态度的小说家并没有像小说的主人公那样被魔山的魔咒所困，而是匆匆返回平原慕尼黑。然而，疗养院这个封闭、远离尘世却又住着奇特众生的地方为他提供了一些形象、想法和冲动，他精心观察了疗养院的生活及各色人等，为随后《魔山》的创作积累了原始素材。

这是小说的传记胚芽。而此小说的思想根源则源于《死于威尼斯》。1913年7月，《死于威尼斯》杀青后，托马斯·曼开始处理他在疗养院收集到的素材。此时的他对这篇"达沃斯中篇小说"（Davos-Novelle）的规划是：一篇体量为中篇偏长一点的小说；内容上是对古斯塔夫·阿申巴赫威尼斯悲剧的讽刺性模仿，语气比较轻松、滑稽，是一部幽默、讽刺的"羊人剧"；小说的故事情境设置在"魔山"（Der verzauberte Berg），这个地方是一个具有多重的神话象征意味的地方；故事的情节为"一个普通的主

（接上页）之一。1912年，当卡蒂娅·曼抵达达沃斯时，疗养院已经接待了来自世界各地的患者约三万人。他们住在私人招待所、小旅社、旅馆，或疗养院，比如小说中的贝格霍夫（Berghof）疗养院。在欧洲的各大报纸上，达沃斯疗养院自诩为欧洲首屈一指的"健康、疾病和康复的避难所"。1914年"一战"爆发后，该疗养院为所有国家受伤和生病的战斗人员提供救助。

人公,一种市民义务和阴郁、令人不快的冒险经历之间的奇特冲突——结局尚未确定"①。此时托马斯·曼对小说的设想仍然延续了《布登勃洛克一家》《死于威尼斯》等作品中涉及的主题:"生命与死亡的对立、疾病与健康的对立、履行市民义务和逃避现实、遁入浪漫主义的梦幻的对立"②。确定写作方向后,托马斯·曼立即动笔,从主人公在汉堡的童年和青春期写起。一开始进展很顺畅,1913年底,托马斯·曼估计已完成了中篇小说的四分之一,便在《新批评》(*Neue Rundschau*)上预告来年小说将问世。

但是,1914年8月1日爆发的战争使这个预告失约。"一战"的爆发让托马斯·曼中断了小说的写作,此后数年他多次预告新书问世时间,又数次推迟,创作的过程一波数折。不过,战争的爆发虽然让托马斯·曼中止了小说的写作,但对战争的经历和感受却一直不停地丰富着这本书的内容。"一战期间这本书仿佛进入冬眠,战后苏醒过来,显示出海绵般的吸引力,跟水晶体一样凝结了时代给人的各种体验。"③ 战争带来两个最直接的影响:其一,战争为小说《魔山》提供了一个恰当的结尾,小说的主人公最终从高山下来奔赴"一战"的战场;其二,战争让托马斯·曼重新设计小说主旨,将这个故事处理成战争的前传,以此反思战争。④ 他在日记中写道:"其间我在思考《魔山》,现在真的是该

---

① 转引自宁瑛:《托马斯·曼》,北京:华夏出版社,2002,第68页。
② 同上。
③ 托马斯·曼:《作为精神生活形式的吕贝克》,见《托马斯·曼散文》,第87页。
④ Hans Rudolf Vaget, "The Making of The Magic Mountain," in Hans Rudolf Vaget (ed.), *Thomas Mann's The Magic Mountain: A Casebook*, P.18.

再次着手它的时候了。在战争年代还为时尚早,不得不停下来。战争清楚地表明它是革命的开始,战争的结局虽然摆在那里,但要认识到这只是表面的结局。反动和人道主义启蒙之间的冲突已经是从前的了,战前的了。综合看来(小说现在要表现的),在于指向未来,'新'主要在于对人的新的构思,(新构思的人)是精神的人和身体的人,这在战前的构思中也有,但(现在新的构思)角度是基督教的上帝之国将变为人道主义的国家,变为一个有超验思想喂养的和人道主义的上帝国家,人就是这层意义上的精神性的和身体性的;邦格(《魔山》中原本构思的一个人物)和塞塔姆布里尼两人的说法既对也不对。汉斯·卡斯托尔普在经历了基督教的和无神论的教育后被释放进了战争,这个释放意味着被释放进为争取'新'而展开的斗争的开始。"[①] 战争对托马斯·曼的思想和创作冲击之大可见一斑。

对于战争,托马斯·曼像当时绝大部分的德国青年人一样,怀着激动而兴奋的心情。在他们看来,这是德意志与西方的战争,其实质是文明与文化的较量。他们认为,战争一方面具有破坏性,但同时也可以让德意志民族突破僵硬冷漠的思想传统,给他们苍白混沌的生命带来新的希望,缔造出新的文化。因此,战争初期,民族主义浪潮就席卷整个德国。在爱国主义情绪的感染下,许多知识分子也积极支持当时德国在战争中的举措。1914年10月4日,九十三位科学、技术、文化界的名流公开支持当局的行动,他们签署了《告文明世界书》("Aufruf an die

---

① 转引自李昌珂:《"我这个时代"的德国——托马斯·曼长篇小说论析》,北京:北京大学出版社,2014,第69—70页。

Kulturwelt"），向社会各界大声疾呼，保卫德国。① 这份倡议书慷慨激昂，辞藻华丽，对国家的战争政策和德国的军事制度极尽赞美之能事，他们认为，德国打的是一场自卫反击战，并非侵略。尽管托马斯·曼没有直接在号召书上签字，但他却以积极的态度支持号召书上的倡议，"应该被视为第九十四位作者"②。战争爆发没几天，托马斯·曼给哥哥亨利希·曼（Heinrich Mann）的信中写道："我仿佛还在梦中，可是我得感到惭愧，因为我认为不可能出现这场灾难，因为我没有看出这场灾难必将到来。真是祸从天降！灾祸过后，欧洲将呈现出何种内外面貌？我个人得为生活的物质基础即将受到彻底影响做好准备。如果战争持续时间长，我多半会落入人们所说的'被毁了'的状态……跟这些事件必将在宏观上引起的巨大变化，特别是精神转变相比，这又算得了什么？能经历如此伟大的事情，我们难道不应该为这种纯粹的意外表示感激吗？"③

托马斯·曼热情支持德国的主张，停笔写作《魔山》后，很

---

① 《告文明世界书》的署名者不乏科学、艺术、哲学、神学、政治学等领域的大师，如X射线的发现人、首位诺贝尔物理学奖得主威廉·伦琴，合成氨的发明者、1919年诺贝尔化学奖的获得者弗里茨·哈伯，量子论的创始人、1918年诺贝尔物理学奖得主马克思·普朗克，哲学家威廉·文德尔班，1912年诺贝尔文学奖得主豪普特曼，政治学家弗里德里希·瑙曼，画家、雕刻家马克思·克林格，等等。

② 沃尔夫·勒佩尼斯：《德国历史中的文化诱惑》，刘春芳、高新华译，南京：译林出版社，2010，第25页。

③ 艾丽卡·曼编：《托马斯·曼书信集》第一卷，菲舍尔袖珍书出版社，1998，第111—112页；转引自黄燎宇：《托马斯·曼》，第84页。

快发表了一系列关于战争的文章:《战争中的思考》("Gedanken im Kriege", 1914)、《好邮差》("Gute Feldpost", 1914) 以及《腓特烈与伟大同盟》("Friedrich und die Große Koalition", 1915)。在这些文章中,托马斯·曼表达了对腓特烈大帝的敬仰,充斥着爱国主义热情,大谈战争对德意志民族、对文化乃至对生活如何有益。此时的他放弃了早期作品中与生活截然对立的艺术家角色,转而成为与人民和国家结盟的"艺术家战士"(soldier-artist)。[①] 他对战争表示欢迎,对自己早已厌倦的世界秩序最终将崩塌感到欣慰,并认为"只有在战争中,德国才充分绽放出美和美德"[②]。

然而,现实战争中的残酷很快冷却了德国知识人支持战争的热情。1915 年 1 月,托马斯·曼又回归小说的创作,并连续创作了几个月。同年 8 月,他在给友人的信中透露,小说已经进行到第四章"希佩"(Hippe)部分。不过,这并不意味着《魔山》(共七章)的写作已经完成了大部分。因为小说结构的特征之一,即汉斯在魔山停留的七年时间在各章节并不是平均分布。与汉斯在高山逐渐丧失了时间观念一样,小说后面的章节也涵盖了越来越长的时期。小说的内容和篇幅随着写作的继续不断扩展。8 月 3 日,托马斯·曼致信奥地利评论家保罗·阿曼(Paul Amann),介绍了小说的整体构思,并试图给他解释这本书的走向。在信中,托马斯·曼介绍了基本意图和主题,小说讲述一个"具有成

---

① Hans Rudolf Vaget, "The Making of The Magic Mountain," in Hans Rudolf Vaget (ed.), *Thomas Mann's The Magic Mountain: A Casebook*, P. 18.

② Thomas Mann, "Politik," in: *Essays*, Band 2, Hermann Kurzke (Hrsg.), Frankfurt am Main: Fischer Taschenbuch Verlag, 1977, S. 32.

长和政治意图的故事"，主人公要面对生命中极大的诱惑——死亡，还要经历"人道与浪漫主义、进步与反动、健康与疾病的矛盾"，最终获得了关于生命和死亡的新认识。在这里，他第一次明确提出《魔山》是一本"成长小说"（Bildungsroman），但是在他心目中，这种小说只是虚构的。与此同时，他还想知道，在这么多"亟待解决的问题"需要澄清的情况下，现在继续编造这样的故事是否被允许。① 他逐渐意识到，某种重大的灵魂探索和反思性的文章必须先付诸笔端。另外，托马斯·曼感觉到自己正走向一个严重的哲学和艺术僵局，他不清楚如何将成长小说的模式与历史小说的模式相协调。前者指向某种教育的目标，而后者则指向一个划时代的灾难。因此，1915 年 10 月，对手稿稍做修改后，他决定将小说的写作暂且搁置。随后的两年半，《魔山》的手稿被束之高阁。之后的几年，托马斯·曼基本中断了他的"正事"（小说创作），而着手就时局写文章。

1917 年 3 月，托马斯·曼在给阿曼的信中又谈及《魔山》。这一次，他描述了两个对立的人物，一个是"工作和进步的信徒，是卡尔杜齐（Carducci）的崇拜者"②，另一个则是"怀疑论者，聪明的反动分子"。他还谈到，主人公对死亡表示同情是"不道德的"。同时，他声称，自己必须先写《一个不问政治者的

---

① Thomas Mann, *Briefe II 1914-1923*, S. 85.
② 焦苏埃·卡尔杜齐（Giosuè Carducci，1835—1907），意大利著名诗人、学者和爱国者，1906 年诺贝尔文学奖获得者。主要作品有《撒旦传》《野蛮颂》等。他的诗歌反对天主教会和封建制度，拥护资产阶级民主，反映了意大利民族复兴运动的思想。

沉思》(*Betrachtungen eines Unpolitischen*,1918,以下简称《沉思》),以免小说中充斥着太多的思想。①

　　1918年,当战争接近尾声时,《沉思》问世。《沉思》与《魔山》紧密相关。这本巨著至少是以下三重重要主旨的结合体。其一,这是一本精神自传。书中,托马斯·曼不仅反思了自己对欧洲问题和冲突的看法,还以感人的笔触向自己的精神导师尼采、叔本华和瓦格纳致敬,将他们视为自己"精神和艺术养成的基石"②。其二,这是一本为德国文化的辩护之书。托马斯·曼认为,德国的文化与西方民主国家不同,对音乐和政治而言,德国更敬重的是音乐。就是在这本书里,托马斯·曼明确表示"德意志的民族特性"(Deutschtum)指的是"文化、心灵、自由、艺术,而不是文明、社会、选举权"③。其三,《沉思》极力维护德国的文化,反对西方的民主文明。他强烈批评"文明文人"(Zivilisationsliterat)④,认为他们只会鼓吹生命、理性和政治,反

---

① Thomas Mann, *Briefe II 1914-1923*, S. 91.

② Thomas Mann, *Betrachtungen eines Unpolitischen*, S. 37.

③ Ebd., S. 16.

④ Zivilisationslitierat 是托马斯·曼自创的词。在《一个不问政治者的沉思》中,托马斯·曼用它代指兄长亨利希·曼,意指那种坚守生命、理性和进步观念,反对死亡和颓废的人(Thomas Mann, *Betrachtungen eines Unpolitischen*, Berlin: S. Fischer, 1918, S. 420)。关于 Zivilisationslitierat 的译法莫衷一是,有人将它译成"文明的文学预言者",如《逃向生命》中,艾丽卡·曼和克劳斯·曼合著的《我们父亲的肖像》提到这个词就译作"文明的文学预言者"(转引自沃尔夫·勒佩尼斯:《德国历史中的文化诱惑》,刘春芳、高新华译,南京:译林出版社,2010,第27页,注释2);也有人译作"文明的文学人物",如英文版

对死亡和颓废。这一批评的矛头直指其兄长亨利希·曼。① 在小说中意大利人文主义者塞塔姆布里尼与精神虚无主义者纳夫塔之间的辩论中，我们再次看到了这些观点。这只是《沉思》与《魔山》密切相关的表现之一。每当托马斯·曼在信中汇报《沉思》的进展时，他几乎总是提到还在酝酿中的《魔山》。此外，他还反复强调要是没有热情地投身于《沉思》的写作，《魔山》就不可能完成。②

"一战"以德国的失败结束，对同盟国胜利的期望被一种痛苦的现实和厄运所取代。托马斯·曼逐渐放弃了对音乐的狂热崇拜，转向（对他而言）某种程度上还模糊的民主观念。此时的他正经历痛苦的思想蜕变，现实和自身的双重压力倾覆下来。重新拾笔写作《魔山》不太可能，为了给自己紧绷的神经寻找一些调

（接上页）《一个不问政治者的沉思》里，译者以"Civilization's Literary Man"翻译这个词（Thomas Mann, *Reflections of A Nonpolitical Man*, Walter D. Morris[trans.], New York: Frederick Ungar, 1983, P. 35）。笔者更同意后者的翻译，略做调整，译为"文明文人"。

① 1915年11月，亨利希·曼发表了一篇关于左拉（Zola）的文章。文中，他称赞左拉是一个文明的"知识分子"，谴责那些在法国（同样也暗指德国）支持不公正的统治者和战争贩子的妥协之人。Heinrich Mann, "Zola," in: Heinrich Mann, *Macht und Mensch*, München: Kurt Wolff, 1919, S. 35-131.

② 有人会认为，托马斯·曼在战争年代陷于民族主义和非理性的观念与《魔山》所要求的理性知识相距甚远，事实上，这些观念为他在二十世纪三四十年代勇敢地批判德国提供了经验。"他（托马斯·曼）不可能为世界作出如此大的贡献，假如他没有写作《沉思》的话。" See Albert Guerad, "What We Hope from Thomas Mann," in *American Scholar*, Vol. 15 (January, 1946), P. 35-42.

剂和放松，托马斯·曼写了两个主题轻松、篇幅短小的田园小说：《主人和狗》(Herr und Hund, 1918) 和《儿童之歌》(Gesang vom Kindchen, 1919)。

1919 年 4 月，在停顿了四年半后，托马斯·曼终于再次打开《魔山》的手稿。这回他重新调整了小说结构，在第一章（此时的第一章是汉斯的童年经历）之前增加了一个前言，强调故事神奇的过去。这句话给这个故事增加巨大的分量，它强调了小说的目的是在个人、心理和智力层面阐明引发战争的原因。同时，托马斯·曼还在汉斯的童年经历中增加了祖父和洗礼盆的分量。在此期间，托马斯·曼阅读了斯宾格勒（Oswald Spengler）的《西方的衰落》(Der Untersans des Abendlands, 1918)。该书于前一年出版，并立即成为畅销书。斯宾格勒对文明的兴衰提供了形态学的解释，并就托马斯·曼在《魔山》一开始就提出的"时间现象"（Das Zeitproblem）发表了很多看法。这些看法对托马斯·曼颇有启发，在《魔山》的第二卷皆有迹可循。

1920 年 1 月，托马斯·曼意识到将前两章的顺序颠倒会让开头更出彩。小说以汉斯到达魔山开始，而汉斯的童年和青年经历挪到后面。这一改动，使得叙事一下子就由封闭的结构走向开放，既能让主人公立即脱离日常的生活，进入魔山的世界，又能让读者迅速进入小说的世界。随后的写作颇为顺利，托马斯·曼预计来年年底将完成。1921 年 1 月，托马斯·曼重回达沃斯疗养院，故地重游，山上的氛围仍然冲击着他，让他觉得"仿佛在梦中"。他拜访了之前的主治医师弗里德里希·耶森医生（Dr. Friedrich Jessen），此人是小说中的顾问大夫的原型。同年 3 月，他开始写作"瓦尔普吉斯之夜",作为第一卷的结尾。出于以下原因,这一节的写作比预期的时间要长。一方面,整一节的场景与歌德的《浮士德》中相应场景的互文引用;另一方面,托马斯·曼还拿不定主意如何处理小说男女主人公的性关系。

同年的 3 月底,为了准备在家乡吕贝克的演讲文章《歌德与托尔斯泰》("Goethe und Tolstoi"),托马斯·曼再次搁置了《魔山》的写作。除此之外,他还有更急迫的写作任务:一篇关于"德法关系问题"的论文,以及一篇关于"犹太问题"的论文。这三篇文章帮助托马斯·曼在自己的脑海中澄清了小说提出的某些问题。这一点在《歌德与托尔斯泰》一书中表现得尤为明显。此书首先于 1921 年 9 月间在吕贝克的福音传教士学校宣读,随后几经修改、润饰,1923 年以单行本出版。1932 年,它又以"歌德与托尔斯泰——人文问题未完稿"为题在柏林出版。十年间不断涌入文本的新的思想对《魔山》的创作影响深远。1921 年 10 月中旬,托马斯·曼重新回归《魔山》的写作。他用六个星期写完了第六章。这一章围绕着三个要点展开:纳夫塔的故事;汉斯在暴风雪中的冒险(这是这部作品的哲学核心);约阿希姆的死。其中,纳夫塔的故事最为引人注目。从托马斯·曼的笔记中得知,他从一开始就计划引入另一位精神导师,作为塞塔姆布里尼的竞争对手。开始设想的是一位信仰保守的新教牧师,甚至有些反动。但考虑到新近发生的政治事件,以及与卢卡奇的私人交往,他彻底重构了这个人物。① 当卢卡奇得知纳夫塔即以自己为原型的人

---

① 格奥尔格·卢卡奇(Georg Lukács,1885—1971),1922 年 1 月 19 日,托马斯·曼在维也纳见了卢卡奇,并听他阐释自己的理论,留下深刻印象。

物,他接受并感到荣幸。① 然而,小说的第六章一再扩展,迟迟未结束,事实上成了小说最长的一章。此时,第七章的内容还没成形。

1922年7月,托马斯·曼又一次把《魔山》的手稿搁置一边。他要全力准备一篇重要的政治演讲稿,即《德意志共和国》("Von deutscher Republik",1922)。他将于10月13日在柏林贝多芬音乐厅发表演讲。6月24日,德国外交部长、杰出的犹太人瓦尔特·拉特瑙(Walther Rathenau)遭到暗杀,这给托马斯·曼带来极大的冲击。随后写就的《德意志共和国》标志着托马斯·曼政治观念的一个转折。他一改从前"不问政治"的态度,积极呼吁人们支持魏玛共和国;并且超越了此前以文化对抗文明的思想主张,提倡以"人道主义和民主"为方向,走一条既不同于东方又不同于西方的"德国的中间道路"。托马斯·曼的这一重大转变,很大程度上也是写作《魔山》时反思的结果。

这之后,托马斯·曼为美国的杂志《日晷》(The Dial)撰写了八封"致德国的信",进一步阐发自己关于德国文化的看法。1922年12月至1923年1月,《魔山》的写作受到了一个

(接上页)后来他回忆道:"(卢卡奇)给我最深的印象是他拥有一颗近乎神秘的高度抽象的心灵,以及一种纯粹而高贵的智慧。"参见托马斯·曼给 Ignaz Seipel 的信,Thomas Mann,*Briefe II 1914-1923*,S. 91.

① Cf. Peter de Mendelssohn, "Nachbemerkung des Herausgebers," in *Der Zauberer*, Frankfurt am Main: S. Fischer, 1981, S. 42. 又参 Judith Marcus, *Georg Lukács and Thomas Mann*:*A Study in the Sociology of Literature*, Amherst:University of Massachusetts Press,1987,P. 53—153,其中详尽论述了纳夫塔与卢卡奇的关系。

新的干扰。托马斯·曼参加了慕尼黑关于通灵超心理学的活动，并把自己的追踪研究写了一篇报道文章《灵异体验》（"Okkulte Erlebnisse"）。这篇报道最后被整合成小说第七章的第三节。

1924年9月底，历经整整11年创作的《魔山》终于定稿。两个月后两卷本的《魔山》面世。经历了一段痛苦的决裂之后，托马斯·曼与哥哥重修于好，而他对德国文化和战争的观念也发生了改变。《魔山》一书历经十余年的思考、推倒、重来，成了一部庞大而复杂的艺术作品，是一部融合了不同观念和思想的长篇杰作。创作魔山的11年也是托马斯·曼一生中最富戏剧性的11年。其间，他目睹了翻天覆地的历史变革和社会变动，也积极参与其中，他的思想受到激烈震荡，也发生了微妙转折，这些都融汇在《魔山》这部长达一千多页的皇皇巨著中。

第二节　托马斯·曼早期作品中的空间形式

托马斯·曼在《魔山》中通过不同层次的空间描写，呈现风格迥异的空间形态，建构出复杂独特的空间美学。不过，托马斯·曼的空间美学并非在《魔山》中才大放异彩。创作《魔山》之前，他已在各种题材的写作中，生发了以空间符号呈现个体的存在方式、知觉体验和精神诉求的空间美学思想。本节主要论述托马斯·曼早期写作中空间美学的形成及其特征。

托马斯·曼在早期的创作中就有意识地建构起自己独特的空间美学。这种自觉意识在他的第一部长篇小说《布登勃洛克一家》（以下简称《布家》）中有非常突出的表现。《布家》的故事背景设在汉萨名城吕贝克（Lübeck）[①]，以这座拥有极大政治自由和丰厚财富的港口商贸城市为情节发展的舞台，讲述了布家几代人的荣辱兴衰。托马斯·曼以卓越的现实主义表现手法，再现了吕贝克的城市景观和风土人情，建构了一个经济繁荣、思想传统的市民城市空间。小说甫一出版就因忠实准确的描写引来索隐派读者的好奇，将小说中的吕贝克与现实一一对应，甚至有人称《布家》为"比尔泽小说"（Bilse-Roman），诟病其过于真实，缺乏文学性。[②] 对此托马斯·曼回应说，尽管自己在小说中以现实吕贝克的日常世界和市民为原型，但忠于现实的描写并不意味着刻板的再现，而是"自我精神的投射"，《布家》中的吕贝克与现实的吕贝克有着天壤之别。不过，托马斯·曼也承认故乡吕贝克的城市景观和风土人情确实滋养了自己的文学创作。[③] 1929年托马斯·曼因《布家》荣获诺贝尔文学奖，他在受奖演说中深情地表示："作为吕贝克的儿子，从童年时代起，我的生活方式就与北方有着千丝万缕的紧密联系；作为一个作家，在文学上我非常赞赏和钦佩北欧的思维方式和创作气氛。"[④] 可以说，托马斯·曼的

[①] 建城于1143年的吕贝克位于德国北部的石荷州（Schleswig-Holstein），1226年起成为隶属德意志帝国的自治城市，1358年成为汉莎同盟总部。

[②] Andreas Blödorn und Friedhelm Marx (Hrsg.), *Thomas Mann Handbuch: Leben-Werk-Wirkung*, Stuttgart: J. B. Metzler, 2015, S. 179. "比尔泽小说"一般指作者在小说中过度暴露现实中真实人物的隐私，这是一种不道德的行为。托马斯·曼因对吕贝克及其居民精细而准确的描述也遭此控诉。

[③] 托马斯·曼：《比尔泽与我》，见《托马斯·曼散文》，第1—13页。

[④] 托马斯·曼：《受奖演说》，见《托马斯·曼中短篇小说全编》，吴裕康等译，桂林：漓江出版社，2002，第683页。

作品"从头到尾都带着吕贝克的痕迹"①。

从托马斯·曼为现实与作家关系的辩护以及他对故乡吕贝克的自白中,我们可以看出,首先,故乡吕贝克对托马斯·曼的创作影响深远,这种影响不仅是指吕贝克为托马斯·曼的第一部长篇小说提供了故事发生的场所和背景,更重要的在于,吕贝克这座城市所代表的精神生活方式深刻地影响着他的思维和写作。吕贝克所代表的北方气质,如勤奋、规律、节制一直是托马斯·曼本人及其作品中的重要基质。②他曾骄傲地写道:"作为一个商人的儿子,我相信品质。"③托马斯·曼把19世纪一位成功商人所拥有的严正的责任感、规律的生活、严肃的态度带进艺术创作中。成年后托马斯·曼随母亲迁往南方的慕尼黑。浪漫的艺术的慕尼黑与吕贝克截然不同,这种南北方相异的空间感在托马斯·曼的作品中非常浓厚,后文将进一步阐述。

同时,我们还可以从中发现托马斯·曼空间美学的两个重要特征。其一,托马斯·曼具有强烈的实证精神,偏爱在作品中忠实准确地再现现实的地方和空间。写作《布家》时他曾不断地向家人去信询问家族往事,甚至具体到某次宴席的菜单。这种偏好

---

① 托马斯·曼:《作为精神生活形式的吕贝克》,见《托马斯·曼散文》,第 80 页。

② 受北方克勤克俭的作风影响,托马斯·曼写作有着严格的时间表,一般这么安排:早晨八点半或九点用早餐,然后进书房开始长达三个小时的写作;下午散步、写信、会客;晚上看书,与家人聊天。"他平均每天写两页,不多写,天天如此,概无例外。" Hermann Kurzke, *Thomas Mann: Das Leben als Kunstwerk*, München: C. H. Beck, 1999, S. 71.

③ 转引自科洛·曼:《忆吾父》,陈彝寿译,《现代学苑》第 6 卷第 10 期。

源于他从托尔斯泰等现实主义大师以精细的细节描摹现实的创作手法所受之影响①，并始终保持，《魔山》问世后也因过于真实地描绘疗养院的生活而引起医学界和达沃斯的强烈反应。不过，这种忠于现实的自然主义式的描写不是人类学家或社会学家的地方志书写，而是有选择地投射了作者思想和观念的文学虚构。其二，托马斯·曼对地方和空间的书写非常注重挖掘地域性的独特之处和精神气质。对他而言，空间代表着一种思维方式，其实质是一种文化，一种精神生活方式。比如，他笔下的吕贝克不单纯是故事发生的场所，更是一种文化空间符号，代表着北方、传统、市民、道德、勤奋等精神内涵。当然，托马斯·曼早期自觉的空间意识不只是刻画了吕贝克的城市风貌，接下来我们将选取《魔山》之前的几部重要小说来讨论托马斯·曼空间美学的萌芽及其特征。

一、由内而外：托马斯·曼家宅空间的建构

如前文所述，在《布家》中，托马斯·曼建构空间美学的自觉意识不仅在于刻画了吕贝克的城市景观和风土人情，还在于他

---

① 在托马斯·曼的诺贝尔文学奖颁奖词中，瑞典皇家科学院也明确指出了托马斯·曼与19世纪现实主义小说的传承关系，将其获奖作品《布家》称为"第一部也是迄今最卓越的一部德国现实主义小说"，"可与德国在欧洲乐坛上的地位相媲美"。托马斯·曼本人在不同场合多次声称自己的写作从托尔斯泰、陀思妥耶夫斯基等现实主义大师身上获取灵感和写作技巧，肯定现实主义文学的成就和影响。托马斯·曼在《作为精神生活方式的吕贝克》《关于我自己》《我自己的时代》等散文作品中回顾自己的创作时，从不同方面提及19世纪现实主义文学对自己的影响。详见《托马斯·曼散文》，第70—90、227—265、321—342页。

呈现了吕贝克的商业传统和市民气质。这种自觉的空间意识在故事中典型地表现为托马斯·曼对家宅空间的建构。《布家》以布登勃洛克大宅举办乔迁派对开始,其间又以这栋宅邸几易其主的变迁来侧写布家命运的沉浮,最后通过哈根施特罗姆家族的迁入宣告布家的彻底没落。托马斯·曼笔下的布登勃洛克大宅涵盖了丰富的自然景观和人文景观:从建筑的室内空间和外部构造,到居住者的文化素养和价值观念。家宅是"我们在世界上的一角",甚至可说是"我们最初的宇宙"。① 那么,托马斯·曼对家宅空间的建构有何用意呢?

首先,托马斯·曼笔下的家宅空间是一种空间化的时间叙事。保罗·利科在《记忆,历史,遗忘》中讨论居住空间时表示:"叙事和建筑代表同一种铭印(inscription),只不过一个写在时间绵延(durée)上,一个是写在物质绵延上。被写入城市空间的每个新建筑就像是被写入文本间性(intertextualité)领域的叙事。建筑行为是由它同一个既有传统的关系决定的,而且创新和重复会在这一行为中交替出现,就此而言,叙述性更直接地渗透到了建筑行为之中。"② 随后,利科进一步指出:"一座城市在同一空间中会遭遇不同的时代,我们可以在这座城市中看到一段沉淀在趣味和文化形态中的历史。"③ 换言之,空间具有叙事性,记录了历史的变迁,且这种历史是一种传统的延续和重复,从空间的沉淀中

---

① 加斯东·巴什拉:《空间的诗学》,张逸婧译,上海:上海译文出版社,2009,第 2 页。
② 保罗·利科:《记忆,历史,遗忘》,第 193 页。
③ 同上。

我们可以发掘出一段文化史。

小说中的布登勃洛克大宅历史悠久,几大商业巨贾家族的沉浮兴衰在此上演,每次新主人都是在家族蒸蒸日上时搬入,江河日下时迁出,可以说,布登勃洛克大宅主人的更新史就是市民家族的兴衰史,也是资产阶级的变迁史。托马斯·曼以家宅空间的家族叙事来透视社会世相,以"家"的处境来阐发社会和历史的面貌。同时,这座巴洛克风格的城市贵族宅邸,室内有挂满18世纪田园风景画的"风景厅"和高雅的家具,室外有美轮美奂的喷泉花园,来往的人非富即贵,它集合了传统市民家族的财富和文化品位,刻画出19世纪汉莎城市的文化图景。① 随着故事情节的发展,布家一族家道中落,第三、四代的子孙对商业活动愈发力不从心,而对艺术生活日渐沉迷。"空间在千万个小洞里保存着压缩的时间"②,布家从前的辉煌、现在的衰退、最终的没落,都集中在这座宅邸中。过去、现在、未来在这家宅空间中上演,使得布登勃洛克大宅不仅成为一座可以被观看的家宅空间,也是一座可以被阅读的家宅空间。作为空间化的时间叙事的家宅空间观念从《布家》开始生发,并在托马斯·曼之后的文学创作中屡见不鲜,从《托尼奥·克勒格尔》(*Tonio Kröger*,1903)中托尼奥具有不来梅风情的房屋,到《海因里希殿下》(*Königliche Hoheit*,1909)中的宫廷建筑群,再到《魔山》中汉斯家乡汉堡的老宅,莫不如此。

---

① 托马斯·曼:《作为精神生活形式的吕贝克》,见《托马斯·曼散文》,第77页。
② 加斯东·巴什拉:《空间的诗学》,第7页。

其次，托马斯·曼笔下的家宅空间是一种内在精神生活方式。巴什拉在考察家宅的空间哲学时谈道："家宅被想象成一个集中的存在。它唤起我们的中心意识。"① 家宅提供了一种向内收缩的空间，作为一种"壳"，一个人类躯体和心灵的庇护所，"不需要扩大，但它特别需要被占有"②。家宅空间响应着人们的某种隐秘期待，成为人们内在情感和精神的载体，从这个意义上来说，布登勃洛克大宅承载了布家的社会经济地位和文化品位，以及布家一直引以为傲的包含传统、道德、勤奋、财富、文化等内涵的市民精神（Bügertum）③。作为市民精神坚定捍卫者，托马斯·曼坦言，

---

① 加斯东·巴什拉：《空间的诗学》，第17页。
② 同上，第9页。
③ "市民精神"对于理解托马斯·曼非常重要。他曾断言说，《布登勃洛克一家》写出了"市民阶级的一段心灵史"，他毕生的写作都只是在讲述"市民变化的故事"（Thomas Mann, *Über mich selbst: Autobiographische Schriften*, Frankfurt am Main: S. Fischer, 1994, S. 35; S. 49）。"市民"是托马斯·曼艺术世界中的重要概念。从词源来看，德语 Büger 的词根是 Bug（城堡），Büger 字面意思指"保护城堡的人"，而"市民"就表示"城市居民"或"城堡居民"。而从文化内涵来看，德语 Büger 与英语中表示"家道殷实，思想保守的中产阶级市民"的 burgher 和表示"公民"的 citizen 不同，与法语中表示"资产者"的 bourgeois 和表示"公民"的 citoyen 也不一样，其包含着更丰富驳杂的含义。首先，18世纪后期至19世纪初，德国的市民阶级指的是一个由高级公务员、大商人、工厂主、医生、律师、作家、教授、牧师等社会中上层人士组成的精英阶层。这些人家境殷实，但又不满足单纯以财富定位的资产阶级称谓，更看重的是文化与财富的融合，因此"市民"一词在他们那里所表达的是一种文化精英意识。歌德名言"若非市民家，何处有文化"（Wo käm die schönste Bildung her, und wenn sie nicht vom Büger wär），所说的就是这个意思。而从19世纪开始，Büger 成了贬义词，尤其是在德国浪漫派不断地讽刺和

在《布家》中他"用文学方式刻画并代表了城市贵族的气质，刻画并代表了吕贝克和汉莎同盟城市的精神"①。这种精神的一个典型体现即书中反复出现的布家家传的"金边记事簿"。这本记事簿记录了布家的家族史以及各代人总结的人生哲学、处世格言、宗教信仰等，是布家的骄傲，是市民精神的载体。为了延续记事簿上的光荣历史，保住家宅不旁落他人之手，布家几代人勤勉奋进，尤其是第三代的托马斯和安冬妮，他们在婚姻的选择和公司的经营上处心积虑，殚精竭虑，只为守护家宅的荣耀。家宅成为一种垂直的想象，象征着一种自我提升，呼唤着我们在垂直方向上改变自己。②布家人对市民精神的维护就是一种垂直方向上的自我提升。雨果·瓦尔特对此评论说："在一个正处于变革的动荡时代

（接上页）批判市民阶级的社会理想和道德理想之后，Büger 与表示"市侩、小市民"的 Spießbürger 几乎成了同义词，代表着保守、软弱和缺乏革命性，而随着资本主义的发展，Büger 又被简化为"有产者"的意思，与法语 Bourgeois 如出一辙。而到了新左派思潮和学生运动兴起的 20 世纪后半叶，"市民""市民精神"以及"市民性"及其所具有的文化优势再次成为批判对象。托马斯·曼出身于显赫的市民之家，有着强烈的阶级意识和阶级感情，自诩为德意志市民文化熏陶出来的子孙，为身为"市民之子"而骄傲。对他而言，"市民阶级""市民"都是值得骄傲的称号，孕育了诸如歌德、叔本华等文学艺术大家，因此他要保持市民阶级的特色，捍卫市民精神。关于《布登勃洛克一家》与"市民"概念更详尽的论述，可参看黄燎宇：《〈布登勃洛克一家〉：市民阶级的心灵史》，《外国文学评论》2004 年第 2 期；张杰：《托马斯·曼的精神故乡：吕贝克》，《德语人文研究》2017 年第 1 期。

① 托马斯·曼：《作为精神生活形式的吕贝克》，见《托马斯·曼散文》，第 71 页。
② 参见加斯东·巴什拉：《空间的诗学》，第 17 页。

中，随着时间的蹂躏和变迁，对宏伟住宅的想象和内在化的渴望，尤其是对那些希望在精神上与那些美好空间保持联系的人来说，最重要的是记住从前他们在那里度过的美妙时光，保持他们对那里情感的完整性和活力。在情感和美学上依附于房屋或建筑空间的个体将试图在他们的有生之年保持这样的依附感。"[1] 布家人竭力保持对大宅的拥有权，与其说是保护宅邸，不如说是保护宅邸所代表的家族荣耀，保护市民阶层的精神文化。在这里，家宅不再作为纯粹的空间背景，而是布家人市民身份自我确认的一个表现。托马斯·曼通过人格化这座豪宅，最终让这座宅子充当了一个角色，在故事中发挥着积极的作用，成为家族精神的象征，甚至可以说是整个市民阶层的精神居所。

最后，托马斯·曼笔下的家宅空间还是一种外部生活图景的写照。《布家》的副标题为"一个家族的没落"，科普曼（Helmut Koopmann）直言，这种"没落"包含了身体的逐渐衰退，以及精神对哲学和艺术的提升，"布登勃洛克家族世俗和身体上日渐衰退，为其提供了精神和艺术上的升华，这种衰退与升华的张力在小说结尾达到了顶峰"[2]。同时，他也进一步指出，小说开篇写布家在雍容华贵的新居里享受庆祝活动时，提到这座位于孟街的豪华宅邸的历史及其前主人的命运，已表露出不和谐的音符，暗示了布家一族内在的衰退已暗流涌动，这种冲突将随着时间的流

---

[1] Hugo G. Walter, *Magnificent Houses in Twentieth Century European Literature*, P. 2.
[2] Helmut Koopmann, "*Buddenbrooks*: Die Ambivalenz im Problem des Verfalls," in: Rudolf Wolff (Hrsg.), *Thomas Manns Buddenbrooks und die Wirkung,* Bonn: Bouvier, 1989, S. 41.

逝愈演愈烈。① 托马斯·曼所建构的家宅空间"反映出了一个从天真实际到精神领域、从商人气质到艺术家气质的变化过程"②。这在小说开场的家庭聚会已埋下伏笔，父辈奠定了基础，后代只是坐享其成，对克勤克俭的市民传统日益淡忘，而对文化艺术的着迷日渐加深，最终堕入颓废。最典型的代表是第四代的汉诺，他孱弱多病，却对艺术如痴如狂，无奈英年早逝，生命败于艺术。通过家宅空间的隐喻，托马斯·曼描写了一个市民中产家族的没落和衰退，同时也"宣告了更为广泛的没落和终结，宣告了一个远远超出家族范围的文化和社会转折"③。这个没落和转折所指的是在资本主义发展的 19 世纪末 20 世纪初，整个市民阶层的衰落和焦虑。当时的人们正生活在工业革命后的"德国经济繁荣期"和"一战"之间，工业革命让德国迅速腾飞，跻身于世界强国之列，而"一战"的爆发则宣告了市民时代的终结。作者在描写市民文化没落时，将精神与生物学对立起来，把精神看作生物退化的产物。换言之，市民文化的没落在另一个层面，即艺术和精神上也可以代表一种完善和提升。这一生活上的没落与精神上的提升是对当时社会随处可见的世界发展的普遍历程的展示。

托马斯·曼以一种空间化的时间叙事方式，以家宅空间的变迁表现几个世纪几大家族的兴衰沉浮。其笔下的家宅空间不仅提供了故事情节发生的场所，更承载了市民阶层内在的文化和精

---

① Helmut Koopmann, "*Buddenbrooks*: Die Ambivalenz im Problem des Verfalls," in: Rudolf Wolff (Hrsg.), *Thomas Manns Buddenbrooks und die Wirkung*, S. 42.
② 托马斯·曼:《关于我自己》，见《托马斯·曼散文》，第 240 页。
③ 托马斯·曼:《我的时代》，见《托马斯·曼散文》，第 331—332 页。

神,并透过这文化和精神的变化,反映出时代的社会图景。在这种内在精神与外在生活的双重隐喻中,托马斯·曼所建构的家宅空间具有两层张力。一方面是生存的张力。尽管家宅空间可以提供安全感和安定感,但如果后代子孙只是坐享其成,安居于舒适的封闭空间中,他们在社会飞速发展的浪潮中只能坐以待毙。这既是布家所面临的危机,也是德国作为"迟到的民族"的困境。另一方面则是精神与生活的张力。对作为市民文化之子的布家或者托马斯·曼而言,吕贝克和孟街上的豪华宅邸是其文化母体,提供了精神上的滋养,但是精神上的完善和提高却与生活产生了矛盾。布家自第三代的托马斯·布登勃洛克起也对文学艺术痴迷,并在第四代达到顶峰,与艺术上的成功相对应的却是身体和家族的衰退。这两种张力伴随着托马斯·曼本人及其创作,并推动着他从德国北部,从故乡吕贝克走向更广阔的天地。成年后的托马斯·曼随母亲迁往慕尼黑,投身文学创作,他笔下的人物也随着他由内向外走出家宅,投入社会,安冬妮嫁到慕尼黑,阿申巴赫去往威尼斯,托尼奥奔向丹麦,汉斯前往达沃斯。在下一节中,我们将重点关注托马斯·曼早期作品中对南北方文化空间的建构。

二、从北到南:托马斯·曼跨文化空间的建构

在托马斯·曼的空间美学中,南方和北方具有截然不同的地域特征,代表两种迥然相异的文化气质。他曾在不同场合对南北方的差异性空间特质作不同阐述。概括而言,在托马斯·曼看来,北方代表着诚实正直、克勤克俭、高贵严肃的务实的、理性的精神,而南方则象征着自由、艺术、异国风情的浪漫的、感性的气质。托

马斯·曼之所以对南北方地域性差异有如此敏感和对立的认识，其中一个很重要的原因在于他本人所具有的跨文化的特殊背景和身份特质。托马斯·曼自己就是一个"南方"与"北方"的结合体。他身上综合了父亲那种来自德国北部吕贝克显赫之家的北方精神，以及从小生长在巴西，兼有德国与葡萄牙血统的母亲的南方气质。这种特殊的出身和成长环境让托马斯·曼具有一种不同于一般德国人的文化与身份特质。而且，1891年，托马斯·曼的父亲去世，曼氏家族清理公司，变卖家产，随后举家迁往南方的"艺术名城"慕尼黑，这一变故不仅让托马斯·曼从北方迁往南方生活，也让他摆脱了市民阶层的责任和义务，潜心追求文学和艺术。托马斯·曼的出身和成长经历让他敏锐地体验到南北方的差异。正因如此，托马斯·曼在阐释与文化相关的文学主题时具有独特的空间敏感性以及独到的观察视角和论述。托马斯·曼的作品中时常出现"北方"理性的务实精神与"南方"感性的艺术激情的二元对立的文学主题和内容。这在他早期的作品中也有具体的呈现。

在托马斯·曼早期作品中，建构南北结合的跨文化空间最常用的手法是塑造一个南北混合身份的人物，并以此混合的文化空间特质铺陈故事情节，刻画人物形象，展现小说主旨。比如，《死于威尼斯》中的作家阿申巴赫，他出生于西里西亚，父亲是资深法官，过着勤奋、规律、节制的生活，奉行严格与务实的精神；母亲则是波希米亚①乐队指挥的女儿，大胆、泼辣，情感充

---

① 波希米亚地处中欧，此处称为"南方"是相对于主人公位于德国北方的家乡而言，是一种象征性的说法，而非实际上的地理位置。这种相对的"南"与"北"的设置和定位已成为托马斯·曼独特的书写方式。

沛,"工作严谨认真和深沉而又火热的感情冲动相结合,就产生出了一个艺术家"①。阿申巴赫因此成为托马斯·曼空间美学中南北混合的跨文化空间的典型象征。

《死于威尼斯》取材于1911年托马斯·曼与家人在威尼斯的旅行体验。② 故事讲述了作家阿申巴赫的威尼斯之旅。他从慕尼黑前往更南的威尼斯,并在那里与冥冥中长期涌动在心底的"美"相遇,由此引发道德伦理与审美艺术的冲突和对话。在异乡威尼斯,精神上的哲学思辨不断地侵扰阿申巴赫的内心,最终不断升级的冲突发展演变至极端,他因顽固地追逐美少年而身染霍乱,最终客死他乡。

这个故事延续了托马斯·曼早期关于艺术家问题的主题创作,是作者对艺术家生活和精神困境探讨的深入和拓展。主人公阿申巴赫原本是一位生活规律、刻板严肃、克勤克俭的作家,代表的是托马斯·曼观念中的北方精神,而他这种严肃的艺术观在南方的威尼斯发生了转变。他从原先在艺术上追求道德伦理的框架中挣脱出来,但又未能恰当处理理性的外部世界与感性的内心自我之间的关系,陷入了"为艺术而艺术"的另一个极端。最初他只是想换换空气,放松一下紧绷的神经而外出旅行,之后转变为无节制地放纵自己的情感和欲望去追求完美艺术,遁入堕落的深渊,最终导致无法避免的悲剧性结局。他的"完美艺术"最终沦为仅供满足享乐的"感官之美",丧失了内在的精神。阿申巴

---

① 托马斯·曼:《死于威尼斯》,见《托马斯·曼中短篇小说全编》,第319页。
② 托马斯·曼的夫人在回忆录中对此段经历有详细描述。Katia Mann, *Meine ungeschriebenen Memoiren Unwritt*, S. 72.

赫本身由"理性精神"与"感性激情"结合的身份特质，在从北往南的旅行中更加凸显，成为他自身矛盾冲突的根源。在南方的海滨，阿申巴赫远离了那"冷漠"和"缺乏情感"的世界，褪去生活中沉重的面具，肆意追求美的享受，对着浩瀚无垠的大海，尽情地与酒神对话。对阿申巴赫而言，南方象征着他内心特有的向往和追求，是一个"完全不一样的世界，如此的明朗、清晰和轻松自如"①，是他独有的乡愁。不过，托马斯·曼并不全然肯定南方感性的艺术激情，他借阿申巴赫最终魂断威尼斯反省了艺术家存在的价值，对艺术家提出了质疑和批评。在他看来，艺术家如果只具备北方那种克勤克俭的理性精神，或者一心只追寻南方的自由浪漫，换言之，若他们只遵照日神的精神，或只拜倒在酒神的脚下，最终都无法逃脱"堕落"的命运。

　　托马斯·曼早期的另一部小说《托尼奥·克勒格尔》（以下简称《托尼奥》）同样与"南北"主题相关。主人公托尼奥也具有类似于托马斯·曼或阿申巴赫那样"南北混合"的身份。他出生的家庭同样由来自北方的父亲和乡在南方的母亲组合而成。生长在德国北部的托尼奥自幼爱慕金发碧眼的同学，而且他还受母亲的影响，常常独自沉浸于忧伤的诗篇，也时常有与众不同的艺术家行为，这些导致他与同学格格不入。面对自己的"多余人"（surplusor）的境遇与矛盾复杂的心境，他感叹道："我站在两个世

---

① Thomas Mann, *Gesammelte Werke in dreizehn Bänden*, Bd. 10: *Reden und Aufätze* 2, S. 311.

界之间,对哪个都不习惯,因而要感到有些为难。"[1] 托尼奥就像年轻时的阿申巴赫,借着同样是对"南方"和艺术的向往和追求,离开家乡,去追寻心中的艺术之梦。尽管,南北方的文化环境让他明晰了作为艺术家的职责和追求,但同样也造成了他不确定的身份以及敏感的人格特征,更重要的是,还潜藏了有可能导致他堕落和毁灭的冲突与危机。托尼奥的故事依然在探讨艺术家生活与艺术的问题。他摇摆于生活与艺术之间,奋力追寻一种集合了理性与感性的完整自我。托尼奥与阿申巴赫一样,生活在艺术与生活两个世界里,徘徊于南北之间。当然,由于他们各自内心冲突的程度以及对内心冲突的处理方式不同,他们的命运也各不相同。托尼奥在青年、中年时期的写作中,一直压抑内心的冲动,情与理的冲突不断升级,最终在老年的阿申巴赫身上爆发。

很显然,托马斯·曼偏爱建构"南北混合"的跨文化空间与他本人的生长环境和文化背景密切相关。他以自己独特的文化身份以及由此形成的独特观察视角和叙事方式,表达了对艺术、对世界不一样的阐释方法。托马斯·曼在给友人的信中也提道:"南北议题是一个令人着迷的题材;对此议题的激情是我书写这类作品不可或缺的。我可以这么说,我极度关注此种素材。"[2] 在之后的创作中,北方理性的务实精神与南方感性的艺术激情并存的二元对立成为他写作的重要主题和内容。在《魔山》中,位于德国

---

[1] 托马斯·曼:《托尼奥·克勒格尔》,见《托马斯·曼中短篇小说全编》,第234页。

[2] Thomas Mann, *Thomas Mann an Ernst Bertram: Briefe aus den Jahren 1910-1955*, I. Jens (Hrsg.), Pfullingen: Neske, 1960, S. 139.

北部的港口城市汉堡与位于瑞士南部的达沃斯疗养院也成为这种北方与南方、理性与感性的对照。

三、由西向东：托马斯·曼跨界域空间的建构

《死于威尼斯》中，托马斯·曼以威尼斯神秘的城市景观、优美的海滨风景与水城现实生活中充满矛盾的特征来衬托和映照主人公阿申巴赫内在的冲突特质和悲剧性的命运结局，而南北方对照的视角和叙事方式，无疑是托马斯·曼的一个巧妙的文学构思，也是托马斯·曼空间美学的独特之处。不过，托马斯·曼早期空间美学中关注的空间形态并不止于南方和北方，还有跨界域的东方与西方的融合和对立。最为典型的莫过于他在《魔山》中所塑造的东西方思想的人格化身，代表西方人文主义的塞塔姆布里尼与代表东方的纳夫塔展开长达两百多页的辩论，论争东西方不同的思想和观念。而在《魔山》之前的作品中，托马斯·曼对东西方不同空间及其特征也有深入的思考，并通过文学写作的方式呈现出来。

在上一节中，我们已讨论托马斯·曼将阿申巴赫的故事发生地选在威尼斯并非偶然。以威尼斯为旅行目的地，既符合作品主题上要求的地理上"南方"与"北方"的对照关系，又对应了文化上理性与感性的象征意象，同时还满足了主人公的身份背景所特有的"南方情结"。不过，托马斯·曼选择以威尼斯为故事发生地，不仅仅是看中它位于南方的独特地理位置，也不单单是因为威尼斯长久以来在建筑、绘画、音乐等方面的独特艺术风格，还在于威尼斯是一个连接东方和西方的重要地点，是一个个性鲜明的跨界域之地。

首先,威尼斯是意大利著名的"水上城市",坐落于坚实而沉静的陆地与变幻莫测的海洋之间,陆地与海洋的结合让威尼斯别具一格。更重要的是,威尼斯还是一个联系东西方世界的重要枢纽,它与东方的商贸往来由来已久,还因此被称为"通往东方的门户"。① 东西方的文化在此相遇和交融,相互碰撞与激荡,使威尼斯不仅涵盖了丰富多彩的生活形态,更在文化氛围与艺术风格上发展出自己的独特性,形成了多元的文化特色。与地处阿尔卑斯以北的中欧城市慕尼黑和主人公(包括托马斯·曼本人)的家乡吕贝克相比,威尼斯在文化特质和社会风貌上都显现出明显的独特之处。威尼斯因连接着代表"理性"的西方世界与象征着"感性"的东方国度,在文明开放之上蒙上了一层异域风情与艺术气息的神秘面纱,带给人们无限的想象空间,历来吸引了无数的文人墨客前来朝圣、游历,寻找灵感和创作素材。② 托马斯·曼也被这种神秘的气质所吸引,因而把威尼斯设置为故事发生的场所。不过,托马斯·曼对威尼斯的情感又是矛盾的。一方面,托马斯·曼惊叹和赞美威尼斯南方的异国情调与独特的文化氛围,眷恋于威尼斯所散发出的美,流连忘返;另一方面,他也

---

① K. Bergdolt, *Deutsche in Venedig: Von den Kaisern des Mittelalters bis zu Thomas Mann,* Darmstadt: Primus, 2011, S. 46.

② 德语文学中,不少文学家如歌德、尼采、托马斯·曼,以及艺术家和思想家如瓦格纳、马丁·路德(Martin Luther)、杜勒(Albrecht Dürer)等人,都曾表达对威尼斯的偏爱,在作品中展现威尼斯的风采。关于德国文学家、艺术家描绘威尼斯的更具体的论述,参见 K. Bergdolt, *Deutsche in Venedig:Von den Kaisern des Mittelalters bis zu Thomas Mann*, Darmstadt:Primus,2011。

对威尼斯迷人的城市外表下掩藏的狭窄肮脏的河道与街巷，以及常年散发出的令人厌恶的气味感到失望。威尼斯因城市环境的不尽如人意，时常被视为颓废、没落和疾病的象征，托马斯·曼也以此隐喻来铺陈主人公因放纵激情而导致毁灭的悲剧叙事主线。

在托马斯·曼看来，东方代表的是神秘的异域风情、自由的审美追求、浪漫的感性激情，而西方则象征着理性的节制、严肃的科学、规律的生活、进步的文明。如果说，托马斯·曼对南方和北方的观察和思考更多的是在反思德意志民族的精神和文化，那么他对东方和西方不同空间特质的探索则是在批判和反思现代性。19世纪末20世纪初的德国正处于资本主义高速发展、市民时代逐渐没落的转型时期，现代化的进程带来物质文明上的巨大飞跃，但是当时的人们也普遍面临着理性的现实主义与感性的理想主义之间的混杂与冲突，内心充斥着矛盾、彷徨，甚至是痛苦的情感。面对时代的社会状况与精神样态，托马斯·曼与当时有智识的知识人一样开始反思西方文化，并将探索的目光转向东方，期冀在古老的东方智慧中找到拯救西方没落的良方。值得注意的是，托马斯·曼概念中的东方更多的是指俄罗斯、中亚地区，而非中国或印度。在《托尼奥》中，托尼奥先后爱上自己的同学和舞伴，但都无疾而终，更为不幸的是，他的同学和朋友都无法理解他对文学对艺术的热爱。接二连三遭遇挫败的托尼奥在慕尼黑邂逅了俄罗斯画家丽萨维塔·伊万诺夫娜，从前无处言说的困惑与迷茫在丽萨维塔这里得以倾诉。丽萨维塔成了托尼奥的缪斯，他在明亮的画室里与丽萨维塔及其所代表的俄罗斯文学传统展开对话，反思精神与生活的关系，明晰自己作为作家的使命。在这里，东方的形象是以西方理性务实的对立形象出现的。东方代表的是自由和艺术，是感性的审美，而西方则表征着理性和文明。

托马斯·曼对东方和西方的理解和认知，除艺术家审美和艺术上的抉择外，还包括意识形态的判断和选择。托马斯·曼试图通过对东西方不同文化的探讨进而通往对东西方不同国家的探讨，从文化民族通往国家民族正是现代德语作家一直努力的方向。托马斯·曼在《我的时代》中对俄罗斯革命非常看好："对于属于我的时代的俄国革命这一历史事件，我深表敬意，我不想让大家对此产生任何怀疑。"他认为，俄罗斯革命是"1789年政治革命之后最大的社会变革"，"与寻求夺取世界、夺取精神上和物质上的世界霸权的西方形成对峙，二者展开一场史无前例的历史竞赛"。[①] 但是不可否认，东方的革命也带来深重的灾难。因而，托马斯·曼呼吁自由和平等的对话。而在《魔山》中，托马斯·曼对东方和西方的讨论蔚为大观，通过塑造两组人物的对峙：代表西方的塞塔姆布里尼与代表东方的肖夏，以及代表西方的塞塔姆布里尼与代表东方的纳夫塔，对东西方的文化、意识形态、精神气质等展开比较讨论。更重要的是，他将代表德国的汉斯始终置于东西方两股力量之间，让他在中间接受精神的洗礼和文化的熏陶。《魔山》写作的时代正是斯宾格勒所说的"西方没落"的时代，托马斯·曼以文学创作的方式，或者更具体地说，以对东西方文化的探讨，为没落的欧洲寻找出路。

综上所述，从托马斯·曼早期作品中展现的自觉的空间意识

---

① 托马斯·曼：《我的时代》，见《托马斯·曼散文》，第337—338页。

以及独特的空间书写来看,托马斯·曼的空间美学具有如下几个特征。

首先,空间问题是托马斯·曼创作中的重要主题和内容,他热衷于以不同的空间形态书写来铺陈故事情节,刻画人物形象,以及表达主旨。从建筑空间到文化空间,从生活空间到精神空间,空间功能的多重属性在托马斯·曼笔下自由展现,空间功能的交叠引发寓居其中的人们感受到身份的缺失和迷惘,进而反思对自我和世界的认识。

其二,在托马斯·曼的空间美学观念中,空间更多的是一种象征符号的存在,是某种文化的隐喻意象,代表着一种精神的生活方式。一提起托马斯·曼笔下的吕贝克,就会联想到市民精神、传统、保守等概念,而看到他笔下的慕尼黑、威尼斯,就能想到艺术、自由、浪漫等观念。托马斯·曼由此扩展了空间的自然功能,这些附在空间表面的精神、观念或文化的特征隐含着深刻的文化批判和哲学思考。托马斯·曼对空间的种种建构,在唤起我们对空间想象的同时,也唤起我们对人类的存在和出路的严肃思考。

其三,托马斯·曼对小说中空间形式的刻画和描述尤其偏爱采用"参差对照"或"并置"的手法,设置两个二元对立的空间形态。值得注意的是,托马斯·曼这种"参差对照"的"并置"的空间结构,并不意味着建构了两个截然对立的空间形态,而是通过相互对比,彼此参照,呈现空间某种委婉复杂的特质,进而以这种特质表达个体的存在方式、知觉的体验和精神的诉求。从内外相对的家宅空间,到南方与北方的跨文化空间,再到东西融合的跨界域空间,或是健康与疾病的疗养院(《特里斯坦》),或是生命与死亡相对的墓地（《到墓地去》），抑或是封闭的小船与开阔的大海（《死于威尼斯》），托马斯·曼乐此不疲地以这种思维模式营造矛盾的二元性空间，而后又将这些二元性空间交织在一起，形成一个更大的多元复杂的空间，涵盖范围更广的自然景观和人文景观。这些空间形态相互交叠，既各自独立，又相互依赖，共同建构起托马斯·曼繁复的空间网。这种多元混杂的空间设置在《魔山》中达到顶峰。托马斯·曼将来自世界各地的病人汇聚在达沃斯一座疗养院中，让来自不同民族和文化的思想和观念在这里自由展露，相互激荡。

其四，托马斯·曼对空间的刻画、对景观的书写始终聚焦于人性，他对空间的建构事实上都是在探讨人，探讨人性，探讨现代性的问题。随着启蒙以来科学、社会、哲学的突飞猛进，人与自然之间的沟壑也愈加深刻。心灵与外在世界处于断裂和对峙之中，曾经和谐完满的史诗时代变成不确定且充满异质因素的小说时代，人类灵魂无处安放，小说成为这种无家可归（Unheimlichkeit）的先验表达。① 文学作品中的空间书写不仅是单纯的地理概念，也不单是故事情节发生的场所或背景，更是对人类生存境遇和精神面貌的表达。作为《魔山》空间美学的前奏，托马斯·曼早期作品中所建构的空间形态尽管风格各异，但其相同之处在于都非常关切人类的生存处境和时代的精神状况，其本质是一种描写人、探讨文化和人性的空间美学。我们应该透过描述层面去挖掘托马斯·曼笔下空间形态的真正内涵。

---

① Georg Lukács, *Die Theorie des Romans: Ein geschichtsphilosophischer Versuch über die Formen der gropen Epik*, S. 52.

第二章　作为空间小说的《魔山》

第一节　空间与情节：狭小空间里的漫长故事

在《艺术文本的结构》中，尤里·洛特曼指出，艺术文本具有空间模拟机制，文本中的人物在不同语义场的穿梭跨越促成了情节的发展。他认为，"文本中的事件是人物跨越语义场界限的转移"[①]。也就是说，人物在不同空间中的位移和转换推动了故事情节的展开和发展。在《魔山》中，故事以汉斯离开家乡汉堡为开端，以汉斯进入达沃斯疗养院为发展，最后在汉斯从高山返回平原战场中结束，推动小说情节发展的正是汉斯上山下山的空间位移。而且中间小说的主要人物还数次往返于平原与高山之间，这些插曲打破了故事简单的叙事线，增添了戏剧性。为了后文论述的方便，我们现在先跟随汉斯及主要人物的空间位移，去看看小说到底讲述了一个怎样的故事。

《魔山》的故事和情节相较于作者创作所花费的时间，以及小说篇幅和内容上的庞然大物而言，显得简而又简：一位名叫汉斯·卡斯托尔普的青年从德国汉堡前往瑞士达沃斯探望在此疗养

[①] 尤里·洛特曼：《艺术文本的结构》，第324页。

的表兄，原定的三周探望却因种种原因变成滞留七年，直到"一战"爆发，他才从"魔山"回到"平原"。

尽管从情节上看，小说只讲述了汉斯上山和下山，然而他在滞留"魔山"期间，曾见识了各色各样的人物，也经受了生活的酸甜苦辣，更体味了人生的风风雨雨，主人公这些精神和思想上的经历和反思才是《魔山》的重头戏。小说中汉斯的经历承袭了成长小说的特征，主要经历为爱情和历险。不过与传统意义上的成长小说相比，汉斯所经历的爱情和历险更具现代特征。在托马斯·曼笔下，汉斯的爱情不是单纯的情感体验和情感教育，而是一种现代的情欲体验，更多表现在对形而上或意识形态或身体上的情欲的体验和反思；而他的历险也不是传统成长小说中的游学或离乡漫游，更多的是通过疾病和死亡获得的内在与精神的锤炼。

《魔山》分上下两卷，共七章。第一章讲述到汉斯到达疗养院第一晚的初印象。一翻开小说，出生于上层工商市民之家的汉斯，这个涉世未深的年轻人就已踏上了从家乡汉堡前往达沃斯疗养院的路程。此前，他刚完成学业，即将到造船厂做见习工程师，长期的备考让他身体疲惫，刚好在疗养院住了五个月的表哥请求他前去看望。因此汉斯就计划上山休假三周排遣一番，希望以山上的时间的"忘情河"、"魔汤"般的空气暂时逃离平原的"责任、志趣、烦恼、前途"或"家乡和秩序"[①]，从疲劳中恢复过来。一路上瑰丽震撼的风景变幻无穷，让汉斯既激动又惴惴不安。高山上的生活与平原上的截然不同，汉斯一到疗养院就应接不暇地听到

---

① 托马斯·曼:《魔山》，第2页。

骇人的咳嗽声,闻到福尔马林消毒水的味道,住进了刚刚死过人的三十四号房间,见识到举止怪异的病人。纷乱的初体验——复现在汉斯的梦中。第一章以汉斯错综复杂的梦境结束。

第二章故事的叙述从高山转回平原,回溯汉斯上山前的经历,讲述其家族历史、童年经历和性格特征。汉斯出生于一个信仰新教的城市贵族之家,家族历史悠久,生活富庶。小小年纪的汉斯已经历了三次死亡的洗礼,其父亲和祖父都先后死于肺病,母亲死于难产,之后由舅舅监护长大。成为孤儿的汉斯依靠丰厚的遗产,经济独立,这为后来汉斯滞留魔山提供了经济基础,解决了后顾之忧。汉斯自幼"贫血",成绩一般,养尊处优,养成了贪图安逸的生活习惯,对未来和生活既没有远大的目标,也没有艰苦奋斗的雄心。此时的汉斯就是一个普通的"中不溜儿",用作者的话说,"他还是一张一尘不染的白纸哩"[①]。这一章中还重点讲到汉斯家世代传承的"洗礼盆"和他的同性恋情结,为后面的故事发展埋下伏笔。

第三章的叙事再转回高山,讲述汉斯在疗养院一天内的活动和经历。疗养院的生活非常规律有序,每天用餐五次,量体温四次,"卧疗"两次,还有饭后散步,这些活动都有严格的时间规定。疗养院中最重要的空间是餐厅。餐厅是山上病人每天吃饭、聊天、娱乐、休息的重要场所,里面摆有七张桌子,并按等级分配固定的饭友。来自世界各地不同性别、年龄、职业的病人们带着不同的文化背景、经历、观念汇集于此,按时参加疗养院提供

---

① 托马斯·曼:《魔山》,第32页。

的治疗方案。他们逐渐形成一套与山下截然不同的价值观念。高山上的病人们基本都是欧洲精英阶层中人，他们因身患疾病而无所事事，因死到临头而放荡不羁。疾病和死亡使他们摆脱了束缚，放飞自我，在高山上尽情释放本能和爱欲，突出地体现为情欲的泛滥。他们终日饱食，只热衷于调情，汉斯在高山上的第一天就是在隔壁俄国夫妇的交欢声中醒来的。此外，高山上的病人还以病重为荣，病情轻微或好转反倒遭受鄙夷，因为这太平庸，不够高贵。高山上的人对待时间也与山下人不同，他们最小的计时单位为月份，对时间的流逝丝毫不在意。初来乍到的汉斯尚存一丝山下人的理性，对这一切感到既惊愕又好奇，但很快也融入其中，并对高山上的各种活动游刃有余。

在这一章中先后出现了两位重要的人物：意大利人文学者塞塔姆布里尼和俄罗斯的少妇克拉芙吉亚·肖夏，此二人对汉斯的魔山之旅产生了重要影响。塞塔姆布里尼，大约三四十岁，皮肤黝黑，经常穿灰粗尼上衣、浅色方格纹的裤子，看起来既寒酸又优雅，似"手风琴演奏者"。此人最突出的特点是好为人师，初次登场，他便以教育者自居，力劝汉斯离开疗养院这所"死人出没、闲荡的深渊"。① 塞塔姆布里尼的祖父和父亲都是宣扬启蒙、理性和进步的"文明文人"。在此后的故事中，他一直竭力宣扬这种观念。而第二位是汉斯的梦中情人。这位来自高加索以北地区的肖夏，无儿无女，就餐于"高等俄国人餐桌"（相对于"下等俄国人餐桌"）。她中等身材，形如少女，颧骨很高，眼睛细细

---

① 托马斯·曼：《魔山》，第53页。

的，带有"吉尔吉斯坦"的风情，喜欢"啃指甲"。她自由散漫，就餐时总是姗姗来迟，举止粗俗，总把餐厅玻璃门撞得"砰砰乱响"，此举引起了汉斯的注意。很快汉斯便被这位行为懒散，充满异国风情的俄罗斯少妇所吸引，陷入对她的疯狂爱恋中。

第四章讲述了汉斯在山上前三周的经历，这是他原本计划的探望时间。时间已由此前的以日计算过渡到以星期计算。在这段时间中，汉斯对肖夏微妙而狂热的爱恋与日俱增。汉斯下山的欲望逐渐减弱，他购置了毛毯，开始和表哥一起践行每日的"卧疗"仪式。作者用细腻的笔触描述了汉斯在对肖夏的迷恋中的行为举止、心理活动和意识变化。汉斯在梦中回忆起中学暗恋过的男同学希佩·普里比斯拉夫，以及向他借铅笔的往事。[①] 此人与肖夏一样具有斯拉夫血统，高颧骨，细眼睛，甚至说话声音都相似，是肖夏的前缘，之后汉斯还数次将二者比较。疗养院定期的心理分析将汉斯对肖夏的冲动进一步催化。讲座的主题为"爱是塑造疾病的力量"，心怀欲念的汉斯听完讲座后，"头部痉挛"，"心砰砰跳"，"脸一阵红一阵白"。汉斯心中压抑的爱欲终于以疾病的方式出现，他高烧不止，原本准备在高山访问三周的计划破产。医生经过检查在汉斯肺部发现了病灶。医生告诉汉斯，他的肺部过去有一个"湿润点"（喻指希佩），现正在发病（喻指肖夏），必须留下治疗，否则后果不敢设想。

---

① 此人物的设计带有自传性质，托马斯·曼在中学时曾先后暗恋过两位男同学阿明·马滕斯（Armin Martens）、维利拉姆·廷佩（Williram Timpe）。后者的脸型、颧骨和眼睛颜色更接近小说人物，而且也有一段借铅笔的经历。Hermann Kurzke, *Thomas Mann: Das Leben als Kunstwerk*, S. 46-55.

第五章讲述了汉斯上山后七个月的经历，从汉斯发烧开始，一直到狂欢会上他向肖夏表白。汉斯正式成为疗养院的病人，也正式融入高山的生活。他和医生逐渐熟稔，某天在医生家中喝茶时看到肖夏的人体画像，这刺激他开始对身体感兴趣。他因此研读大量医书，全面了解身体在审美、生理和病理上的知识。在对生命进行"百科全书式"的探索之后，汉斯又对死亡产生了浓厚的兴趣。在"死亡的舞蹈"一节中，汉斯不顾疗养院的规定，向临终和病入膏肓的病友送去关怀，以严肃和尊敬的态度来对待死亡和疾病，他暗自感到自己的行为很有意义。跟随汉斯拜访病友的足迹，我们看到了山上病人们对待死亡的态度。他们有的谈"死"色变，避之不及；有的麻木不仁，听之任之；有的轻佻无视，只顾享乐，凡此种种，不一而足。这些态度的共同之处在于，均不敢真正直面死亡。描述了汉斯探索生命是什么以及死亡在高山如何统辖众人后，作者借用歌德《浮士德》中的"瓦尔普吉斯之夜"，营造了一个非理性的狂欢之夜，迷狂中的汉斯向肖夏倾吐了爱慕之情。在狂欢赋予的自由和无序中，汉斯告别了塞塔姆布里尼，走向肖夏，以向她借铅笔的借口，用法语如痴如醉地向她倾诉自己对她的爱恋。而肖夏在狂欢节后就下山了。

　　小说的上卷在狂欢节中汉斯和肖夏如梦幻般的私语中结束。这一卷有两条叙事主线并行发展。其一是作者花了大量的笔墨所描述的疗养院的生活图景、人物、主人公的感受以及他对生和死的反思。这一叙事主线以塞塔姆布里尼和主人公论题广泛的谈话为重点。其二是汉斯与肖夏的恋爱关系发展，从开始迂回缓慢地暗生情愫，到助理医生关于"爱欲与疾病"讲座的催化后的疯狂游戏，最后是狂欢之夜的表白和结合。而这两条叙事主线中的中心人物所代表的力量又是截然对抗的。宣扬启蒙和进步的塞塔姆布里尼认为东方是野蛮、非理性的无序之地，肖夏"鞑靼人的脸型""荒原狼的眼睛"，以及懒散不羁的举止，象征着亚洲蛮族的野蛮，塞塔姆布里尼百般阻挠汉斯陷入诱惑。这两股力量对抗的局势在第六章被打破。

在小说的第六章中，汉斯的第二位精神导师纳夫塔出场。此前塞氏对汉斯的单声道说教，变成了双声道辩论。纳夫塔出生于俄奥边界的小镇，犹太人，是天主教的耶稣会士。他性格阴郁，同时又思想敏锐，言辞犀利。他尊崇"精神统一"的中世纪，对启蒙后的资本主义的发展、国家集团形成以及现代大工业化进程大加批判，提倡共产主义。两个持不同观念的精神导师开始竞相教育汉斯，争夺汉斯。汉斯夹在两人之间，左右摇摆，情感也飘忽不定，一会儿倒向塞塔姆布里尼，一会儿偏向纳夫塔。在经历了一系列的精神和思想的洗礼后，汉斯终于在冰雪的世界中坚定了自己"为了善和爱，绝不能让死亡主宰自己"的信念。

在这一章中还讲述了山上人与山下人几次戏剧性的来往，打破了疗养院封闭中的平静。首先，肖夏离开疗养院，汉斯的爱情经历暂告一段落；接着纳夫塔出场，打破了塞塔姆布里尼与汉斯面对面的格局；之后约阿希姆不顾医嘱，逃离了魔山回平原服兵役，结果重疾而归，不久身亡；再之后，作为山下人的代表，汉斯的舅公上山看望汉斯，试图劝他下山，结果徒劳一场。在这些人物的来来往往中，疗养院中的时间和空间发生了奇特的变化，叙事的节奏也相应改变，显示出一种更加多样无序的混乱状态。

　　小说的最后一章，汉斯在表哥死后独自留在山上，麻木不仁地经历了疗养院的各种风潮，最后在"一战"的炮火中奔赴战场。在这当中插入了小说最后一位"大人物"明希尔·皮佩尔科恩的故事。这位荷兰富翁陪同肖夏一同回到高山。他六十多岁，面色苍白，满头白发，曾是爪哇国的咖啡种植园主，家财万贯。他很少能完整地说完一句话，却以特有的"派头"（große Format）令所有人折服。他特别信奉"感觉"，喜欢体验极致享受，时常在疗养院中聚赌豪饮，挥金如土。最后明希尔因丧失了"感觉能力"，服毒自杀。肖夏在其死后再次离开疗养院。之后，处于"深度麻木"的汉斯度过他在疗养院余下的年岁。他遍坐了七张餐桌，漠然旁观疗养院的各种风潮，一度沉溺于留声机的歌剧声中，参加助理医师主持的催眠术、招魂会等活动。这时整个疗养院都沉浸在高度的焦躁和混乱之中，大家暴躁易怒，剑拔弩张，争斗不断。其中的高潮是塞塔姆布里尼与纳夫塔进行决斗，前者把子弹射向天空，而后者则对准了自己的脑袋。最后在"一战"的"晴天霹雳"中，汉斯结束七年的魔山之旅，下山奔赴战场，在炮火中消失在我们的视线之外，生死未卜。

　　汉斯从平原空间进入高山空间，再从高山空间进入疗养院空间，之后在疗养院空间和自然空间，以及各种人物所表征的人文空间中来回穿梭，最后从高山空间返回平原空间。不同的空间感知和空间体验不仅推动了小说情节的发展，同时也冲击着汉斯，让他"从一开始相对稚嫩和保守，逐渐成熟并获得了在任何情况下都无法获得的深刻见解"①。换言之，汉斯的"魔山之旅"也是一场"精神之旅"。汉斯在"魔山"独特的空间形态中审视和反思了疾病和死亡，完成了对自我和世界的认识和理解。空间在《魔山》中不仅是故事情节发展和戏剧性的催化剂，也是小说主题和内涵的呈现。

第二节　继承与颠覆：作为空间小说的《魔山》

托马斯·曼在早期创作中自觉地展现了独特的空间美学观念，并以生动的文学塑造，进一步补充和印证了其空间美学的建构。到了《魔山》，托马斯·曼对空间的探索和思考更加成熟和深入。《魔山》因此成为一部独特而复杂的"空间小说"，值得我们反复玩味。不过，在对《魔山》中的空间美学进行具体的分析之前，必须先明晰一个问题，那就是为何称《魔山》为"空间小说"，其合理依据是什么？以往从小说类型来研究《魔山》的学者，基本都把它看作"成长小说"（Bildungsroman），从不同角度探究《魔山》对德语传统成长小说的继承和偏离。托马斯·曼本人也多次在不同场合表示，《魔山》用反讽的手法承袭了"以《威廉·迈斯特》为代表的德国成长小说的传统"②，《魔

---

① C. E. Williams, "Not an Inn, But an Hospital," in Harold Bloom (ed.), *Thomas Mann's The Magic Mountain*, P. 39.
② 托马斯·曼:《作为精神生活方式的吕贝克》，见《托马斯·曼散文》，第86页。类似的说法还有："这是一个尝试，将成长小说（Bildungsroman）和发展小说（Entwicklungsroman）的路线、威廉·迈斯特的路线向前推进"（Thomas Mann an Max Rychner, August 7, 1922, in: Thomas Mann,

山》是"一部晚期的德语成长小说（Bildungsroman）和教育小说（Erziehungsroman）"①。众所周知，传统意义上的成长小说，通常以主人公从童年、少年、青年到成年的成长经历为线索来铺陈故事。人物在时间中的成长是故事的主线。《魔山》却打破了这种基本模式，以独特的时空处理方式来呈现主人公的成长。因此，这一节的主要任务是将《魔山》放置在德语成长小说的传统中，探究把它看作"空间小说"的可能性，重点分析其在时间和空间的处理中对传统成长小说的继承与颠覆，以及如此做法的原因和用意。接下来我们首先梳理传统成长小说的基本特征，尤其是对时间和空间的设置和安排。

一、德语传统成长小说的基本模式

在德语文学中，成长小说（Bildungsroman）是一种特殊小说类型，形成于18世纪中后期，勃兴于19世纪，具有独特的文体特征。学界通常把歌德的《威廉·迈斯特的学习时代》视为成长小说的代表作，因此成长小说也有"《迈斯特》式的小说"之称。② 德语Bildungsroman 由Bildung（成长、教育）和Roman

---

［接上页］ *Selbstkommentare*: *Der Zauberberg*, S. 32; so auch im Tagebuch am Juli 15, 1921, Thomas Mann, *Tagebücher 1918-1921*, S. 531），以及《魔山》是一部"成长故事，一部迈斯特式的小说"（Thomas Mann *Briefe 1889-1936*, Erika Mann [Hrsg.], Frankfurt am Main: S. Fischer, 1961-1965, S. 199）。

① 托马斯·曼:《关于我自己》，见《托马斯·曼散文》，第248页。
② 施莱格尔将《威廉·迈斯特的学习时代》与法国大革命和费希特的《知识学》并称为"时代的三大走向"。法国大革命是政治变革行动，标志

（小说）两个词复合而成。18世纪下半叶，Bildung一词开始流行于德国知识阶层，并与"启蒙"（Aufklärung）和"文化"（Kultur）两个概念紧密相关，迄今仍是德国思想文化领域的一个核心概念。Bildung具有对人的"教育"（Erziehung）、对人格的"塑造"（Formung）以及人全面有机的"发展"（Entwicklung）三重基本含义。它强调人格的塑造和道德的完善，强调个体要内外兼修，不仅要提升内在精神，在公共生活、社会和政治上也要不断锤炼自己，使自己成为一位从内到外都有深厚涵养的人。Bildungsroman承袭了Bildung的基本含义，以主人公的"教育""人格塑造"和"发展"为基本主题。① 换言之，成长小说是以文学审美的形式讲述个体"既要在充分的自由中开启天性，另一方面又要在社会生活中达到道德完善"②，它所探讨的是人如何内外兼修，如何在内在和外在上不断完善自己。此外，发端于18世纪下半叶的成长小说与当时德国的统一进程和民族国家意识的崛起也密切相关，是

（接上页）的是欧洲政治的发展方向；费希特的《知识学》是哲学上的探索，标志着思想界的变革；而《威廉·迈斯特的学习时代》则引领了文学审美的变革。转引自 Dieter Borchmeyer, *Weimarer Klassik: Portrait einer Epoche*, Weinheim: Beltz Athenäum, 1994, S. 345.

① 因此也有人把 Bildungsroman 翻译成"发展小说"或"教育小说"。不过德语中有专门的词表示"发展小说"和"教育小说"，且与成长小说的内涵和外延都有所不同。"发展小说"（Entwicklungsroman）泛指所有以个体成长发展为线索的小说，并不与 Bildung 有直接关联，不会特别强调人格的塑造、道德的完善，它比成长小说的范围更广。而"教育小说"（Erziehungsroman）则是一个比成长小说更狭隘的概念，特指启蒙时期以教育、教化青少年为目的的小说。

② 谷裕：《德语修养小说研究》，第18页。

对时代问题和人类生存处境的反映和探索，具有强烈的政治诉求和社会意识形态。由此，成长小说中个体对人格完善的追求被升华为德意志民族的追求，成为德意志性（Deutschtum）的象征，代表着德意志民族的精神、思想和文化。托马斯·曼就曾称成长小说是"德国式的""典型德国式的"小说文体。①

作为德语文学中独树一帜的小说类型，成长小说具有独特的内涵和文体结构。关于成长小说，《德语文学史实用辞典》里收录的解释是：

> 一般以一个人的成长经历为线索，描述主人公从童年、少年、青年到成年的成长过程。主人公首先接受家庭和学校教育，然后离乡漫游，通过结识不同的人、观察体验不同的事，并通过在友谊、爱情、艺术和职业中的不同经历和感受，认识自我和世界。主人公的成长，是内在天性展露与外在环境影响相互作用的结果。外在影响作用于主人公的内心世界，促使他不断思考和反思。错误和迷茫是主人公成长道路上不可缺少的因素，是走向成熟的必由之路。②

从辞典所给的定义来看，成长小说表现出横、纵两个维度交织的基本结构。纵向维度是指主人公在时间延展中的成长故事。成长小说通常按时间顺序以主人公"从童年、少年、青年到成

---

① Thomas Mann, *Eassy II 1914-1916*, Große Kommentierte Frankfuter Ausgabe, Bd. 15, S. 174.
② 转引自谷裕：《德语修养小说研究》，第20页。

年"的成长经历为线索向前推进,情节和故事沿着一条内在的因果链和时间链发展。具体的文学作品可能不一定严格按顺序时间的方式展开叙述,会出现倒叙、插叙、补叙等变化,但主人公以线性时间成长的基本脉络是清晰的。"这里主人公的形象,不是静态的统一体,而是动态的统一体。"[1] 主人公形象的塑造过程因此有了时间的参与。因而成长小说在纵向时间维度的基本模式可概括为:主人公从白纸一样的单纯,渐次接受了家庭、学校和社会的教育,不断丰富和修正对自我和世界的认识,最终达到某种程度的成熟。

而横向维度指的是主人公在空间变换中的体验和见识。主人公从家乡到"离乡漫游",从原先个人日常熟悉的小世界转入社会广阔未知的大世界,他会遇见不同的人,经历不同的事。同时,主人公在空间中的活动,使得作者"能够展现并描绘世界上丰富多彩的空间和静态的社会(国家、城市、文化、民族、不同的社会集团以及他们独特的生活环境)"[2]。换言之,空间的位移让主人公得以走出自我封闭的小空间,投身进入外部开阔的大空间,并在其中观察和体验时代的人文景观、社会的百态人生以及形形色色的人物。主人公对其在空间位移中的所见所闻的体验和反思,将使他进一步走向成熟。

横、纵两个维度是成长小说中主人公获得成长和教化不可或缺、相互依赖的两条线索。横向维度为主人公提供认识自我和世

---

[1] 巴赫金:《小说理论》,第230页。
[2] 同上,第215页。

界的质料,是他进行思考和反思自我、寻找自我的媒介。[①] 此外,横向维度展现的不仅是主人公的空间上的体验,更是一幅时代的全景图,反映了时代的生活图景。而纵向维度则呈现了主人公从单纯到发展为某种程度的"完善"的成长历程,代表着主人公内在精神成熟的深度。因为成长小说的使命是探讨人的成长问题,所聚焦的是人如何通过"教育"进行"人格塑造",最终"发展"为情感、理智和道德都健全和完善的人。要达到这样的结果,非一日之功,也不可能一蹴而就,需要长时间的积累和沉淀。同时,个体的成长变化都得经过一段段时间的发展加以呈现。因此,成长小说中主人公在时间发展中的经历更受关注,而"横向维度常常被论者忽略,淹没于对内在和个体的强调"[②]。换言之,传统成长小说更强调的是个人在时间的延展中人格的全面塑造,关注个人如何成其所是,如何从单纯走向成熟的历时性成长经历。

正因为传统成长小说强调个体的人格塑造,注重个体在时间延展中的体验和变化,这也导致成长小说在对时间和空间问题的处理上有所偏颇。同时,由于每个时代面临的问题和使命都不一样,所探讨的个体人格塑造的焦点也有所不同,导致成长小说中的时空结构也发生着历时性的变化。在启蒙运动之前,人格塑造的最高境界是像神,成为神一样的人,因此此时期成长小说中的时间和空间都具有宗教的象征意义。其中的时间是救赎意义上周而复始的时间,是以耶稣的受难和复活为终点和起点,并非线性

[①] Georg Lukács, *Die Theorie des Romans: Ein geschichtsphilosophischer Versuch über die Formen der großen Epik*, S. 89.

[②] 谷裕:《德语修养小说研究》,第 18 页。

发展的时间，而空间也主要是从世俗到神圣的位移，比如《帕西法尔》和《痴儿西木传》。启蒙运动以后，人的地位大大提高，人们相信人可以由低级向高级发展，最终走向成熟。反映到成长小说则表现为，故事情节的发展不再以之前那种具有宗教意义上的时间为标准，而是以线性延展的方式，讲述主人公从童年、少年到青年、成年，最终变得成熟和完善的经历；空间也不再以世俗和神圣来划分，而是在主人公的家乡、离乡漫游到返乡之间。这也是成长小说最为典型的模式。比如《威廉·迈斯特的学习时代》中，迈斯特很早就清楚认识到要塑造自己的人格："从少年时代起，我就隐隐约约有一个愿望和志向，就是完全按我的禀赋造就培养（ausbilden）自己。"[①] 带着这种愿望和志向，迈斯特离开家乡，投入更广阔的天地，在爱情经历和戏剧经历中，从单纯的少年成长为成熟的成年人。不过，值得注意的是，无论是启蒙前还是启蒙后的成长小说，都更强调时间维度上主人公的人格塑造。

进入 20 世纪以后，成长小说的使命发生了变化。随着现代化进程的发展，人们逐渐被物化，被异化为理性化工作链条上的一环，成为精神上无所归依的流浪者。成长小说注重的不再是对人格的全面塑造，而是聚焦到对人存在本身的思考。过去和未来不再真实，唯有现在备受关注，作家们更加注重挖掘人物的内心感知，对时间和空间的处理更加注重人们的心理体验，而不是客观的发展规律。比如君特·格拉斯的《铁皮鼓》(*Die Blechtrommel*)，主人公奥斯卡（Oskar）希望一直保持三岁时的

---

① 歌德：《威廉·迈斯特的学习时代》，杨武能译，南京：译林出版社，2002，第 245 页。

身高,拒绝身体的成长,颠覆了线性时间成长的模式。而《魔山》对传统时间和空间的处理方式颠覆得更加彻底。小说中时间凝滞,空间封闭静止,主人公的人生经历也不再是以时间的发展逐步走向成熟,而是以他在魔山上的精神历险来认识自我和世界。

接下来,我们就进入到《魔山》的文本,探讨它是如何颠覆了传统的成长小说。

二、《魔山》对传统成长小说的颠覆

《魔山》的结尾,主人公结束了高山疗养院七年混沌的生活回到平原,在这场从平原到高山,再从高山返回平原的空间位移中,主人公获得了不同的时空体验和精神历练:"你在肉体和精神方面的种种冒险,使你的单纯得到提升(die deine Einfachheit steigerten),你在肉体上几乎没有经历过的事,在精神上却经历了。过去有那么一些时刻,你出于对死神的恐惧和肉体的放纵,你曾满怀预感地以自我省察的方式萌起爱情的幻梦。"[①] 这里作者强调主人公的成长提升(Steigerung)是一种"精神上的历险"(im Geist überleben),而非"肉体上的经历"(im Fleische)。威廉姆斯(C. E. Williams)在其《不是旅馆,而是医院》("Not an Inn, But an Hospital")一文中强调汉斯所经历的"肉体与精神方面的种种历险"与关注个人发展与精神教育的传统成长小说有着密切关系。[②]

---

① Thomas Mann, *Der Zauberberg*, Frankfurt am Main: S. Fischer, 2010, S. 932. 译文参考钱鸿嘉译本,见托马斯·曼:《魔山》,第727页。

② C. E. Williams, "Not an Inn, But an Hospital," in Harold Bloom (ed.), *Thomas Mann's The Magic Mountain*, P. 39.

与传统成长小说相比,《魔山》尽管还是在探讨人,探讨个体成长的问题,然而它的关注点已转向个体精神和思想上的历练,而不是身体和生活上的经历。而且主人公认识世界的途径也发生了变化,他"通过对疾病和死亡的体验,达到对人和政治的认识"①。《魔山》的主题和内容决定了托马斯·曼不再以客观的时空标准来叙述主人公的成长故事,他曾自陈:"我热爱传统但又总是试图瓦解传统……《魔山》用戏仿形式给德国的成长发展小说划上了句号。"② 所以,尽管《魔山》被视为 20 世纪最具影响力的成长小说之一,但已与其神合而貌离。而《魔山》对传统成长小说的最为突出的"瓦解"就是打破了主人公线性时间成长的模式,突出对空间的强调。

首先,小说取名为"魔山"(der Zauberberg),其本身就是一个空间称谓。托马斯·曼以"魔山"命名源于尼采《悲剧的诞生》的启发。③ 在《悲剧的诞生》中,尼采明确使用了"魔山"一词,用以指代奥林匹斯山(Olympus),所表示的也是一种空间概念。托马斯·曼沿用"魔山"为小说命名,同时沿用的还有这个词原初的空间意义。这种命名方式与传统成长小说不同,后者通常采用以主人公名字命名的方式:从中世纪成长小说的前身《痴儿西木传》,到 18 世纪成长小说的雏形《阿伽通的故事》(*Geschichte des Agathon*,1766/1767),再到古典时期成长小

---

① Thomas Mann, *Briefe 1889-1936*, S. 199.
② 托马斯·曼:《关于我自己》,见《托马斯·曼散文》,第 245 页。
③ A. S. Byatt, "Introduction of *The Magic Mountain*," in Thomas Mann, *The Magic Mountain*, P. 15.

说的范式《威廉·迈斯特的学习时代》《威廉·迈斯特的漫游时代》，以及浪漫时期诗化的成长小说《海因里希·封·奥夫特丁根》(Heinrich von Ofterdingen，1802)等，莫不如此。而《魔山》则一反常规以空间称谓来命名，其中就暗含了对传统成长小说的颠覆，强调和突出了空间的作用。当然，《魔山》对传统成长小说的颠覆不单单是在命名方式上突出空间的维度，同时也从小说的人物设置、情节发展、结构设计以及具体的时空安排等方面做了改变。

从小说主人公的设定和故事的情节安排来看，《魔山》并不像传统成长小说那样，从主人公懵懂无知的童年、少年写起，也不是按线性时间顺序讲述其如何通过家庭和学校的教育获得对自我和周围世界的认识。在《魔山》中，主人公汉斯一出场就是个已完成学业，即将步入社会（到船舶公司做见习工程师）的青年，他从平原前往高山疗养院看望表兄，不想自己也成为病者一员，在高山一住七年，直到"一战"爆发才返回平原。在此当中，他逐渐成熟。小说原本也是像传统成长小说一样从汉斯的童年、青年写起，但在1920年1月托马斯·曼写完《沉思》重拾《魔山》的写作时调整了小说的结构：小说以汉斯到达魔山开始，汉斯的童年和青年经历置于其后，且只用一章简略带过。这一改动，使得叙事一下子就由封闭的结构走向开放的结构，让主人公立即脱离日常的生活，转入陌生未知的魔山，小说的空间变化顿时凸显出来。此外，还需要注意的是，汉斯的成长与传统成长小说中主人公从家庭教育到学校教育再到社会教育的进路不同，让他真正实现蜕变的关键是外出旅行，是高山疗养院带给他的独特经历。为了突出这一点，作者特别强调上山之前的汉斯，尽管已接受了家庭和学校的教育，但对他的人格塑造却意义不大，他"还是一张一尘不染的白纸哩"①。汉斯的成长非常典型地印证了莫雷蒂（Franco Moretti）笔下现代成长小说主人公形象："主人公不是经过一个漫长的学徒生涯或者家庭教育完成的，而是借助于旅程、冒险和波希米亚式的生活中的不确定性和危险经历，摆脱种种陈规陋习，并根据自己对世界的体验来建构个人。"② 更为重要的是，汉斯的成长打破了传统上以主人公的过去、现在和未来组成的线性时间的成长模式，故事主要只讲述了汉斯从23到30岁的这段经历。汉斯的成长既没有过去（是一张白纸），也没有未来（战场上生死未卜），只有在魔山上的现在。

其次，《魔山》表面上继承了传统成长小说中横、纵两个维度的结构设计，但在具体的时间延展和空间变换的处理上表现出独特之处。汉斯像威廉·迈斯特或奥夫特丁根一样通过外出旅行实现自我的教育和成长，但不同的是，迈斯特和奥夫特丁根的成长是通过不断地体验和反思旅途中的际遇而实现，他们的认识和思考伴随着时间和空间的移动，是一个动态发展的过程，尤其是其中的时间变化仍然是线性的；而汉斯的空间位移只有平原和高山两个地点，他所获得的成长经历发生在魔山这个几乎切断与平原联系的封闭空间中。更为重要的是，《魔山》中的顺序时间消失了。高山因特殊的地理位置，四季无常，"季节的不分明使时

---

① 托马斯·曼:《魔山》，第32页。
② Franco Moretti, *The Way of the World: The Bildungsroman in European Culture*, London: Verso, 1987, P. 5.

间的通用标记更加混乱"①。另外,人们的生活一成不变,每天按点吃饭、睡觉、散步、卧疗、娱乐,循环往复,重复的情景叠加使得魔山上的时间仿佛停滞,不再流动,呈现出一种"无时间"感。而且作者还安排了塞塔姆布里尼和纳夫塔没完没了的辩论,"这些无休止的讨论逐渐让人丢掉主人公时间经验这根线,并使教育小说走出时间小说的框框"②。托马斯·曼在《〈魔山〉导论》中指出:"这本书本身的写法就与它所讲述的内容相一致;它描写了年轻的主人公如何在封闭环境中走火入魔,忘记了时间,这本身就是通过艺术手段、通过保持音乐 - 思想(musikalisch-ideell)总体世界中的永恒存在(völlige Präsenz)并制造魔幻的'停顿的现在'(nunc stans)的尝试来取消时间。"③高山独特的时间形态让主人公"不由感到生命好像停滞了一般"④,而这种无时间感的时间本质上是一种空间化的时间(die Verräumlichung der Zeit)⑤,时间不再向前延展,而只有"停顿的现在",过去、现在和未来交叠在现在,感知和行动的时间被框定在一个点上,空间成了这种凝滞时间的对应物。也就是说,小说的时间停滞在那里。这时候,小说所进行的是大量的细节的呈现,比如书中托马斯·曼事无巨细地一遍遍描述疗养院三餐的吃食。这些细节呈现出的是一种空间的形态。总而言之,汉斯的成长经历是在一个没有时间流

---

① 保尔·利科:《虚构叙事中时间的塑形:时间与叙事》第 2 卷,第 220 页。
② 同上。
③ 托马斯·曼:《关于我自己》,见《托马斯·曼散文》,第 254 页。
④ 托马斯·曼:《魔山》,第 3 页。
⑤ Ursula Reidel-Schrewe, *Die Raumstruktur des narrativen Textes: Thomas Mann, Der Zauberberg*, S. 15.

动的"纯粹的现在"中展开的,他是在一个空间化了的时间中认识自我与世界。

最后,之所以称《魔山》为"空间小说",不仅在于托马斯·曼在小说中营造了一个"空间化的时间"情境,还在于他突出横向空间的维度,建构了多元独特的空间形态,以空间带来的独特体验完成主人公在精神上的历练和成长。首先,从整体的空间设定来看,《魔山》中主人公的空间位移只设定在平原与高山之间,并且将汉斯的成长经历主要固定在魔山上。魔山位于欧洲中部的最高点阿尔卑斯山脉,一方面,它地处高远,远离城市,是一个偏僻封闭的空间;另一方面,阿尔卑斯山脉接连瑞士、意大利、法国、奥地利等国家,不同国家和文化在此交汇,形成了一个具有国际意义的开阔空间。这种既封闭又开阔的空间形态不同于传统成长小说的空间设计,后者的主人公离乡漫游,所体验到的是从一个地方到另一个地方这种流动的、单一的空间。其次,就具体的空间设定而言,《魔山》中主人公的活动最终聚焦定位在达沃斯疗养院。疗养院是一种介于医院与旅馆之间的现代机构。这里既是疾病与死亡的世界,也是寻欢作乐的场所;既是逃避社会职责的空间,又是无聊乏味的孤岛。因远离日常生活,疗养院形成了自己一套另类的制度和价值观念。常年生活在这种封闭单调的环境中,疗养院中的病人们形成了一种无所事事、醉生梦死的生活方式,甚至渐渐对这种散漫的环境产生依赖,丧失了行动的能力。说到底,疗养院是一个充满疾病和死亡的异质空间(heterotopias),这与传统成长小说中主人公在横向维度所体验的正常的现实空间也不一样。最后,更为独特也更重要的是,魔山上的空间是象征的、精神的空间。虽然魔山的空间没有地域上的移动，但这里聚集了世界各地不同性别、年龄、职业的病人，他们来自不同民族和国家，"都是不同精神领域、不同的准则和世界的发言人、代表和使者"①。作者曾强调，"小说的外部空间无比狭小，因为这是一个汇聚了各国人士的瑞士山谷，其内在空间却是无比开阔：它囊括了第二次世界大战之前十四年间整个西方世界的政治、道德的辩证法"②。因此，我们看到各种不同文化、心态和意识形态在此自由展露，相互激荡，使得魔山既是一个具有象征意义的国际性空间，又是精神的居所。主人公身体上足不出户，精神上却游走四方。

由此，我们也可以看到，与传统成长小说中线性时间发展模式不同，《魔山》中凝滞的时间是一种空间化的时间。同时，《魔山》的空间也与传统小说中空间的流动性、现实性和物质性相异，呈现出封闭性、精神性和象征性的特征。它不单纯是故事发生的背景，也不仅仅是人物活动的场所，而是实现人物身份建构的舞台，是精神文化的隐喻，是作者对社会、文化和政治的认知和想象的诗意化和具象化。

三、《魔山》对传统成长小说的反思

如果说传统成长小说以主人公线性时间发展的成长模式为叙事主线，那么《魔山》对成长小说的革新之处就在于，以主人公在空间中的自我反思和成长代替线性时间的成长。在《魔山》

---

① 托马斯·曼：《关于我自己》，见《托马斯·曼散文》，第 254 页。
② 托马斯·曼：《我的时代》，见《托马斯·曼散文》，第 334 页。

中，托马斯·曼既放弃了主人公在纵向上"从童年、少年、青年到成年"的个体成长模式，也放弃了主人公在横向上漫游现实世界的个体经历；而是从主人公的青年时代开始，通过保持"音乐-思想"（musikalisch-ideell）这一总体世界的"永恒存在"（völlige Präsenz）来制造梦幻般"停顿的现在"（nunc stans），以此取消时间流动，同时还将主人公安置在高山疗养院，让他在这个充满疾病和死亡的空间里，以对人生最终的"死亡"的接受和反思作为起点，在死亡与生命、疾病与健康、精神与生活的永恒对立中追问当下存在的意义，寻找生命的本真。那么，我们不禁会问，《魔山》为何要有如此颠覆的做法？换言之，托马斯·曼在《魔山》中对时空问题如此处理的用意是什么？

  从作者的主观层面来说，这是托马斯·曼对自己在早期作品中所建构的空间美学的进一步阐发和推进。在前一节中，我们已知道，托马斯·曼在早期创作中，以"参差对照"的手法建构了南北、东西、内外等不同形态的空间，以空间的视角探究某一具体空间的内涵和结构特点，以及不同文化空间之间的冲突和融合。在《魔山》中，作为自觉的小说艺术家托马斯·曼进一步深入探索空间问题，建构起更为丰富而复杂的空间美学。《魔山》中的空间形态刻画和建构比托马斯·曼以往任何小说都更突出、更多元。空间在《魔山》中不仅推动了故事情节的展开，表达了故事的主旨，也不单单是某一种文化符号或精神生活方式，而是多元的复杂的精神的抽象的各种空间形态的交织。

  从客观的现实层面来说，是因为《魔山》面对的是一个无论外部世界还是内在世界都日益复杂的时代，同时也是一个日益空间化的现代世界。在《魔山》故事发生和写作的20世纪初,德国乃至欧洲的社会、政治、经济和文化都发生了翻天覆地的变化,引发种种矛盾与危机,整个社会成了一片精神的"荒原"。时代的巨大变化带给人们新的空间体验、认知和感受。现时的空间让人倍感无助和孤独,生活在其中的现代人丧失了归属感和整体感。时代的巨变也改变了小说家的世界观和方法论。20世纪的现代小说家普遍认为生活是碎片化、分裂化和无序化的,是一个没有什么中心思想也没本质的荒诞世界,因此他们在作品中更多呈现现代人被空间剥蚀和分割后的被放逐感和陌生感,传统小说中时间的主导地位也因此受到冲击。比如,卡夫卡的《城堡》(*Das Schloss*)中那位没有历史,没有过去,在异乡的空间徘徊,茫茫然迷失自我又找不到归宿的主人公K,正象征了这种被放逐感和陌生感。作为一部"时代小说"[①],《魔山》自然要顺应复杂的时代,以新的思想和新的技巧来叙述故事。传统以因果链和时间链叙述故事的方式不能完全表达复杂的现代人的生存处境和精神状态,因此,托马斯·曼在《魔山》中注重以精神的、象征的、疾病的等各种不同的空间形态来反映现代人的生存世界和心灵境况。

此外,《魔山》放弃传统成长小说线性时间的叙事模式,还与当时的哲学思想和文学思潮紧密相关。托马斯·曼是一位自觉的小说艺术家,他毕生的写作都在不断地寻求突破。写作《魔山》之前,他已因《布登勃洛克一家》的成功享有"真正的现实

---

① 托马斯·曼:《关于我自己》,见《托马斯·曼散文》,第254页。

主义作家"的美誉①，为了不再落入俗套，到写作《魔山》时，托马斯·曼用心钻研，苦心孤诣地采用各种哲学思维和文学写作的新范式。托马斯·曼在《魔山》中建构的不是一个有条理有顺序的时间，而是一种心理时间，一种空间化的时间。这种内在的时间观显然受柏格森时间哲学的影响。19世纪末20世纪初，柏格森提出"直觉主义"（intuitionism）和"心理时间观"（the theory of Psychological Time），主张人的内在精神是一种绵延（durée）的状态，是一种不断变化的意识，同时还主张时间的感知应以个人的心理体验为标准，而不是我们通常以为的钟表上的物理时间，人的精神意识与心理时间融为一体，不可分割。而《魔山》对时间和空间的处理也不依从客观、现实的标准，而是以人的存在和心理的标准进行。典型的例子是，高山的四季随意转换，春夏秋冬不再以时序的更替为准，疗养院的人们依据高山空间的冷热安排服装和活动。人们对时间的体验不再以客观的时间为标准，而是依据高山独特的空间感，强调的是空间对人的作用。同时，《魔山》一改传统成长小说的叙事模式，还在于它借鉴和融合了20世纪现代主义思潮的思想和技巧，如意识流、内心独白、象征、隐喻等手法，通过这些复杂的手法来把握世界和传达世界。

总之，托马斯·曼在《魔山》中建构了一座时间停滞、空间封闭的高山疗养院，以独特的空间叙事讲述汉斯的成长故事。作

---

① Georg Lukács, *Essays on Thomas Mann*, Stanley Mitchell (trans.), London: Merlin Press, 1964, P. 13.

者对传统成长小说模式的颠覆是为了顺应复杂的时代背景,以更直观和更深入的方式反映20世纪人类对自身的存在状态和历史命运的困惑,以及对造成这种困惑的根源和解决之道的探索。

第三章 《魔山》中的自然空间

《魔山》中的空间形式多种多样,从自然空间到人文景观,从居住空间到疗养院空间,从外部世界到内在心理,从具象空间到抽象空间,令人眼花缭乱,无从下手。但仔细考量一番,还是能发现托马斯·曼在《魔山》中建构各种空间形态的逻辑。由远及近,从大到小,《魔山》中的空间形式展现出一条比较清晰的空间脉络。首先,作者将故事发生的空间设置为阿尔卑斯山,进而又设计了一座肺病疗养院,随后的故事情节围绕着疗养院周围的环境展开。因此,我们对《魔山》中空间形式的分析也沿着这条空间主线入手。

托马斯·曼在《魔山》中的空间建构除了有清晰的逻辑脉络之外,还有一个特别突出的特点,那就是以"参差对照"或者说"并置"的手法刻画各个空间形式。这种手法在他早期作品中早有独到的叙述,"参差对照"并不意味着两个空间截然对立,而是通过相互对比,彼此参照,进而呈现出某种委婉复杂的特质。比如,南方和北方相对,东方和西方相比,还有感性的空间与理性的空间、艺术的空间与生活的空间、浪漫的空间与世俗的空间等，不一而足。这些空间相互交叠，既各自独立又相互依赖，共同构成托马斯·曼复杂多元的空间美学。《魔山》对这一手法的运用更加繁复：健康与疾病的空间、生命与死亡的空间、自然空间与疗养院空间、高山空间与平原空间、冥想空间与现实空间……举不胜举。可以说，"参差对照"的空间设置是《魔山》中空间美学的第一大特征。

再者，《魔山》一言以蔽之，讲述的是汉斯上山与下山的故事。小说以汉斯离开家乡汉堡为开端，以汉斯在达沃斯疗养院为发展，最后在汉斯返回平原中结束。汉斯在平原与高山之间的跨越穿梭促成了故事情节的发展。同时，小说里几个主要人物也数次戏剧性地往返于平原与高山之间，打破了汉斯这条叙事线。他们每一次的到达或出发都是精神历险中的一个中断、一次质疑和一场考验。无论如何，平原和高山的双重空间设置对于解读《魔山》至关重要。

根据托马斯·曼建构"魔山"的空间逻辑、叙述手法以及空间与故事的互动关系，我们对《魔山》中诸空间形态的分析也选择从大到小、由远及近，先从推动故事发生的两大空间位移地点开始，即从并置的平原空间与高山空间开始。

第一节　平原与高山：《魔山》的双重空间设置

《魔山》的故事情节很简单：主人公汉斯从家乡汉堡前往瑞士达沃斯疗养院看望表兄约阿希姆。按原先的计划，汉斯将到魔山访问三个星期，不想却一住七年，直到"一战"爆发，他才从高山返回平原，投身战场。汉斯从平原到高山，再从高山返回平原，在这场空间位移中，他"从一开始相对稚嫩和保守，逐渐成熟并获得了在任何情况下都无法获得的深刻见解"[1]。

翻开小说，出生于上层工商市民之家的汉斯，这个涉世未深的年轻人就已踏上了从家乡汉堡前往达沃斯疗养院的路程：

> 一位纯朴的青年在盛夏时节从家乡汉堡出发，到格劳宾迪申的达沃斯高地旅行。他准备乘车作为期三周的访问。[2]

短短两行，作家向我们透露了诸多信息。首先，故事的主角是一位涉世未深的年轻人，典型的"德国的汉斯（汉斯是德国最普遍的名字之一）"；其次，故事开始的时间在盛夏；第三，主要的故事情节是这位年轻人从平原的家乡汉堡前往高山达沃斯的疗养院看望亲友；第四，主人公预计在高山上逗留三周。最后两点尤为重要。主人公由平原前往高山，意味着离开安常处顺的市民都市生活，而他的上山之旅则象征着漫游大世界的开始。从平原到高山，展现在他面前的是未知的世界。过去的生活随着旅程的展开被抛在身后，未来的三周会有什么样的故事发生，现在还未知。从汉堡到达沃斯高地这一漫长的旅程，让主人公从日常的生活空间中出离出来，将他与过去的世界隔得远远的。由此，在故事的开篇，托

---

[1] C. E. Williams, "Not an Inn, But an Hospital," in: Harold Bloom (ed.), *Thomas Mann's The Magic Mountain*, P. 39.

[2] 托马斯·曼:《魔山》，第1页。

马斯·曼就设置了两个截然不同的空间:以汉斯的家乡汉堡为代表的平原空间,疗养院所处的高山空间。符号学家尤里·洛特曼在阐释艺术文本中的空间结构时指出,文学作品中描绘的"顶端"和"底部"往往呈对立的状态。"顶端"象征的是"广阔""精神""生命",是精神的居所,而"底部"则意味着"拥挤""物质""死亡",是日常生活的世界。[①]而《魔山》中的平原空间与高山空间也呈现出"顶端"与"底部"、"物质"与"精神"的对立。

一、世俗的物质世界:平原空间

小说中,托马斯·曼反复强调汉斯是一个普通的年轻人,却又同时表示他的质朴中带有一丝狡猾,并特意提醒我们注意他的城市背景,"他的狡猾与他来自汉莎城市联盟(Hanse)[②]有关——他来自汉堡……他不必像他的先辈那样通过高级海盗行径(höheres Seeräubertum)来证明自己的汉莎同盟气质(Hanseatentum)"[③]。此处,作者所强调的不同于先辈的汉莎同盟气质所指为何?

汉堡位于易北河、阿尔斯特河与比勒河的入海口。优越的地理位置,便利的航运条件,让汉堡获得"德国通往世界的大门"(Die Tür des Deutschen zur Welt)的美誉,成为德国北部最重要的

[①] 尤里·洛特曼:《艺术文本的结构》,第 306—307 页。
[②] 汉莎城市联盟指的是德意志北部沿海各商业城市和同业公会为维持自身贸易垄断而结成的经济同盟。
[③] 托马斯·曼:《作为精神生活方式的吕贝克》,见《托马斯·曼散文》,第 79 页。

商贸港口城市。在《魔山》中,托马斯·曼以详细的笔触描绘了汉堡的港口生活,从中我们可以看到作为"德国通往世界大门"的港口城市汉堡具有以下几个特征。

  首先,作为商贸港口城市,汉堡体现出高度的商业化和工业化。这里既汇聚有满载货物的远洋客轮,高速运转的蒸汽起重机,也有堆积如山的商品;既麇集以各种方式做生意的商人,也有侏儒般辛苦劳作的工人,还有发号施令的工程师。其次,这里展现了平原生活的世俗化和物质化。码头上的每个人、每台机器都在不停劳作,他们终日忙忙碌碌,最终目的是获得更多的财富与更高的地位,其本质上追求的都是一种物质上的富足和享受。他们的生活最突出的特征是物质生活丰富多彩,精神生活却乏善可陈,富人们参加聚会也是为了获得更多的商业信息,而劳苦的工人们必须为生计忙碌,根本无暇顾及精神的需求。再者,繁荣的商业活动背后隐藏着诸多不和谐的音符。其一是人与自然的不和谐。一方面,经济高速发展,形势大好;另一方面,自然环境破坏严重,到处乌烟瘴气,臭气熏天,经济的繁荣是以生态环境的破坏为代价的。其二是资本家与劳动者的不和谐。"朱门酒肉臭,路有冻死骨",商人获得的巨大经济效益与"侏儒般"劳作的工人形成鲜明对比。由此可以看出,平原空间不仅呈现出鲜明的世俗性和物质性,同时也充满矛盾,平原既是喧闹繁华的,也是庸俗腐化的;既是生机盎然的,也是压抑困顿的。[①]

  平原上人们终日忙于工作、家庭,为追逐经济地位、社会

---

① 托马斯·曼:《魔山》,第27—28页。

地位而忙忙碌碌。成长在这种环境中的汉斯，因生活优渥，养尊处优，而缺乏19世纪作品中主人公身上常见的对于变革的渴望，他并不想经历奇遇和冒险，也没有改变自己生活的愿望。他没有远大的志向，只是个"令人担忧的孩子"（书中多次强调）。他选择以船舶工程师为业，在汉堡这样的港口城市只是为了找一份工作维持自己体面的生活而已。对此，马克斯·韦伯（Max Weber）曾评述说："[他们]能够镇定自若地穿梭于未知的世界，所需的技术能力（比如船舶工程学）任何人只要下功夫就能学会。家庭代表的过去与城市的环境对于汉斯·卡斯托尔普而言并不像一个负担：'这个具有民主气息的商业城市的上层统治阶级，将高度文明赐给它的子孙们，而汉斯则悠闲而不失尊严地将这种文明承载在自己的肩上。'"① 众所周知，现代性的发端即以摆脱过去的重负，寻找真实的意义为重任，这是现代性一直以来的追求。从这个角度看，汉斯并非现代性的典型代表，而更多的是一个生命未展开未定型的普通青年，用作者的话说，他还是"一张一尘不染的白纸"②。但随着汉斯魔山之旅的开启，他的思想和观念也随着旅途空间的展开而变化。

　　旅途伊始，汉斯乘坐的火车就给他带来巨大的冲击。相比于传统的出行方式，如马车、步行等，乘坐火车极大缩短了旅途消耗的时间，可以快速到达目的地。正因如此，人们对新环境的适应时间也相应减少，如此一来，火车行进所带来的空间变化对人

---

① Edith Weiller, *Max Weber und die literarische Moderne: Ambivalente Begegnungen zweier Kulturen*, Stuttgart und Weimar: J. B. Metzler, 1994, S. 252.
② 托马斯·曼：《魔山》，第32页。

们的冲击也更直接、更震撼。汉斯坐在快速行驶的火车上就清晰地感受到了空间的变化。一开始，他还不时翻阅《远洋客轮》杂志，不过很快便搁置一边。窗外飞旋的景色代替了这本代表资产阶级阅读趣味以及汉斯未来职业的杂志，他转头欣赏起窗外疾驰而过的景观。不断变化的自然景观让他眼花缭乱，带给他前所未有的体验，让他忘了自己的身份和责任，更重要的是这种由空间的变化而引发的感觉来得迅疾而猛烈。

在这里，空间具有与时间同等的威力，短短两天的旅程就让汉斯与"过去的世界隔得远远的，所有称之为责任、志趣、烦恼、前途等种种意识"①，都被他抛在山下。从绿树成荫、鸟语花香的平原进入空虚贫乏、险峻冷峭的高山，汉斯"不由感到生命好像停滞了一般"，"突然感到一阵轻微的昏眩，浑身很不舒畅"，"摸不清究竟往哪儿行驶，再也记不起自己在天涯的哪一个角落"。② 面对突如其来的独特体验，汉斯陷入了沉思，他的精神受到冲击，转而开始思考和追问自己以及世界。空间转换带来的不同空间体验对个体的影响是如此巨大。个体离开日常熟悉的空间，进入陌生的空间，其心理、情绪、认识等都将发生变化。而汉斯在从世俗的物质的平原空间去往高山空间的途中已经历了空间带给他的震撼，刺激他对周围的环境作出反思。那么，高山的空间又是怎样的，将带给汉斯何种独特的体验？

---

① 托马斯·曼：《魔山》，第2页。
② 同上，第3页。

二、精神的居所：高山空间

汉斯翻山越岭，"经过好几个国家的土地，一会儿上山，一会儿下山，从德国南部的高原，一直往下驶向施韦比施海海滨，再从那儿乘船越过波浪翻滚的海面，一路经过一些过去认为是深不可测的峡谷"①，然后再乘火车在巉岩峭壁上奔驰，终于来到了格劳宾迪申（Graubündischen）的达沃斯高地。此地位于瑞士的阿尔卑斯高山。评论家皮亚蒂（Barbara Piatti）曾说："对于文学来说，虚构的情节场所或空间从想象到真实，精确的着陆点有很高的辨识度。"②《魔山》中的达沃斯高地被设定为主人公拜访的空间场所和贯穿文本情节的发生地，其包含的具体且详尽的地理名称和位置让文本瞬间具有"辨识度"，读者也借此展开对于主人公旅行故事的分析和考察。汉斯从家乡汉堡到阿尔卑斯高山疗养院，空间的切换带来了空间的对比。相较于繁华拥挤的港口城市，地理位置高远的阿尔卑斯山呈现出以下几个鲜明的特征。

其一，阿尔卑斯山脉既开阔又闭塞的地理位置。阿尔卑斯山脉位于欧洲中南部，是欧洲最高的山脉，平均海拔三千米。同时，它也是欧洲最大的山脉，覆盖了意大利北部、法国东南部、瑞士等地，整个山脉自地中海海岸向北延伸至日内瓦湖，尔后又延伸至多瑙河上的维也纳，处于沉静而坚实的陆地与变幻莫测且令人遐想的大海之间。而且，阿尔卑斯山由于地处欧洲中部，受

---

① 托马斯·曼：《魔山》，第 1 页。
② Barbara Piatti, *Die Geographie der Literatur: Schauplätze, Handlungsräume, Raumphantasien*, Göttingen: Wallstein, 2008, S. 16.

到四面气候因素的影响，山区的气候变幻莫测。与繁华拥挤的港口城市相比，地处高远、幅员辽阔的高山更具开阔性，让人顿生"世界"之感。汉斯从平原来到高山，仿佛从偏僻闭塞的乡村进入广阔世界。另外，阿尔卑斯高山空气干爽清新，阳光充足，还有温泉和疗养院，是欧洲乃至世界最受欢迎的疗养胜地，每年都有大量贵族和富豪从世界各地前来度假，享受悠闲的生活。因此，阿尔卑斯山成为故事发生的不二选地。但另一方面，因为阿尔卑斯山地势高远，汉斯一路忽而乘船忽而坐火车，长途跋涉之后方才到达，沿路所见的是蜿蜒行驶的火车、悬崖峭壁、森森古木、高远的苍穹和狭隘的山谷，交通的不便与景观的险峻又暗示了高山空间的闭塞状态。

其二，阿尔卑斯山脉是一个特色鲜明的多元文化空间。站在阿尔卑斯高山上，举目四望，往西是文明的欧洲大陆，往东为广袤的中亚地区，往南是人文胜地罗马、意大利，往北是德国、奥地利。它是联系东西方世界的重要枢纽，既连接着代表"理性"的西方世界，又接连着象征"感性"的东方国度。东西方文化在此相遇和交融，使阿尔卑斯山脉不仅涵盖了丰富多彩的生活形态，更在艺术风格和文化形态上发展了自己的独特性。该山多元的文化特色，与主人公的家乡汉堡，甚至作者本人位于北德的家乡吕贝克，在文化特质与社会风貌上皆有很大的不同。因充满异域风情和艺术气息，它常常被披上一层神秘面纱，带给人们无限的想象空间，许多诗人和艺术家不约而同地选取阿尔卑斯山为他们作品中故事的发生地或艺术想象的关联地。历史上曾有不少德国和欧洲其他国家的艺术家与文人深为阿尔卑斯山脉所吸引，前往朝圣、游历，寻觅创作灵感与素材。例如，拜伦在《旅游长诗》中热情歌颂阿尔卑斯山的雄壮和离奇景象，歌德在其《意大利游记》中盛赞阿尔卑斯山的美景。托马斯·曼把故事搬到阿尔卑斯山，同样看中了该山区多元的文化氛围。而且，疗养院的所在地是瑞士山区。托马斯·曼曾评价瑞士非常具有"国际范儿"："瑞士作为中立国，多种语言通行，受法兰西影响颇深，在西方的空气中耳濡目染，较之北方的庞大政治版块，的确更为'世界'，更具欧洲氛围。"① 小说中来自世界各地的病人们汇聚于此，进一步把阿尔卑斯山区建构成一个具有象征意义的多元文化空间。

其三，由于处于欧洲大陆的中心位置，阿尔卑斯山脉不仅在地理位置上处于重要地位，在精神层面也意义非凡。高山因其地理位置的高远，与世隔绝，人烟稀少。人们通常认为，人类可抵达的高山之巅是距离上帝最近的地方，高山是连接大地与天空的枢纽。学者弗莱（Northrop Frye）就曾指出，高山象征着"向上"，人类从低处往高处的进发隐喻着"能使肉体上和象征上升往天堂"②。也就是说，人类从低处往高处的进发象征着人类在追寻一种"比寻常的生存更高一级的生存状态"③。汉斯离开世俗的平原，向高山进发，表征着他的精神世界超越了世俗生活。滞留高山的汉斯成了一个永恒的寻找者（ein Quester-Held），在心灵与思想的精神世界对生命的秘密、对疾病和死亡进行深入的探索。而

---

① 托马斯·曼：《德意志国与德意志人》，见《托马斯·曼散文》，第268页。
② 诺思洛谱·弗莱：《神力的语言——"圣经与文学"研究续编》，吴持哲译，北京：社会科学文献出版社，2004，第19页。
③ 同上，第170页。

在汉斯身边，既有启蒙思想的拥趸、富有异域风情的东方女郎，也有上帝之国的鼓吹者和骄奢淫逸的种植园主，他们是不同精神领域、不同准则和世界的发言人、代表和使者。他们的观念和主张在高山自由展露，相互激荡，使得阿尔卑斯山成为各种思潮交锋的场所。疗养院的病人们在思想的激荡中关注起形而上的问题，而这在山下的平原空间则是被忽略了的。无怪乎我们看到，上山后的汉斯就热衷于思索时间、空间、疾病、死亡和生命等问题。

平原空间与高山空间的并置延续了托马斯·曼早期作品所呈现的空间美学特征，比如，对空间准确而精细的刻画；把空间符号化、象征化，平原与高山各自代表了两种不同的生活方式和价值观念；同时也把空间人格化、精神化，平原与高山还是两种不同的精神生活方式的隐喻。此外，平原空间与高山空间的并置也进一步拓展了托马斯·曼的空间美学观念，这不仅体现在空间负载的文化、精神等象征和隐喻更多元和复杂了，更重要的是，空间在《魔山》中还具有反思的功能。接下来，我们继续探讨平原与高山在小说中的功能与意义。

三、平原与高山双重空间建构的功能与意义

汉堡与达沃斯高地，分处平原和高山，一个在底部，一个在顶端。前者是开放的港口城市，拥挤的商业重镇，喧闹昌盛的大都会，而后者则是开阔的高原山区，闭塞的疗养院，宁静空阔的小山庄。以汉堡为代表的平原空间表现出繁忙劳碌、世俗物质的生活景象，其热闹、拥挤和物质性的空间形态使得平原世界充满

生机，代表了世俗的日常生活；而以达沃斯疗养院为代表的高山空间则因位置高远，远离世俗生活，而成为精神的居所，各种精神和理念在此相互激荡，彼此交融，呈现出鲜明的精神性，象征着脱俗的精神生活。物质性与精神性是平原空间与高山空间各自最为突出的特征。当然类似特征的对比还有很多，如理性的与感性的、世俗的与浪漫的、平庸的与高贵的、健康的与疾病的，等等。评论者可以根据自己的需要从中挖掘出各种各样的象征意蕴。因此，我们对托马斯·曼在《魔山》中建构平原与高山两个空间的分析，不在于去穷尽平原与高山所承载的意义，也无法穷尽，而是要探讨托马斯·曼为何要建构这两个空间以及怎样建构的。

首先，平原与高山的空间转换既是故事情节发展的推动力量，增加了故事的戏剧性，又是小说主题的呈现方式，突出空间与成长的关系。平原空间与高山空间的设置，凸显出"山上"与"山下"两个世界，而"山下人"和"山下人"在平原与高山之间的几次来来去去，打破了《魔山》相对简单的故事线索，为空间发挥"魔力"增添了动能。首先是汉斯从平原来到高山探望表哥约阿希姆；接着是约阿希姆从高山回到平原，再从平原返回高山，并死在疗养院；然后是肖夏在"瓦尔普吉斯之夜"这个重要的插曲之后突然离开平原，又出其不意地与荷兰种植大亨明希尔·皮佩尔科恩一同归来；再然后是汉斯舅舅在约阿希姆死后上山探望汉斯，结果被疗养院怪诞的生活方式吓得落荒而逃；最后是"一战"的爆发让汉斯返回平原的战场。这些主要人物的精神历险主要是在高山疗养院这个与世隔绝的时空中展开，他们每一次的到达或出发都是精神历险中的一个中断、一次质疑和一场考验。换言之，平原与高山的空间转换是小说人物开启自我认识和成长的一次经验，而故事的叙事也在这一个个空间转换的插曲中展开，从而取消了时间在叙事中的主导地位，增加了空间对于成长的影响和作用。再者，托马斯·曼通过平原与高山两个空间的较量以及取消时间的叙述手法，将人物的空间体验提升到思想经验的地位。从这个意义上说，托马斯·曼对平原和高山空间的设置，也是一次对成长小说的革新。

其次，平原与高山的空间设置分别从不同层面揭示了现代人的生存处境和精神状态。通常说起文学空间，马上浮现在我们脑海中的就是文学作品里所描述的城市景观、自然风光、乡村、房屋等，而且还会不由自主地把这些空间描写看成故事发展和人物活动的背景和舞台。然而，随着启蒙以来科学、社会、哲学的突飞猛进，人与自然之间的沟壑也愈加深刻，心灵与外在世界处于断裂和对峙之中，曾经和谐完满的史诗时代变成不确定且充满异质因素的小说时代，人类灵魂无处安放，小说成为这种无家可归（Unheimlichkeit）的先验表达。文学作品中的空间书写不仅是单纯的地理概念，也不单是故事情节发生的场所或背景，更是对人类生存境遇和精神面貌的表达。伴随现代社会发展而来的种种问题，尤其自启蒙运动以来，整个社会上下因高扬理性而引发人类在生存境遇、身份认同、精神状态等方面的危机，让人类与空间的互动更具复杂性和独特性。平原商贾云集，拥挤忙碌、繁华热闹的生活象征着现代化进程的高歌猛进，但平原上的人们却不谈精神思考，只追逐物质发展。这繁华的背后隐藏了人类即将被金钱、科技和欲望奴役的生存状态，是一种被压抑的现代文明，危机重重。如果说平原上人们的正常生活由工作、金钱、职责、社会地位等方面组成，高山上的生活则恰好相反。高山因其地理位置的高远而远离世俗生活，这里的人们脱离现实的生活，坐而论道，没有工作、职责的负累，看似充实了精神世界。但我们不应忘了，住在高山的居民都是身患肺病的病人，疾病才是他们生活唯一的内容和职责，高山成了他们逃避社会准则和要求的空间。他们因身患疾病而无所事事，因死到临头而放荡不羁，饱食终日，醉生梦死。这背后所揭示的是现代人的精神困境。

再者，平原与高山的空间建构还是对人生意义找寻的一次尝试。《魔山》的结尾，汉斯结束了七年混沌而虚无的魔山之旅，投身平原的战火中。从高山到平原的场景切换，托马斯·曼连用三个问句："我们在哪儿？这是怎么回事儿？梦将把我们抛掷到何方？（Wo sind wir? Was ist das? Wohin verschlug uns der Traum?）"① 汉斯从平原到高山，再从高山返回平原，在这场空间位移中，他经历了"肉体和精神方面的种种冒险"（Abenteur im Fleische und Geist）②。威廉姆斯认为，汉斯在魔山上的精神历练是一种"升华"（Steigerung）的动态过程，这是个炼金术术语，意指"净化、集中和强化"。汉斯"从一开始相对稚嫩和保守，逐渐成熟并获得了在任何情况下都无法获得的深刻见解"③。

托马斯·曼在这里所追问的不仅是汉斯或者书中任何一个人物的机遇和归宿，还是对人类永恒的哲学问题"我是谁？我从哪

---

① Thomas Mann, *Der Zauberberg*, S. 929.
② Ebd..
③ C. E. Williams, "Not an Inn, But an Hospital," in Harold Bloom (ed.), *Thomas Mann's The Magic Mountain*, P. 39.

里来？我到哪里去？"的追问。"在哪儿"与"到何方"所揭示的是个体在世界上的位置，是个体在空间中自我确认的问题。故事中的主人公汉斯，在魔山这座炼金炉中不断探索新的生命与生活方式，逐渐褪去平原平庸的市民气质，成长为具有世界良心和世界理性的世界公民。故事的结尾，平原震耳欲聋的炮火声深深震动了在魔山与世隔绝的汉斯，他不再为梦魇所纠缠，在死神乱舞的日子里，带着在高山上经历精神历练后的成熟姿态加入捍卫德国、捍卫德意志文化的战斗。

第二节 《魔山》中的景观体验

从平原到高山的空间建构，再由高山到疗养院的场所设置，在《魔山》中，托马斯·曼还对疗养院及其周围自然空间进行了全景式的描绘和如画般（porträtierte）的再现，进一步建构"魔山"的世界。因此，景观（landscape）[①] 书写也是《魔山》空间

[①] "景观"（landscape）一词经历了从单纯的自然风景到负载习俗、文化、人的情绪、社会的发展变化等元素的象征和隐喻编码的嬗变过程。从词源来看，landscape 最早出现在中世纪，该词在当时的文化语境中指的是一块政治区域及其居民。在此时期的文学艺术中，"景观"一词要么作为叙事的背景出现，要么作为宗教教谕的象征符号，是一个面向"神圣他者"的意象，处于局限和从属的地位，并不具备自身的独立性。因此，有学者论说，中世纪的风景并不是一个描绘式的（porträtierte）、世俗的风景，而是一个被想象出来的、神圣的风景，当时的人们从《圣经》文字里发展出对"自然美"的兴趣。然而，这个"自然美"指向的是上帝与信仰，是从"上帝之眼"中看到的景象，与现实无关。到了文艺复兴时期，随着"世界的发现和人的发现"，掀起了一股强烈的

建构的重要一环。托马斯·曼本人曾强调,他在《魔山》中描写了"最震撼、最原始的自然景观"①,包括浩瀚无垠的大海和白雪皑皑的高山。事实上,作者在小说中书写了不同类型的景观形态。其中包括自然景观,比如高山、峡谷、海滨、巉岩峭壁、积雪、天空、瀑布、枞树、矮松、云杉、风铃草、雪雀等;生

(接上页)旅行、冒险和知识探索风潮,人们开始远渡重洋,用"自我之眼"去发现和观看世界,去接近和欣赏自然之美。这一时期的"风景"一词指代对某区域或地方的艺术性描绘,并主要以"风景画"(Landschaftsmalerei)来传达和发展人的"自然美"的观念,将人置于世界的中心,世界成为"我的"世界。(Kurt-H. Weber, *Die literarische Landschaft: Zur Geschichte ihrer Entdeckung von der Antike bis zur Gegenwart*, Berlin; New York: De Gruyter, 2010, S. 167)此后,"风景"逐渐转变为人的心灵之外在投射,特别是在浪漫主义时期,其成为诗人和艺术家自我书写的重要手段。自然被视为人类心灵空间的外在延伸,所谓的"风景"多指"情景画"(Stimmungsbild)或"心灵的风景"(Seelenlanschaft),如弗里德里希(Caspar David Friedrich)的风景画、蒂克(Ludwig Tieck)的诗歌以及舒伯特(Franz Schubert)的音乐,都表现出对自然的向往和憧憬,对后来的文学和艺术创作产生持久而深远的影响。不过,浪漫主义时期对自然的向往,更多的是一种忧郁的憧憬,是向远方寻求诗意、情绪(恐惧、忧郁、孤独)的栖息之地。因为,近代以来的科学、社会、哲学的突飞猛进,导致人与自然之间的沟壑也愈加深刻,心灵与外在世界处于断裂和对峙之中。也有学者主张把景观看作"以文化为媒介的自然景色。它既是再现的又是呈现的空间,既是能指(signifier)又是所指(signified),既是框架又是内含,既是真实的地方又是拟境,既是包装又是包装起来的商品"(W. J. T. 米切尔:《帝国的风景》,见 W. J. T. 米切尔编:《风景与权力》,杨丽、万信琼译,南京:译林出版社,2014,第 5 页)。

① 托马斯·曼:《作为精神生活方式的吕贝克》,见《托马斯·曼散文》,第 86 页。

活景观，比如疗养院、花园、街道、集市、餐厅、走廊、阳台等；人文景观，比如墓地、电影院、阅览室、文娱室、教堂、X光检查室等。严格说来，生活景观也属于人文景观，但在《魔山》中，两者具有明显的区别。这些不同的景观，既是故事发生的场所，又具有象征意义。景观描写的并不只是一种现实的自然景观，它还与文化、政治、权力等诸多因素密切相关。所以，有学者称"景观"是"由包括自然和文化的显著联系形式而构成的一个地区"①，它"像语言或者绘画一样具有物质性，嵌入到文化传统和交流之中，成为一种象征体系，能够激发或者重塑意义与价值，并且作为一种表达媒介，它像货币一样具有符号功能，在价值交换体系中充当一种特殊的商品，发挥独特的符号象征功能"②。托马斯·曼曾声称，他在《魔山》中的作为风景描写和充满泥土气息的大自然，具有独特的内涵，"它们描写人，探讨人性，它们的兴趣几乎全部集中到人性，它们聚焦人性，风景描写退而其次"③。米切尔在《风景与权力》中指出，20世纪的风景研究发生了两次重大转变："第一次（与现代主义有关）试图主要以风景绘画的历史为基础阅读风景的历史，并把该历史描述成一次走向视觉领域净化的循序渐进的运动；第二次（与后现代主义有关）倾向于把绘画和纯粹的'形式视觉性'

---

① R. J. 约翰斯顿主编：《人文地理学词典》，柴彦威等译，北京：商务印书馆，2004，第368页。

② W. J. T. Mitchell (ed.), *Landscape and Power*, Chicago: University of Chicago Press, 1994, P. 14.

③ 托马斯·曼：《作为精神生活方式的吕贝克》，见《托马斯·曼散文》，第86页。

的作用去中心化,转向一种符号学和阐释学的办法,把风景看成是心理或意识形态主题的一个寓言。"第一次转变是"沉思性的","目的是要挖掘言语、叙述和历史的元素,呈现一个旨在表现超验意识的意象"。而第二次转变则是"阐释性的","试图把风景解码成许多决定性的符号"。①若按此说法,托马斯·曼的景观书写属于"阐释性"的,他把景观当作人性的一种隐喻或象征。接下来,我们将选取小说中典型的景观来分析不同景观形态的内涵。

一、高山与雪野:让人迷失自我与发现自我的自然景观

利奥塔(Jean-Francois Lyotard)说:"背井离乡是产生风景的条件。"②随着汉斯乘火车从汉堡向达沃斯进发,魔山上壮阔的自然景观逐渐展现在我们眼前。通过汉斯的眼睛,我们看到蜿蜒行驶的火车、悬崖峭壁、森森古木、高远的苍穹和狭隘的山谷。终年积雪的山峰和陡峭险峻的群山是这里最突出的地貌景观。与山下鸟语花香、四季分明的自然空间不同,高山因为地处高远,植被稀少,最常见的只有枞树、矮松、云杉等耐寒耐旱的树木。枞树、云杉高大挺拔,多分布在高海拔地区,适应干燥寒冷的气候。汉斯在火车驶进达沃斯时就看到山岩间"暗黑色的枞树"③;到了疗养院后,经常从窗外看到"云杉上有的树枝积雪过多,常

---

① W. J. T. 米切尔编:《风景与权力》,"导论",第 1 页。
② 让-弗览索瓦·利奥塔:《非人——时间漫谈》,罗国祥译,北京:商务印书馆,2000,第 197 页。
③ 托马斯·曼:《魔山》,第 3 页。

常断了下来"①；之后汉斯在阳台上"卧疗"，目之所见是"披着厚厚一层白雪的暗绿色的枞树林向山谷的斜坡上伸展开去，树丛与树丛的地面上是一片又一片软绵绵的雪。树林上面岩石嶙峋的山峦一直耸向灰白色的天际，山峦的表面尽是白雪，山中间有好几块黑黑的巉岩尖棱棱地向上凸出"②。而山上的气候也让人无法捉摸，一会儿还是绚丽的夏日景象，一会儿又暴雪肆虐，"这儿一年四季的差别并不那么大，可以说它们交错在一起，凭日历是算不了数的"③。茫茫的树林、皑皑的白雪、岩石嶙峋的高山、变幻莫测的气候，呈现在我们眼前的是一个空旷寒冷的冰雪世界。

　　高山，在西方文化传统中，具有独特的意涵，并随着时间的推移而变化。在人类历史早期，人类对高山充满敬畏之情，把它看作天与地相融合的地方，认为那是中央之点，是世界的中轴，蕴含着神圣的力量。而到了中世纪，人们开始对大自然进行美学鉴赏，通过对大自然的描写表达个人的体验。不过，这些时候高山在人们心目中的形象都是丑陋的。如乔舒亚·普尔（Joshua Poole）在1657年写成的《英国诗坛》（*English Parnassus*）里先后用了五六十个形容词描写高山，但大部分表达的都是负面的意义，如粗野、贫瘠、苦寒、不宜居住等。对高山的这种认识直到18世纪中期才有所改观。浪漫主义诗人开始赞颂高山的雄伟壮丽，赞颂它的至高无上，激发出诗人头脑中的灵感，从此高山拥有了壮丽的美感。时间继续向前推移，到了18世纪末，随着

---

① 托马斯·曼：《魔山》，第476页。
② 同上，第477页。
③ 同上，第89页。

旅行变得越来越容易，越来越多的人出于娱乐或者科学研究的目的登临高山，高山的神秘面纱也逐渐揭开了。另外，人们对山地的认识也发生了重大转变。人们认为，高山上的空气有利于修复生命体，因此大批的疗养院、旅馆和各种旅游设施在高山上修建起来，高山成了人们休憩的乐园和游览的胜地。到了19世纪中后期，人们开始关注高山清新的空气、干燥的土壤和矿物质的泉水，"山岳的形象发生了颠覆性的转变，再也不是让勇武过人之辈感到颤栗的所在，而是能让身体状态不佳的人得到滋养的温柔乡"。①

达沃斯高地对病人们来说也只是一处疗养的温柔之乡，他们根本无心去欣赏或体验壮丽的高山和雪野。一方面，恶劣的自然环境阻碍了他们与外部的交往，暴风雪肆虐的日子里，他们能做的就是躲进温暖舒适的室内，饱食终日，醉生梦死；另一方面，山上的景致尽管变幻莫测，但也无非就是永远覆盖着白雪的高山、单调乏味的枞树云杉，常年居住在这里的他们早已习以为常，外部的自然景观无法触动他们，他们更关心的是发明什么样的娱乐活动打发无聊；再者，疗养院笼罩着疾病与死亡的阴郁气氛，皑皑的白雪和岩石嶙峋的山峦更加剧了这种气氛。对身患疾病的他们而言，疗养院外荒凉苦寒的冬日景致更使人气馁，不仅不能抚慰他们的恐惧和孤独，更给他们增添了失落和无家可归的感觉，使他们成为死亡与情欲的俘虏和追随者，迷失了真正的自己。他们常年聚居在疗养院，过着骄奢淫逸的生活，一味享乐，

---

① 详参段义孚：《恋地情节》，志丞、刘苏译，北京：商务印书馆，2018，第103—109页。

不知有汉，无论魏晋，全然无视时间的流逝。

初到魔山的汉斯，开始时对他们的这种生活方式感到新奇，但很快也融入其中，并对山上的各种活动游刃有余。他从访客变成患者，成为一个名副其实的疗养人，不仅在身体上，心理上也是。汉斯滞留在高山，表面看来是因为他肺部的病灶和医生的恶劣医德，实质上是因为他迷恋上了山上安逸而怪诞的生活，他被山上粗犷而野性的氛围所吸引。而疗养院中病友们关于死亡、疾病、政治、文化以及自然的高谈阔论让他热切地希望寻找一处安静的地方"沉思遐想"，积雪的荒山提供了他所需要的场所。因为，山上的自然景观不是田园景色，而是充满野性的自然，"表现为登峰造极的、蛮荒的、人迹罕至的壮观景象"[1]。对这位文质彬彬的、在城市长大、带有城市气质的市民之子来说，这样的自然景观具有一种让人敬畏和恐惧的崇高美，而且更为重要的是，他认为冬天的大自然"是披露他内心复杂思想的适当舞台，同时对一个有责任为 Homo Dei（神子之人）的状况进行省察却又茫然不知所措的人，也是一个合适的居留之所"[2]。他带着对自然的敬畏，进入一个悄无声息的原始世界，进入一个既危险恐怖，又崇高超脱的世界。在雪地里，面对巨大的自然力量，他勇敢挺进，展现了临死不屈的人类精神；与此同时，他对塞塔姆布里尼和纳夫塔长久以来关于健康与疾病、自然与精神以及生命与死亡等观念的争论作了清算，认为这些概念并非截然对立，而是相互

---

[1] 托马斯·曼：《作为精神生活方式的吕贝克》，见《托马斯·曼散文》，第86页。

[2] 托马斯·曼：《魔山》，第482—483页。

融合、相互依赖。重新审视了他们的观点后，汉斯决定要远离他们，走一条自己的道路；至为关键的是，他顿悟出"一个人为了善良与爱情，决不能让死亡主宰自己的思想"①，不再忌惮和害怕肉体的恐惧和死亡的诱惑。此处高山的风景不仅仅是故事的背景，更是呈现汉斯确立自己身份、认识自我的主要舞台。

高山和雪野潜藏的美感，既美好又可怕。一方面，单调乏味的积雪荒山，一成不变的冰雪世界，让人们情感厌倦，神经麻木，使他们在混沌模糊的时空中醉生梦死，浑浑噩噩，迷失自我；另一方面，崇高壮丽的高山雪野，提供了让精神净化和重生的场所。"迷失自我"和"发现自我"同时成为广袤无垠的自然景观的主题。

二、餐厅和阳台：作为精神生活方式的生活景观

在《魔山》中，餐厅是一处极其重要的生活景观。托马斯·曼通过餐厅这一生活空间，表现人物关系，塑造人物形象，餐厅成为展现其笔下人物身份和命运的"话语场"。

《魔山》有两个餐厅空间。一个是平原上的餐厅，它位于汉斯祖父那栋建于上个世纪的"具有北方古典风格的房屋"里。②祖父家的餐厅，"光线明亮、用灰泥粉饰过"，"餐室有三扇窗，窗上挂着深红色的窗帘，凭窗可以眺望后花园。在那儿，祖孙两人每天四点钟时一起共进午餐"③。餐厅的红缎沙发上面还挂着祖

---

① 托马斯·曼：《魔山》，第502页。
② 同上，第18页。
③ 同上。

父身着传统市政议员服饰的画像。这幅画像既表征着祖父作为市政参事的职业，也展现了"有威风凛凛的、富于冒险精神的共和政体的遗风"①。而且，祖父还时常在餐厅里给汉斯展示代表家族历史的洗礼盆，让汉斯由衷地感觉到宗教的感情和死亡的气息。总之，祖父家的餐厅豪华、庄严、宁静、保守，有一股阴沉沉的迟暮之感，从中我们可以看出祖父的性格以及汉斯年幼时的成长环境，这对他后来的经历非常重要。

在平原的餐厅里，年幼的汉斯很早就体验到一种既流动又停滞的时间感，它既连接着消逝的过去，又与行进的现在接连，产生一种不断重复的时间体验；同时还让汉斯认识到死亡的双重性："死，一方面固然是神圣的、富于灵性的和哀伤动人的，也就是说属于精神世界的事，但另一方面又完全不同，而且恰恰相反：它纯粹是肉体的，物质的，根本不能称它是动人的、富于灵性的或神圣的，甚至也称不上是哀伤的"②。汉斯在平原的时间体验和对死亡的理解，让他到达魔山后，很快就融入了疗养院的生活。

《魔山》中的另一个餐厅空间指的是疗养院里的餐厅。相较于平原上的餐厅，疗养院里的餐厅更加热闹、豪华，也负载了更多的内涵。疗养院里的餐厅，是一间"明亮而拱顶低的厅堂"，里面摆了七张桌子，每张桌子可坐十人，饭点的时候，这里人声鼎沸，碗碟叮当作响。餐厅装点得十分时髦，挂着好几盏黄铜质地的枝形吊灯，高雅而舒适。从餐厅的布置和功能来看，它体现了以下几种象征意义。

---

① 托马斯·曼：《魔山》，第 22 页。
② 同上，第 24 页。

首先，餐厅是疗养院日常规范的表征。前面论述疗养院的设置时，我们已经谈到，通常疗养院会设定一套自己的规则，入住的病人必须遵从这套秩序。《魔山》中的餐厅就体现了疗养院的院规。其一，疗养院里一天用餐五次，每次都有固定的时刻，时间一到，就餐的鸣锣声一响，人们就到餐厅用餐。其二，每张餐桌的首席位置都留给疗养院的主治医生。医生的诊断决定着病人们的去留以及住院时间，他们是疗养院的管理者和把控者，代表疗养院的权威，因此即便他们不来就餐，每张餐桌的首席位置也必须空着。其三，每张餐桌有着严格的等级划分，这里有上等俄罗斯餐桌，还有下等俄罗斯餐桌，而且每张餐桌的食客是固定的，"山上的病人除了自己餐桌外从不轻易同其他餐桌上的人接触"①。从餐厅的这些规则来看，一方面，餐厅是疗养院权力机制的体现，病人们并不享有真正的自由；另一方面，表面上餐厅热闹非凡，像一个大家庭，但事实上彼此各自为政，互不了解，每个人都只生活在自己的世界里。

其次，餐厅是疗养院虚无生活的缩影。疗养院是疾病和死亡的世界，我们原本以为这里会给人一种阴森恐怖的印象，但在餐厅里我们却看到："人们都兴高采烈，并无愁闷之感，脸孔黑黝黝的青年男女低声哼着调儿走进餐厅"，大家谈笑风生、兴致勃勃地吃喝，热情洋溢地分享自己的娱乐活动。② 他们大快朵颐，犹如一群饕餮之徒，只知道一个劲儿吃喝。而且一天五次用餐，一到时间他们就蜂拥而至，继续大吃大喝，"仿佛从未离席

---

① 托马斯·曼：《魔山》，第 282 页。
② 同上，第 41 页。

过似的"①，形象地阐释着什么叫"饱食终日"。在他们的生活中，只有吃喝玩乐，除了一天五顿的饕餮大餐，他们还巧立名目举办各种宴会。而循环反复的用餐场景，让人体验到的不是时间的流逝，而是空间的永恒，仿佛生活的全部意义就在餐桌上，而且永远在餐桌上，加剧了生活的虚无感。餐厅灯火辉煌、无比热闹的场景，真实映照出疗养院人们空虚匮乏的精神世界。这是一种空洞而虚无的生活形态，人们纵情吃喝，奢靡的生活与空虚的状态体现了一种末日的情绪和精神。金碧辉煌的环境给了他们置身于幸福生活的幻觉，仿佛进入自己梦寐以求的高级文化世界中，陷入自我麻痹与自我沉醉的迷狂中，其结果就是让他们进一步丧失逃离疗养院、回归正常生活的能力和决心，彻底成为虚无主义的俘虏。

再者，餐厅是展现人物身份和命运的场所。汉斯第一次进入餐厅时，看到餐厅里"坐着一位年约三十岁的妇女，她正在看一本书，嘴里哼着什么调子，左手的中指老是轻轻地敲着台布"。看到有人进来，她害臊地"立刻换了个位置"，不愿面对来人。这个吃饭时总拿书的妇女入院时还是一个姑娘，以后一直没有在外界生活过。托马斯·曼用一个特写镜头就给我们描绘了一个怪诞的病人形象以及她的命运。在小说中，这样的例子比比皆是，比如没教养的斯塔尔夫人、万念俱灰的博士、装腔作势的女教师、时刻准备自绝于世的阿尔宾先生、好为人师的塞塔姆布里尼，等等。通过餐厅这个生活空间，托马斯·曼向我们展现了各

---

① 托马斯·曼：《魔山》，第70页。

种病态的众生相,既有沉默寡言的颓废病患,也有夸夸其谈的享乐主义者;既有热情的交谈者,也有沉默寡言的看客,等等。同时,托马斯·曼还通过餐厅的交流,勾勒人物之间的关系。比如,汉斯发现表兄看到洒了橘子香水的俄罗斯姑娘玛莎就会脸红,暗示了表兄隐藏的秘密;而他本人因为肖夏太太每次迟到时"砰砰"的关门声而开始迷恋她,后来随着爱恋的加深,更是在餐厅里肆无忌惮地向肖夏太太送上秋波。可以说,餐厅提供了一个展现人物形象和人物关系的舞台。餐厅里餐桌的摆放、各人就座的位置、行为举止,这些空间关系实际上也是人物之间的关系。

如果说餐厅是疗养院形而下的日常生活的表征,那么疗养院中的阳台则是形而上的生活景观。20世纪初对肺结核的治疗非常依赖有利的气候条件,如高地气候、无风的地带和新鲜空气,这种治疗观念对卫生和通风要求很高,甚至影响到了20世纪的房屋建筑形式,其中一个具体体现就是对阳台的修筑。①《魔山》中也忠实地呈现了这一治疗风尚。达沃斯疗养院制定了在阳台上"卧疗"的制度,规定每个病人一天两次"卧疗"时间。对此,塞塔姆布里尼不无讽刺地说:"我们的生活是仰卧式的","我们都是'仰卧家'"。②

事实上,《魔山》中的阳台,不仅是一个施行肺结核治疗方案的场所,还是一种与外部世界联系的方式,是一种理想的观看空间。汉斯经常透过阳台去欣赏魔山开阔而迷人的自然景观,也

---

① Vera Pohland, *Das Sanatorium als literarischer Ort*, Frankfurt am Main; Bern; New York: Peter Lang, 1984, S. 32-39.

② 托马斯·曼:《魔山》,第69页。

通过阳台观察病友们散步、聊天等活动。从本质上讲，阳台作为房间的一部分，与家宅空间中的其他部分没有差别。不过，阳台的独特之处在于，它既连接居室内部空间，又是外部空间的组成部分。疗养院是一个封闭的空间，如果没有阳台，各个病房就是彻底封闭的。但因为有了阳台，打破了这种封闭性。阳台的一端是病房，另一端连接的是高山、雪野，是广阔无边的大自然。这样一来，阳台将人与自然连接起来。汉斯在阳台上观看星空、雪野、高山，把他从疗养院舒适安逸的生活抽离出来，而遁入对大自然、对人的思索。汉斯个人的内心世界与大自然、广阔的世界在阳台上交织，让他的精神得到净化和升华。

阳台还是阅读的空间、冥想的空间。疗养院中的一些病人为了打发无聊的时间，会在阳台上读书。一般的病人喜欢看一些轻松消遣的图书，"书里阐述发挥的无非是肉欲与淫乐之道，用异教徒式的腔调阐述纵情作乐的诀窍"，比如《引诱的艺术》，[①]阳台对他们而言，依然是享受的温床。而对汉斯来说，阳台却是一个精神修炼的场所。他也在阳台上读书，不过他读书不是为了消遣，而是为了探究生命的秘密，所读书目涉及生物学、病理学、药学、解剖学等，后期他还在阳台上研究植物，做实验。更重要的是，阳台还是他沉思遐想的理想空间，他在这里反思疾病、死亡、生命等形而上的问题。詹姆逊认为，汉斯的阳台正如柏拉图的岩洞一样，他在阳台上"发现月光在黑夜中投射出的影子，就像模仿的事物，存在于魔山自身的表达之中——所有这一切都应

---

① 托马斯·曼:《魔山》，第 269 页。

该内化为主人公的思想感情",而且,"由休息的身体通过无声的能量和有声的阅读"重新建构了康德意义上的"头顶的星空"。①通过阳台,汉斯体验到的不是风景,而是永恒、虚无和死亡,是一个形而上的梦。

餐厅和阳台原只是普通的生活景观,但在《魔山》中,它们并非纯然的生活景观,而是人物精神生活形式的表征。作者借餐厅这个普通的日常生活空间展现"一战"前欧洲人濒临精神和伦理深渊而遁入虚无的生存处境和精神状态,在这里餐厅代表平原上暮气沉沉的市民生活以及山上空洞虚无的生活形态,象征一种物质生活;而阳台则提供另一种生活方式,一种冥想的精神生活方式,是在困顿和虚无中寻求救赎与自由的尝试。餐厅和阳台超越其作为生活景观的意义,成为一种精神生活的存在方式。

三、墓地和教堂:永恒与神圣的文化景观

在《魔山》中,反复出现的还有墓地景观。墓地作为一个有别于一般文化空间的地点,在小说中扮演着重要角色。在西方文化中,墓地一直是一个与城邦、社会或村落等基地有关的文化景观。18世纪末以前,墓地通常安置在城市中心,紧邻教堂。这种安置在教堂的神圣空间内的墓地,随着现代文明的发展,逐渐被移到城市边界和郊区。随着墓地的迁移,其神圣而不朽的中心地位也逐渐丧失,墓地也成了"另一种空间"②。而教堂更是一种基

---

① 詹姆逊:《论现代主义文学》,第91—92页。
② 米歇尔·福柯:《不同空间的正文与上下文》,见包亚明主编:《后现代性与地理学的政治》,第25页。

督教的信仰和标志。不过，我们在这里并非要追溯墓地和教堂的嬗变史或者建筑历史，而是旨在阐明它们在《魔山》中的作用和意义。

  建筑空间具有展示和教化的作用。[①] 墓地和教堂都是生活中独特的建筑景观，拥有对于感觉、感受和潜意识的直接吸引物。比如，教堂的十字架象征着蒙难、赎罪和拯救，雕刻的墓碑则代表着庄严、肃穆。通过这些象征性的符号，可以传递价值观念和文化理念。《魔山》中的墓地和教堂也具有这样的展示和教化作用。《魔山》中第一次出现墓地和教堂的描写是在小说的第二章。汉斯的祖父向他讲述洗礼盆上的家族史时，祖父阴沉沉的声音，让汉斯"想起墓穴和消逝了的岁月"，"仿佛呼吸到凯德林教堂或米迦勒地下教堂中霉湿阴冷的空气，也似乎闻到那种地方的气息，在那儿，人们脱下帽儿，俯着身子，踮起脚尖一摇一摆地走着，神态显得毕恭毕敬；他也仿佛感受到能传出回声的幽僻处所那种与世隔绝、万籁俱寂的气息"。[②] 在这幅祖孙聊天图里，宗教的神秘感和死亡的阴郁气息交织在一起。这种混杂的感觉加上祖父讲述家族史时古老沉郁的声调，让汉斯获得了一种独特的时间体验。这种既流动又持续，还连续不断重现的时间感，连接起了过去和现在，生发一种庄严宁静的宗教气氛，让汉斯对死亡以及死亡的形象抱有欣赏和敬畏的心态。在他看来，死亡具有双重面貌，既是神圣的，又是肉体的。从这里我们可以看到，汉斯通过

---

① 段义孚：《空间与地方：经验的视角》，王志标译，北京：中国人民大学出版社，2017，第94页。

② 托马斯·曼：《魔山》，第20页。

墓地和教堂看到了时间的"流动",这是一种空间化的时间体验。作为建筑景观的墓地和教堂,持续对这种时间感施加影响,在汉斯来到达沃斯疗养院后,将他的内心引向一种深刻的"永恒感"(a sense of timelessness)。①

如果说平原的墓地空间体验只是让汉斯感觉到死亡的气息,那么,魔山上的墓地空间意象则让他深刻地认识了死亡和腐朽的生命。汉斯上山的第二天,表兄就向他介绍了村子里的墓园。不过,汉斯对坟墓的直观体验是在X光检查室。在小说第五章第二节,该章节题为"我的上帝,我看到了!",汉斯和表兄去做X光检查,带给汉斯极大的震撼。X光检查是现代医疗的基本检查方式,在今天早已司空见惯。但是,在当时的魔山X射线却是一件新鲜的事物。②小说中,贝伦斯大夫就说:"……用爱克司光对人体结构加以鉴定,是新时代的一大胜利。"③X光检查为医学带来了新的突破,但也引发了当时人们的恐惧和顾虑。原因在于,通过X光看到的骨骼和经络,让人们联想到骷髅或死亡。比如,汉斯在观看表兄约阿希姆的检查时,认为自己看到了约阿希姆的坟墓和尸骨形态。④而他对自己的检查更觉震撼,认为自己看到了"自己的坟墓",以及"自己身体日后的腐化过程,现在他能

---

① Hugo G. Walter, *Space and Time on the Magic Mountain: Studies in Nineteenth- and Early-Twentieth-Century European Literature*, P. 111.
② X射线又称"伦琴射线",1895年由威廉·康拉德·伦琴(Wilhelm Conrad Röntgen)发现。医学检查和治疗很快因为有X射线的帮助,获得了巨大的突破。Vera Pohland, *Das Sanatorium als literarischer Ort*, S. 19-21.
③ 托马斯·曼:《魔山》,第211页。
④ 同上,第214页。

活动自如的皮肉，将来会分解、消失，化成一团虚无飘渺的轻雾"①。坟墓的意象在这里接连出现了两次，除了让汉斯直观地看到人死之后腐败衰烂的过程，更重要的在于让他意识到，人终有一死，自己总有一天也会死去的，同时也加深了他对死亡的恐惧和虔敬，在这之后，他开始学习病理学、解剖学、药学等知识，对生命和死亡进行深入的探索。

除了具有教化的作用，墓地和教堂还是灵魂的栖息之所。小说第五章"死神的舞蹈"，讲述了汉斯和表兄约阿希姆领着病入膏肓的卡伦·卡斯德特到墓园散步。这次墓园之旅是一次发人深省的经历。墓地坐落在达沃斯的半山腰，"但这里既不看到人影，也听不到谁在说话。这里肃静无哗，仿佛与世隔绝，而且静得出奇，静得令人有一种神秘感。在某处灌木丛中，站着一个石雕小天使或爱神丘比特像，它那小小的头上斜戴着一顶雪帽，手指放在嘴唇边，很像是这块地方的守护神，也可以说是沉默之神"②。雨果·瓦尔特认为，这次墓地之行有两个重大意义：其一，墓地强化了疗养院弥漫着的腐败和死亡的氛围和基调；其二，墓地肃静的沉静感，让人感觉到一种永恒的宁静感，深化了汉斯在魔山上体验到的"永恒感"。③

墓地除了营造宁静和永恒的死亡气氛外，还是主人公们精神的寄托。对于发起墓地之旅的汉斯来说，墓地让他加深了对死亡的敬畏感，为后来他在雪野中的精神蜕变做了铺垫。此前汉斯出

---

① 托马斯·曼：《魔山》，第215页。
② 同上，第317页。
③ Hugo G. Walter, *Magnificent Houses in Twentieth Century European Literature*, P. 104.

于对疗养院的反抗以及自己精神的需要，向濒死的病友送去临终关怀，见识到了各种光怪陆离的死亡。他对自己看望病友的行为非常满意，认为"自己的所作所为混合着基督教的殉道色彩……它是那么虔诚，那么温情，那么值得赞美"①。这不仅让他从疗养院无所事事的生活中找到一些意义，还让他逐渐摆脱死亡的诱惑。而对于病重的卡伦来说，墓地既是她死后的安身之所，也是她生前精神的寄托。她自知死后没有人会将她运回家，这片公墓将收留她。因此，在墓地，她神情超然地望着自己将来的归宿，忧郁地笑了，这块死后的栖息之所，比汉斯表兄弟的同情更能抚慰自己。

《魔山》中对教堂的描写着墨不多，但教堂的意象却始终贯穿在小说中。汉斯多次强调，自己的愿望是成为一名神职人员；而汉斯的精神导师纳夫塔则是一名犹太裔耶稣会教士，在小说中与汉斯另一位精神导师展开思想论战。论战的一方塞塔姆布里尼代表启蒙运动的人文主义者，宣扬自由、科学和进步的观念，反对教会；另一方纳夫塔则是非理性主义的代表，坚持宗教裁判，热恋死亡和充满暴力的情欲。前者认为，精神是生活的力量，精神能给人类带来好处和快乐，所以坚持宣扬理性、进步、科学、乐观；后者则迷恋反生活的精神，推崇暴力、上帝之国、非理性。概而言之，塞氏高度推崇理性、科学、进步的现代文明，主张教育和塑造人，让人尽善尽美；而纳夫塔则声称要把人从人文主义者的"床榻"上惊起，呼唤"神圣的恐怖"。二者论争的实

---

① 托马斯·曼：《魔山》，第309页。

质其实是文明与文化之争,是塞氏所代表的生命、启蒙、自由民主、理性平等的文明与纳夫塔所代表的死亡、权威主义、浪漫主义、民族主义的文化之间的较量。这两人的辩论非常精彩,在长达两百多页的论战中各种思想和精神你来我往,针锋相对,成为魔山一道绚丽的人文景观。

《魔山》中的自然景观、生活景观和文化景观蕴含着不同的精神取向和文化内涵,超越它们单纯作为景观本身的意义。这些不同的景观形态,既是单一的,又是交织的,有的贯穿小说始终,如高山和雪野;有的相互呼应,如餐厅和阳台;有的相互对比,如墓地和教堂,由此将魔山编织成一个有机整体。而这又与《魔山》涵纳的多元精神和文化相互应和和补充,共同建构出一个复杂多元的文化世界。同时,这些景观各自象征不同观念,揭示出小说的主题和精神,对理解《魔山》有重要辅助作用。作者通过赋予景观不同的内涵和象征意味,以独特的观察视角和独到的刻画手法,丰富了空间美学中的景观书写,在"沉思性的"和"阐释性的"的景观意识之外,建构新的维度,即"反思性的"景观意识。其景观书写,始终关注景观如何对人类自身的情感、审美、心灵甚至主体结构发生作用,通过主体的景观体验探讨人类如何认知和感受自己与世界。从病人在高山中迷失自我,到汉斯在雪野里顿悟,从餐厅中的虚无生活方式到阳台上的沉思冥想,从墓地的灵魂寄托到教堂的人格教化,魔山上的不同景观形态始终关注人的生存处境和生存状态,这不仅是景观的问题,而且是以景观为起点对现代性的反思和批判。

托马斯·曼写作《魔山》时,世界风雨飘摇,个体与世界处于断裂状态。个体如何在破碎的世界中自处,能否获得生活和精神的安稳成为紧迫的时代命题。面对世纪之交多灾多难的德国乃至欧洲,托马斯·曼通过建构不同的景观形态为身体和精神无家可归的人们寻找一个落脚之地。这个虚构的乌托邦并非浪漫虚幻的极乐世界,而是充满腐朽与死亡的炼金炉,人们需要在其中经历痛苦的蒸馏、萃取等过程,才能获得精神、思想和道德的提升。小说中,作者借送年轻的汉斯到高山历险,让他体验并明白:"一切高级的健康都必须以对疾病和死亡的深刻体验为前提,就像获得拯救的前提是经历罪恶"[①]。

---

① Thomas Mann, *Gesammelte Werke in dreizehn Bänden*, Bd. 11: *Reaen und Aufsätze* 3, S. 613;转引自黄燎宇:《〈魔山〉:一部启蒙启示录》,《外国文学评论》2011 年第 1 期。

第四章 《魔山》中的文化空间

从平原汉堡到达沃斯高山，从北向南，由远及近，托马斯·曼在《魔山》中的空间建构最终将焦点定位于故事发生的场所——疗养院。在小说中，托马斯·曼秉承他一贯的写实手法和实证精神描述了疗养院的方方面面。他用准确而精细的笔触一再现疗养院空间的结构、气候、起居生活、医治手段、娱乐活动以及周围的环境，让人仿佛身临其境。因此，有人称，《魔山》是"一篇具有德式缜密和长度的疗养院生活的研究报告"[1]。作为"历史书记官"的托马斯·曼"为肺病疗养院留下一幅耐人寻味的文学素描"，《魔山》成为一部可以载入史册的"疗养院小说"[2]。还有人直言："没几个作家敢连篇累牍地写血管、蛋白质、时间概念、银河、细胞质这类枯燥的事物，否则读者会抗议。托马

---

[1] Thomas Mann, *Der Zauberberg*, Große kommentierte Frankfurter Ausgabe, Kommentarband, Herausgegeben und testkritisch durchgesehen von Michael Neumann, S. 122.

[2] 黄燎宇：《一部载入史册的疗养院小说——从〈魔山〉看历史书记官托马斯·曼》，《同济大学学报（社会科学版）》2018 年第 2 期。

斯·曼却写得妙趣横生。"① 托马斯·曼本人也表示，小说把疗养院那种穷奢极欲、醉生梦死的生活方式展现得淋漓尽致，《魔山》称得上是"关于这种生活方式的天鹅绝唱"。②

从读者和作者自己的评价都可以看出，疗养院是《魔山》中最具典型性的空间。小说中，位于阿尔卑斯山的这座疗养院既是现实生活中确实存在的疗养院空间（托马斯·曼以妻子在达沃斯治疗肺病的疗养院为原型），又是远离现实生活的非日常空间，具有一套与日常生活截然不同的生活方式和价值观念。福柯将这种既真实存在又再现、对立和倒转现实的空间称为"异质空间"（heterotopias）。在福柯看来，疗养院就是一个典型的异质空间，它在现实中有一个真实的位置，既不是虚构地点，又与现实中其他日常空间判然有别。疗养院里安置的都是那些"偏离了必须遵循的规范的人们"，因此它被称为"偏离差异空间"（heterotopia of deviation）。③ 在《魔山》中疗养院里住着的（包括医生）都是"偏离"了健康的病人，也都是"偏离"了山下平原生活规范的"山上人"。可以说，达沃斯疗养院偏居一隅，又自成一体，成为一个既封闭又开阔，既自由又狭小的独特之地，给人以不一样的空间体验。本章对《魔山》中的疗养院空间展开讨论，主要任务

---

① Klaus Schröter (Hrsg.), *Thomas Mann im Urteil seiner Zeit: Dokumente 1891-1955*, Frankfurt am Main: Vittorio Klostermann, 2000, S. 120. 转引自黄燎宇：《一部载入史册的疗养院小说——从〈魔山〉看历史书记官托马斯·曼》，《同济大学学报（社会科学版）》2018年第2期。
② 托马斯·曼：《关于我自己》，见《托马斯·曼散文》，第251页。
③ 米歇尔·福柯：《不同空间的正文与上下文》，见包亚明主编：《后现代性与地理学的政治》，第23页。

是梳理现代小说中的疗养院空间与疾病文学传统的关系,探讨《魔山》中疗养院空间的建构及其生活方式和价值观念,分析托马斯·曼建构疗养院空间的动机和意蕴。

第一节 疾病文学与疗养院空间

一、疾病与疾病文学

现代小说中的疗养院空间书写是文学对疾病的表现方式之一。而疾病进入文学话语的历史由来已久。古希腊悲剧《俄狄浦斯》(Oedipus)的开场就是对瘟疫令人触目惊心的描写。文学中的疾病现象与医学领域的疾病现象既有共通之处,又有云泥之别。概而言之,文学中的疾病现象跨越了医学领域的疾病,也超越了个体层面的疾病体验,成为一种符号、一种隐喻,用来表现个体心理、社会状况、文化形态之类的东西。尤其是19世纪浪漫主义文学对疾病现象的书写和推崇,将疾病浪漫化、审美化、哲学化,让文学中的疾病甚至成为一种疾病神话。在浪漫主义作家眼中,疾病具有超越的创造性,可以激发人的灵感和激情,升华个体的精神和情感。个体的疾病状态是个体内在而深层的生命体验。而他们对疾病现象的钟爱,是希望通过对疾病的体验回到诗意的源头,以这种诗意的方式对抗现代文明所带来的精神的僵化和人性的分裂。[①]

---

① 关于浪漫派对疾病的反思,可参见 Heinrich Schipperges, "Krankheit als geistiges Phänomen bei Novalis," in *Der Horizont* 8, 1965, S. 116—129; Athur

到了托马斯·曼写作《魔山》的20世纪初,文学对疾病的表达更加活跃和多样。如果说浪漫主义时期的文学对疾病的书写,更多的是把疾病当作隐喻的符号、诗意的化身,那么在20世纪初,作家们对疾病的书写更多的是借疾病的现象和体验表达人的生存状态。因为随着现代化进程的推进,现代社会中个体被异化、被物化的现象愈发广泛和严重,人们丧失了自主性和独立性,由此产生焦虑、失落、恐惧、迷茫、颓废等情绪和感受。现代化所衍生的这些情感体验在文学中转化为对疾病的书写和表达。由此,文学中描写和颂扬的不是常态的事物,而是病态。托马斯·曼曾表示:"重要的是,我们这一代人,包括豪普特曼(Gerhart Hauptmann)、霍夫曼斯塔尔(Hugo von Hofmannsthal)和我,所关注的是病态。"[1] 20世纪初席卷欧洲的"颓废文学"(Décadent literature)就是描写病态现象的典型。在"颓废文学"的作品中,作家热衷于描述"人与社会的疏离、情欲、疾病、死亡"等颓废元素[2],偏爱刻画人物对情感和欲望的耽溺、堕落直至疯狂的病态行为,展演现代人生命力衰落的存在困境,呈现出一种颓靡放纵、离奇刺激、厌世的、唯美的、非理性的美学风格。比如,托马斯·曼《死于威尼斯》中的主人公阿申巴赫就是此类人物的代表。阿申巴赫原本是一个保守、克勤克俭、功成名就的

(接上页)Henkel, "Was ist eigentlich," in: *Festschrift für Richard Alewyn*, Köln, 1967, S. 292–308。

[1] Thomas Mann, *Gesammelte Werke in dreizehn Bänden*, Bd. 11: *Reden und Aufsätze* 3, S. 806.

[2] K. P. Liessmann, *Schönheit*, Vienna: Facultas, 2009, S. 62.

作家，在威尼斯邂逅了波兰美少年后，他陷入不可抑制的爱恋。此后他耽溺于追逐美少年，肆意满足自己情感的欲望，甚至在霍乱流行时都无法理性地抽身而退，直至病死在威尼斯。阿申巴赫对唯美的极端眷恋，导致他最终沦为"颓废"（情欲）的俘虏，命丧他乡。

而在疾病文学中出现得最多的病症非肺结核莫属。肺结核似乎也与作家有不解之缘。卡夫卡、济慈、雪莱、契诃夫、鲁迅、萧红等许多中外名家都患过此病。文学作品中对肺结核的描述和刻画更是数不胜数。在他们笔下，肺结核的病症本身也具有浓厚的艺术家气质。肺病患者通常表现出持续的发烧、潮红的脸颊、敏感的神经、弱不禁风的体格、高涨的情绪和亢奋的性欲等症状。肺结核的这些生理和心理的反应经常被现代小说描述成"诗人的气质"或"艺术家的气质"。因此，肺结核也"被认为是一种有启迪作用的、优雅的病"[1]，是一种艺术家的病，可以为他们的美丽、天才和性感锦上添花。甚至还演变出一种"肺结核时尚"，在饮食、举止、服饰和美容方面刻意追求弱柳扶风、面色苍白、身量苗条。[2]《魔山》中的汉斯原本在平原时只是一个平庸的青年、古板的小市民，上山后，尤其是在肺部检查出病灶后就变得优雅起来，显现出艺术家的气质。

作家偏爱以肺结核为书写对象，原因有多种。比如，肺结核在结核疫苗发明之前，几乎是死神的代名词，结核患者的死亡率

---

[1] 苏珊·桑塔格:《疾病的隐喻》，第16页。
[2] Carolyn A. Day, *Consumptive Chic: A History of Beauty, Fashion, and Disease*, London: Bloomsbury, 2017, P. 86.

极高。但是肺结核的死亡又不像癌症或者艾滋病那样粗暴狰狞,一下子就要置人于死地,而是慢慢地、暗暗地让病人死去,带有一层朦胧的神秘感。肺结核在患者身上唤起的不是突如其来的死亡和恐怖,而是对人生苦短、韶光易逝的伤感。因此,作家们乐于展现这个漫长的、优雅的死亡过程。比如,在狄更斯笔下,肺结核是一种"令人肃然起敬的疾病","就其更大的方面而言……心灵与肉体的这种搏斗如此一步步展开,如此平静,如此庄严,而其结局又是如此确定无疑,以致肉体部分一天天、一点点地耗费、凋零,而精神却因身体负担的变轻而越发变得轻盈、欣悦……"[1] 曾患肺结核的济慈也在诗里表达对青春易逝、人生短暂的忧郁情愫:

每当我害怕,生命也许等不及
我的笔搜集完我蓬勃的思潮,
等不及高高一堆书,在文字里,
像丰富的谷仓,把熟谷子收好;
每当我在繁星的夜幕上看见
传奇故事的巨大的云雾征象,
而且想,我或许活不到那一天,
以偶然底神笔描出它的幻相;
每当我感觉,呵,瞬息的美人!
我也许永远不会再看到你,
不会再陶醉于无忧的爱情

---

[1] 转引自苏珊·桑塔格:《疾病的隐喻》,第16页。

和它的魅力!——于是，在这广大的
世界的岸沿，我独自站定、沉思，
直到爱情、声名、都没入虚无里。①

不过，仅仅因为看起来优雅还不足以吸引古往今来的作家们花费笔墨和精力来描写肺结核。苏珊·桑塔格在《疾病的隐喻》中指出，疾病与现代性的形成紧密相关："十八世纪发生的新的社会流动和地理流动，使财富和地位不再是与生俱来的东西，而是必须有待确认的东西。确认的方式，是凭借着有关服装的新观念（"时髦"）和对待疾病的新态度。服装（身体的外在装饰）和疾病（身体的一种内在装饰）双双变成比喻，来喻示对待自我的新态度。"② 在这里，疾病已经超越了文学对它的审美化和浪漫化，而成为人类自我认识的象征，成为另一种隐喻，包含着伦理道德和意识形态。日本批评家柄谷行人在讨论文学中的肺结核时也有类似深刻的阐释。柄谷指出，浪漫主义作家在书写肺结核病症时并没有把现实生活中的实际情况考虑进去。现实生活中"蔓延于社会的结核是非常悲惨的"，而文学中的肺结核"与此社会实际相脱离，并将此颠倒过来而具有了一种意义"。③ 肺结核之所以成为一种隐喻，正是源自这种颠倒所产生的"意义"。

---

① 济慈:《"每当我害怕"》，见《拜伦 雪莱 济慈诗精选》，穆旦译，武汉：长江文艺出版社，2011，第175页。
② 苏珊·桑塔格:《疾病的隐喻》，第26—27页。
③ 柄谷行人:《日本现代文学的起源》，赵京华译，北京：中央编译出版社，2017，第120页。

许多人已指出浪漫派与结核病的联系。而据苏珊·桑塔格的《作为隐喻的疾病》一书,在西欧18世纪中叶,结核病已经具有了引起浪漫主义联想的性格。结核神话得到广泛传播时,对于俗人和暴发户来说,结核正是高雅、纤细、感性丰富的标志。患有结核的雪莱对同样有此病的济慈写道:"这个肺病是更喜欢像你这样写一手好诗的人"。另外,在贵族已非权力而仅仅是一种象征的时代,结核病者的面孔成了贵族面容的新模型。

雷内·杜波斯指出,"当时疾病的空气广为扩散,因此健康几乎成了野蛮趣味的征象"(《健康的幻想》)。希望获得感性者往往向往自己能患有结核。拜伦说"我真期望自己死于肺病",健康而充满活力的大仲马则试图假装患有肺病状。①

柄谷行人的这番论述深刻揭示出,文学中的肺结核不单是被审美化的意象符号,它还是个体身份、地位、权力和文化的象征。换言之,文学中的疾病意象所具有的内涵超出了审美层面的意义,它还是社会、资本、政治等更大范围的象征符号,是跳脱到物质、庸俗、腐化的生活之外的对内在自我的着迷,对崇高和卓越的追求,对天才的崇拜。

自浪漫主义以来,人们都乐于赋予结核病特殊的意义,将之视为一种富有启发的优雅病。而托马斯·曼的重要之处在于,在"审美化"结核病的传统之外,他还以此来反思和批判启蒙主义,宣扬自己的人道主义思想。《魔山》中对各种身份的肺结核患者

---

① 柄谷行人:《日本现代文学的起源》,第119—120页。

的塑造正是在这个意义上展开。托马斯·曼借用疾病在文化、政治、经济的象征内涵，表达对当时德国乃至整个欧洲资本主义社会现状的反思和批判。这一点，后文将重点论述。

二、疾病文学与疗养院空间

肺结核因神秘的"艺术家气质"和独特的隐喻内涵深受作家们的青睐，现代文学中出现了许多关于结核病人和病症的塑造与刻画。相应的，对结核病人生活的疗养空间也有很多经典的呈现。"魔山"自不必说，在写作《魔山》之前，托马斯·曼在小说《特里斯坦》也有精彩的描述。而卡夫卡在笔记和书信里将自己在疗养院的生活陈于纸上，汇集了他对疗养院及其生活方式的思考，是我们解读当时疗养院这个具有独特历史的空间的重要材料。那么现实中的疗养院是如何兴起，又是怎样进入文学书写？文学作品中的疗养院又呈现出怎样的特征？为探寻这些问题，我们先回到当时的历史现场，看看疗养院是如何兴起的。

疗养院的兴起和消亡是一段独特历史存在。在1945年链霉素引入肺结核的治疗之前，肺结核几乎是死神的另一个名字，死亡率极高。作为当时医学界的首要难题，肺结核没有特别有效的医治手段。其时对患者的治疗通常也只是采取漫长的疗养生活来缓解病情，由此产生了一大批肺病疗养院。最早提出结核病疗养院设想的是德国医生赫尔曼·布雷默（Hermann Brehmer）。19世纪中叶，还是柏林大学医学生的布雷默不幸感染肺结核，在医生的建议下，他前往喜马拉雅山尝试高山疗法，并获好转。布雷默认为自己病情好转主要得益于高山开阔空间的活动，遂致力于推广这种治疗经验。在他的主导下，1954年建成第一座高山肺结核疗养院。这座疗养院位于西里西亚（Silesia）山区的戈伯斯多夫（Görbersdorf），开启了肺结核治疗的新纪元。

之所以建立高山疗养院，是因为当时医学界认为肺结核发病起因于人的肺部比心脏更大，二者的比例失衡，要治愈肺结核，可以通过各种手段改善营养，进而提高身体机能来实现。因此，当时对肺结核的治疗通常是让患者前往高山疗养院疗养，高山可以提供新鲜的空气、充足的紫外线，疗养院则提供营养丰富的饮食、规律的起居生活，这些都可以提高身体机能，利于恢复健康。有鉴于此，在19世纪中叶，疗养院如雨后春笋般出现。后来医学界找到根治肺结核的方法，疗养院也就渐渐消亡了。托马斯·曼对疗养院的兴起和消亡也表示："这种只有在一种完整的资本主义经济模式下才可能存在的疗养院在今天已经消亡或者几近消亡了。叙事作品的描述总是给一种生活方式画上句号，这种生活方式在文学世界获得表达之后就会消失，这或许已经成为一种规律。今天治疗肺病主要采取其他方式，而瑞士大部分的高山疗养院也都变成了体育旅馆。"[①]

在特殊历史时期诞生的疗养院也具有独特的空间特征。首先，疗养院既不完全是医院，又不全然是旅馆，它是介于医院与旅馆的一种中间机构。所以，它在兼具医院和旅馆的功能外，还拥有自己的独特之处。一方面，疗养院是一个封闭的地方，类似于一座独立于外部世界的孤岛，切断了与外部的勾连。而且，每个疗养院都有自己一套日常规范，入住的病人必须遵从并融入其

---

① 托马斯·曼：《关于我自己》，见《托马斯·曼散文》，第251页。

中,这是个具有很多规矩和禁忌的不自由空间。比如《魔山》中疗养院就制定了详细的治疗日程表,按点吃饭、散步,准时卧疗,一天量体温五次,每次7分钟,按期举行精神分析讲座等,同时还有严格的禁令,不准随意参加疗养院以外的娱乐活动,不可以擅自下山。另一方面,疗养院多由私人创建,以营利为目的,病人通过支付昂贵的费用获得居住权。实际上它又是一个提供服务的地方,"它装修得富丽堂皇,优雅舒适,通常疗养院里都铺张阔气,非常奢华。居住在疗养院的病患享有更多的自由,且长期居住。疗养院之所以存在,是因为疾病以及治疗的需要,它为病人提供服务"①。病人在这里相对自由,而且很重要的一点是,疗养院的病人均有自己独立的房间,不同于医院等机构的众多病人共用一个病房。如此设置从一开始就保证了个人的自由空间。再者,由于在疗养院生活所费不赀,一般人难以承受,因此能够在里面疗养的病人几乎都是中产阶级,乃至富贵阶层。②《魔山》中的疗养院同样也因其地处高远的达沃斯高地而处于与平原隔绝的封闭空间中,疗养院也具备一整套疗养和生活准则,不过住在里面的病人们并没有完全遵从,自由享受生活。文学中的疗养院空间与现实的疗养院形成了某种张力。

其次,疗养院作为福柯所说的"异质空间",用于"安置那些偏离了必须遵循的规范的人们"③。因此,疗养院空间除了是疗

---

① Vera Pohland, *Das Sanatorium als literarischer Ort*, S. 50.
② Ebd., S. 36.
③ 米歇尔·福柯:《不同空间的正文与上下文》,见包亚明主编:《后现代性与地理学的政治》,第23页。

养和治病的地方，同时还是人们逃避责任和义务的逃避之所。一方面，疗养院是疾病和死亡的世界，《魔山》从头到尾都在描写各种光怪陆离的疾病和死亡现象。另一方面，疗养院为病人提供了一个不去承担责任和义务的逍遥乡，居住在这里的人以疾病为生活中心，以治病为人生"志业"，严重偏离了正常人的生活轨道。疗养院对正常生活规范的偏离，使得现实中的管理机制和规则制度不再适用，最终形成了自己独特的价值体系和生活规范。疗养院的管理者和医生成为统治者，而病人为逃避责任和义务也心甘情愿被管理，但原本医生和病人应属于医患的关系，而不是管理与被管理的关系。比如，《魔山》中的病人能否离开疗养院不在于他的身体是否康愈，而在于医生的决断。由此疗养院形成了一套颠倒的另类现代管理机制，而正是这样一套倒转了现实规范的机制吸引着作家们对疗养院空间进行建构。因为，对他们而言，疗养院的独特生活方式和价值观念的魅力在于，一方面，疗养院这样的存在是绝对真实的，它提供了一个治疗的场所，人们确实在里面进行治疗的活动，而且它与周遭其他的空间，如日常生活空间、自然空间等都藕断丝连，并非绝对的孤立；另一方面，它又绝对不真实，像一个世外之境，拥有全然不同的生活方式和价值理念。这种既真实又不真实的存在，让作家们仿佛在照一面镜子，似乎近在眼前，却又无法触摸，而作家们对疗养院空间的描写和刻画也正是利用这种朦胧的真实寄寓其隐喻。

最后，疗养院空间在医治、疗养、逃避、享乐等医疗和居住的实用功能以外，还具有反讽的审美功能。用福柯的话说，这"是它们（疗养院）对于其他所有空间所具有的一个功能"，"一方面，它们的角色，或许是创造一个幻想空间，以揭露所有的真实空间（即人类生活被区隔的所有基地）是更具幻觉性的（或许，这就是那些著名妓院所扮演的角色）；另一方面，相反地，它们的角色是创造一个不同的空间，另一个完美的、拘谨的、仔细安排的真实空间，以显现我们的空间是污秽的、病态的和混乱的"。① 也就是说，疾病文学中对疗养院空间的建构，即是呈现一个虚构幻想出来的空间，其作用是揭示现实空间的荒诞不经。同时，疗养院里规律的饮食起居和医治手段免除了病人们自己去规划和安排生活的需要，这恰恰是对现代社会破碎化、分裂化、无序化的生活常态的一个补偿性的想象，以疗养院刻板的生活方式衬托现实生活的混乱。由此，疾病文学中的疗养院空间与现实生活形成一种互为镜像的关系，现实生活中的疗养院空间为作家们提供了一个真实、具体的空间样态，作家们则以独特的疗养院空间书写反讽地揭示现代的生活和精神，催生出对现代生活的矛盾和困境的观察和反思，成为现代性批判的重要路径。

总而言之，疗养院空间是疾病文学中对病态元素的一个集中展示，利用空间化的疾病现象带给人们更具体更直观的空间体验。疾病文学中的疗养院空间亦是疾病的一种隐喻方式，通过重置空间的疗养和居住功能，让疗养院空间具有反思性功能，并透过疗养院空间的书写和建构，来审视和观照个体完整的生命体验，来反思和批判人类其他的空间形态。正是在这个意义上，作为隐喻的疗养院空间超越了修辞意义上的隐喻，而具有伦理道德

---

① 米歇尔·福柯：《不同空间的正文与上下文》，见包亚明主编：《后现代性与地理学的政治》，第 27 页。

和意识形态的内涵，折射出作者的文化价值取向和政治诉求。

三、疗养院空间与现代性批判

疗养院空间从现实世界进入具体的文学作品，由客观的空间现象生成为承载生命思考的文学话语，不仅是基于疗养院空间本身所具有的空间功能和空间特征，还受作品生成时的疾病文化语境的影响。托马斯·曼写作《魔山》的20世纪初，德国经历着重大的变革和动荡，人们体验与思考着前所未有的焦虑与危机，疾病与病态成为这种焦虑与危机最直观和最直接的呈现与隐喻。而作为汇聚疾病与病态的疗养院空间也为特定时期的文化语境贡献了独特的意义维度。

首先，疾病文学中的疗养院空间是现代危机体验的聚集地，成为对现代危机诸种形态做切近观察的理想场所。入住疗养院的病人脱离正常生活世界，进入到一个半封闭半自由的空间场域，既要忍受疾病对身体的折磨，更要承受远离现实的孤独与对死亡的恐惧。这是对现代生活原子化，或者说现代人无家可归的一种具象呈现。表面看来，疗养院中的病人拥有院方具体、周到的照顾，但要注意到的是，在这种专业化与制度化的医疗生活中，他们缺失了对生活的自由把控和对生命的创造。程式化的疗养生活让他们成了现代医疗体系中的一环，全部的生活只有接受治疗这一件事，在长年累月的重复中，逐渐丧失对生活和生命的敏感体悟，其本质是一种生命力的衰竭，最终将遁入虚无。疗养院空间在这个让人的生命力逐渐衰退的过程中扮演着重要角色。一方面，疗养院是让人生命萎靡的温床，其以专业和体贴的治疗服务，为患者提供优质的户外活动、充分的休息和良好的营养，尤其是以半封闭的空间为患者把世俗的生活区隔开，在疗养院里，他们可以充分享受，但其实质是一种抽象的、机械的生活；另一方面，疗养院最核心的功能是提供医疗服务，但他们主要采用缓解疗法，给病人提供一个安全的地方，让他们吃饱喝足，免受负面信息骚扰。对于病人，尤其是肺结核病人来说，真正完全治愈的并不是很多。疗养院里的病人始终处于病痛的折磨与死亡的恐惧之中，这种对生命的不确定性的焦虑与生活不安定、前途不明朗等现实问题相呼应，由此也使得文学中的疗养院空间成为一个承载现代危机体验的场域。在这样的场所中，人们因身体的疾病体验更加深刻地感受到那种身如浮萍、无所依靠的孤独和无助，这是对现代人失落和不安定的写照。

其次，疾病文学中的疗养院空间为反思和批判现代性危机提供了独特的视角。伴随着经济的高速发展、卫生条件的改善和社会福利的提高，人口的数量和质量在19世纪末20世纪初获得快速提升。现代化进程的推进和生活质量的提高也使得个体的生活状态成为各种话语讨论的对象，人们更加在乎健康，关注疾病，注重自我的身心状态。德国在世纪之交赶上第二次工业革命的顺风车，一路高歌猛进，城市化进程加速，城市人口大增。现代文明的发展带来丰富多样的发展空间，但也带来不可避免的焦虑和危机感，人们的生命内容和存在性质发生根本性变化。人们在这股现代化浪潮的裹挟中逐渐产生一种对社会与文化的病理学阐释，认为传统的农业社会和谐而自然，是健康的、有机的共同体，而从乡村生活进入流动的城市所面对的是陌生人和机械化的生活，让人孤立、漂浮，处于一种无根的状态，现代城市也相应成为一种病态的、无机的社会。现代社会呈现出这样一种健康与病态的隐喻图景。而这种关于社会文化的医学隐喻和病理学表达在疾病文化中的疗养院空间获得最为直观的演绎。设立在郊野或高山的疗养院接收来自现代社会的病人，同时提供丰富而稳定的治疗和起居饮食，让他们暂时回归秩序，从喧嚣的世俗生活脱离，回到关注身体和生命的本真生活。在这个脱离与回归的过程中，现代社会作为原子孤立的个体重新获得敏锐的身心反应和深沉的内在体验。《魔山》的主人公汉斯从现代都市来到达沃斯疗养院，脱离从前凡俗的城市身份，由一个技术人员转变为一个探求生命和真理的知识分子，对德国乃至欧洲的现代生活处境和精神状态展开反思即是对这种脱离与回归的真切展示。在这里，疗养院空间提供了一个反思和重新定义现代生活的场所。

最后，疗养院空间独特的生活方式体现了现代认知范式的转换。疗养院空间会为入住患者设置一整套治疗、饮食、起居、休闲的规章制度，要求他们遵从；通过定期收集病患的各种生理数据调整治疗，评判是否治愈。这一整套治疗方案对病患之所以具有约束作用，乃是因为其设置所依据的是科学和理性的医学知识。这是现代社会人们对疾病的理性认知，是建立在科学主义时代生理学、病理学的基础上的。而在传统中，人们对疾病的认知并非如此。比如，启蒙主义认为，人之所以生病是由于其道德和行为层面的不端或偏离而产生身体的退化，疾病被道德化。而以疗养院为代表的现代医学则一改这种疾病是由主观道德堕落所致的认识，而转向客观遗传变异，从科学与实证的角度开展诊断和治疗活动，可以说是现代理性精神的一种表达。然而，值得注意的是，在疾病文学作品中的疗养院空间，我们时常看到的疗养院生活却是非理性的、神秘的，似乎在极力对抗科学与实证的时代精神，疗养院中的患者在院方专业科学的治疗方案中却有可能遁入痛苦、绝望的虚无之境。这种矛盾的疗养院空间事实上揭示了作家们在科学主义视角下对现代转折背景下人的生存状态的关注，一方面秉持科学与实证原则，将人的问题纳入物质层面来解释，以精准的医疗手段展开救治，但另一方面，又深刻展现人在理性与科学中的异化和困境。

由此，我们可以看到，疾病文学中的疗养院空间与现代性发展密切相关。一方面，疗养院空间的发展和变革提供了切近观察现代社会和文化的诸种态势，为反思和批判现代性提供独特视角；另一方面，在现代性问题域中审视疗养院空间，能获得对现代社会变革和发展更广泛和更深入的认识。而托马斯·曼在《魔山》中建构的疗养院空间正对此做出深刻的回应。

第二节 《魔山》的疗养院空间建构

"魔山"是20世纪现代小说所建构的最庞大也包含最多元隐喻意义的疗养院空间。关于"魔山"，卡尔维诺曾说过这样一段话："我们都记得，许多人称之为是对本世纪文化最完备引论的一部书本身是一部长篇小说，即托马斯·曼。如果这样说是不过分的：阿尔卑斯山中疗养院那狭小而封闭的世界是二十世纪思想家必定遵循的全部线索的出发点：今天被讨论的全部主题都已经在那里预告过、评论过了。"① 接下来我们的任务是分析《魔山》中的疗养院空间的空间特征、生活方式和价值观念，看看托马斯·曼如何让这个"狭小又封闭的世界"成为疗养院空间的"天鹅绝唱"，成为20世纪思想的"全部线索的出发点"。

一、达沃斯疗养院：疾病与死亡的空间

在1945年链霉素引入肺结核的治疗之前，医生给肺结核病人的治疗建议多为"气候疗法"，即建议他们去到有益健康的地方旅行。最为推荐的是让患者旅居山间，因为在山区，他们可以深呼吸，使呼吸更彻底，高山上充足的阳光照射，亦可以加快血液循环，而且攀登高山还可以使病人食欲大增，补充营养，提高身体机能。另外，"灿烂的阳光和壮丽的山景能给人注入新的希望和勇气"②。因此，阿尔卑斯山以得天独厚的气候条件和地理环境成为肺结核患者疗养胜地，并随着铁路局和疗养院印刷的宣传册而声名远扬，大批的患者慕名而来。托马斯·曼《魔山》中的疗养院空间也是在这种治疗风尚上建构出来的，与现实生活中的肺病疗养院并没有多大差别。这是一座位于高山的圆屋顶的庞大建筑物，采用当时流行的露台式构造，在前面设有很多阳台，方便患者在户外休养。同时，疗养院还设有病房、餐厅、活动室、

---

① 卡尔维诺:《未来千年文学备忘录》，第81页。
② O. Amrein, "The Physiological Principles of the Higt AltitudeTreat-ment and Their Importance in Tuberculosis," in *Transactions of the British Congress on Tuberculosis for the Prevention of Consumption*, Vol. 3 (1901), London: William Clows and Sons, P. 72.

图书室、花园等不同功能分区的空间场所，以满足病患治疗、生活、娱乐等需求。不过，《魔山》中的达沃斯疗养院又与现实生活中的疗养院有本质上的区别。

通常人们去往疗养院是为了获得健康，然而《魔山》中的疗养院空间是一个死亡和疾病的世界。疗养院中没有一个健康的人，包括医生自己也是病人。在这里，死亡是一件稀松平常的事。汉斯一上山就被告知雪橇转运尸体的情景，入住的34号病房刚死了一个美国女人。疗养院随处可闻的福尔马林药水，人手一支的温度计，随身携带的"蓝衣亨利"（Der blaue Heinrich）①和X光射线照片等意象，为高山蒙上了一层死亡与疾病的阴霾。托马斯·曼还以各种神话、传说、童话和典故影射魔山为颓废堕落之乡，是疾病与死亡之山。比如，汉斯上山次日，当表兄将他介绍给塞塔姆布里尼时，这位好为人师的意大利人立即将他的上山之行称为奥德修斯的冥府之行，同时把疗养院的医生和助手比作弥诺斯和赖达曼托斯，他还说汉斯上升五千英尺是假，下降到地府是真。创建疗养院的初衷是为了救治肺结核病人，但是在《魔山》中只有源源不断前来入住的病患，没有被治愈下山的健康者。住在这里的病人在身体和精神上都成了死神的俘虏或死

---

① "蓝衣亨利"是托马斯·曼对"咳嗽病人专用袖珍玻璃瓶"的拟人化称呼。众所周知，德语文学中有一个经典人物"绿衣亨利"，它的德文是"Der grüne Heinrich"。托马斯·曼把袖珍痰盂拟人化为"蓝衣亨利"，在书中还多次提及病者在与"蓝衣亨利"说话，营造了一个怪诞的疾病空间。更多关于"蓝衣亨利"的分析，参见黄燎宇:《一部载入史册的疗养院小说——从〈魔山〉看历史书记官托马斯·曼》，《同济大学学报（社会科学版）》2018年第2期。

神的追随者。典型的,如那位阿尔宾先生,他青春年少,却毫无生命意志,随身带着子弹上膛的手枪和锋利的匕首,准备在感觉健康无望的时候,随时结束自己。为此,他还花心思研究出最省劲儿的方式。他彻底成了死神的俘虏,活着的唯一目的就是等死。再比如,那位卡尔斯特德小姐,小小年纪便满身听天由命的暮气。她自知死后没有人会将她运回家,便提前在村庄公墓里给自己找了一块安身之地。她神情超然地望着自己将来的归宿,忧郁地笑了,这块死后的栖息之所,比汉斯表兄弟的同情更有安慰力。还有,那位明希尔·皮佩尔科尔恩,家财万贯,一呼百应,却在发现自己丧失了感觉的能力后,设计自杀。

其他的一些人,因为知晓必有一死,反而闭口不谈死亡,转而追逐声色,放荡欲念,过着毫无意义的生活。他们游手好闲,大吃大喝,变换各种娱乐和享乐的活动,当然最重要的活动就是互送秋波,相互调情。"年轻人上山后最多不过半年(上山的几乎全是青春年少的小伙子),头脑里除了调情和量体温外,什么念头都没有。"[①] 病友之间,各种暧昧关系,错综复杂,毫不遮掩。汉斯上山后的第二天,隔壁夫妻做爱已过渡到兽性阶段的声音,就使得他扑着香粉的脸刷地红了起来。[②] 疗养院的医生定期举行主题为"爱情是一种致死的力量"的精神分析系列讲座,鼓励大家要释放情欲。受此鼓舞,疗养院中的病人们更加肆无忌惮,他们无视规矩和责任,一味耽溺于情欲的释放和享受。

由此,我们看到,达沃斯疗养院是个彻底的"病态空间",

---

① 托马斯·曼:《魔山》,第194页。
② 同上,第36页。

与治愈患者的初衷背道而驰。生活在这里的人们，从患者到医生，从身体到精神，都患有某种疾病，但奇怪的是，他们却不以为然，倒是很能自洽生活其间，并不想返回平原生活。究其原因，乃是因为高山上的疗养院自有一套独特的生活方式和价值观念。

二、虚无与幻灭：疗养生命的陨落

如前文所述，我们看到，居住在达沃斯疗养院的病人尽管生活在一个充斥着疾病和死亡的世界里，却能自得其乐。达沃斯疗养院也并未呈现出阴森恐怖的气氛，而是热闹喧嚣的样子。人文地理学家迈克·克朗（Mike Crang）说："特定的空间和地理位置始终与文化的维持密切相关，这些文化内容不仅仅涉及表面的象征意义，而且包括人们的生活方式。"[①]我们看到，魔山上大多数病人并不因久困疗养院而感到痛苦，因为在疗养院中有一套与平原社会相反的价值观念。首先，与平原空间中按照财富经济和社会地位来划分等级有别，魔山上的疗养院根据病人病症的严重程度来区别对待。越是严重的患者获得的关照和重视越多，病情越是轻微的病人越受歧视，而且藐视他们的不只是病重些的和病很重的人，还有那些跟自己的病同样"轻微"的人：后者甘愿服从山上的尺度，并明显地表示出自我藐视，以此维持他们视为更有价值的自尊。因而，为了获得更多的认可，山上的病人喜欢夸大病情，而不是努力寻求康复。有些病人在收到医生病情加重的通知后会大肆宣扬，仿佛获得的不是病重通知书而是勋章；而若病

[①] 迈克·克朗：《文化地理学》，杨淑华、宋慧敏译，南京：南京大学出版社，2005，第5—6页。

情好转，则会把消息掩藏起来。最典型的是塞塔姆布里尼，他的病情并不严重，却不愿下山投身启蒙事业，以患病为由在山上写作，还时常教育汉斯要回归生活，这极具反讽意味。

此外，与平原空间中追逐金钱、地位，履行社会职责和要求不同，魔山上的疗养院以疾病为生活的全部内容和目标。在这个疗养性的空间中，人们通过疾病及其生活方式，让自己逃避社会责任和要求。也就是说，疗养院生活的全部就是疾病和疗养，为病人提供了逃避社会职责的空间。因此，一些健康或身体微恙的人也愿意留在这里。他们贪图享受安逸，逃避社会职责，常年盘桓在疗养院，即使身体已无大碍也不愿下山，甚至还有一些人为了能留住山上拼命作践身体，让病情加重。比如书中那位埃及公主，本已治愈，但为了能继续住在山上，在数九寒冬跳进游泳池，一番折腾后终于如愿以偿留在了疗养院。山上的病人精神颓废，道德堕落，即便身体治愈，等待他们的也不是新生，而仍然是虚无和幻灭。在魔山上的他们，不过是一具具行尸走肉。托马斯·曼对这种生活方式曾概括道：

> 高山的疗养院是个封闭的疾病世界，却又有一股让人着迷的魔力。在读我的小说时，这种感觉会更明显。这股魔力会取代原本的生活方式，它会让年轻人在很短的时间内就遗忘了真实且积极的生活。高山的生活是一种穷奢极欲的生活，这里一切都是奢侈的，时间也是奢侈的。肺病的疗养非常漫长，通常需要数月乃至数年的时间。但是一旦进入到这个环境中，只消半年，年轻人的头脑中就只剩舌头下测量的体温

和彼此打情骂俏。再过半年，除了这两件事，他再不会有其他念头。最终，这个年轻人就沦为对平原毫无用处的人。①

病人们在疗养院异于寻常的价值观念的影响下，生活里只剩下疾病和享乐两项内容。前者让他们陷入幻灭的命运，等待他们的只有死亡，后者让他们醉生梦死，遁入虚无，二者都让他们远离了责任和义务、理想与志趣。空间在这里具有了时间的威力，让人遗忘，让人改变性情，而且空间带来的遗忘比时间还强烈。②生活于此的人们，每天重复着同样的卧疗、娱乐、饮食、散步，聊着同样的话题，并因此对时间消逝的感受和体验陷入一种茫然不知所谓的状态："每天都是相同而重复出现的；由于始终相同，因而说'重复'这个字眼是根本不够确切的，这里我们应当选用'千篇一律'、'固定不变的现在'和'永恒'这些词儿。"③本来以重获健康为目的的病患久居于此，最终却化为幻灭与虚无的等待和滞留，这也让达沃斯疗养院的空间功能产生变异，不再只是单纯的疗养空间，而成为现代人随波逐流、自我放逐的场所，展演现代人陷入幻灭与虚无的命运。由此，达沃斯的疗养院空间也就超越了实在的疗养空间，而成为承载现代精神和危机的抽象空间。

---

① Thomas Mann, "Einführung in den Zauberberg, Für Studenten der Universität Princeton," in: Thomas Mann, *Gesammelte Werke in dreizehn Bänden*, Bd. 11: *Reden und Aufsätze* 3, S. 605.
② 详见托马斯·曼:《魔山》，第 2 页。
③ 同上，第 179 页。

三、精神的象征：超验的疗养院空间

如果说托马斯·曼对疗养院那种穷奢极欲、醉生梦死的生活方式是以具体实在的人物和活动来加以展示，这时的疗养院空间依然是具象的，那么让卡尔维诺感叹为20世纪思想"全部线索的出发点"的疗养院更多的是以疗养院中人物的思想交锋、文化交流来体现，尤其是两个主要人物塞塔姆布里尼和纳夫塔的大辩论。托马斯·曼在《魔山》中所建构的疗养院空间突破了一般意义上具象的疗养院，也超越了他早期作品《特里斯坦》中的肺病疗养院。他建构了一个精神性的、文化的、抽象的疗养院空间。托马斯·曼从以下几个层面来实现这种建构。

其一，《魔山》中的疗养院汇聚了从世界各地来的病人，这些来自不同性别、年龄、职业、阶层、国家、民族和文化的人集聚在疗养院这个狭小而封闭的空间中，他们随身携带的各种精神和文化在这里相互交织，互相激荡，使得魔山中的疗养院成为一个涵纳了复杂而多元的精神文化的炼金炉。托马斯·曼本人就曾强调："小说的外部空间无比狭小，因为这是一个汇聚了各国人士的瑞士山谷，其内在空间却是无比开阔：它囊括了第二次世界大战之前十四年间整个西方世界的政治、道德的辩证法。"[①]

其二，托马斯·曼在疗养院的空间中设计了两位分别代表西方和东方文化的人物，让他们展开持久而激烈的思想交锋。塞塔姆布里尼与纳夫塔的论辩蔚为大观，辩论的内容涵盖了对生命与死亡、自由与文明、精神与自然、政治与战争、东方与西方、时

[①] 托马斯·曼:《我的时代》，见《托马斯·曼散文》，第334页。

间与空间等问题。这场规模宏大、内容广博的大辩论，一方面让疗养院成为名副其实的精神思想的交锋之所，使得疗养院空间的精神性、思想性和抽象性更加凸显；另一方面，长达两百多页的辩论也让小说的时间呈现出空间化的模式，"这些无休止的讨论逐渐让人丢掉主人公时间经验这根线"①，在这里故事情节停止了在时间中的延展，而扩展了空间内的体量。疗养院空间只留下辩论的现在、停滞的现在，呈现出一种无时间感的状态，消解了时间。再者，托马斯·曼将汉斯安排为塞塔姆布里尼和纳夫塔辩论的中间人物，是他们争夺的对象，他们都急于把自己的思想和观念灌输给汉斯，教育汉斯。换言之，汉斯的成长经历是在二者的思想辩论之中，是在精神的熏陶和洗礼中获得。疗养院的精神空间成为汉斯获得成长的重要维度。

其三，托马斯·曼以疗养院具体独特的某个空间凸显疗养院这种抽象性精神的特征。比如，疗养院中的阳台。阳台原本只是居住空间的一部分，但对汉斯而言，这里却是精神的修炼场，因为阳台既连接了室内与室外的大自然，也连接了他的内心世界与外部世界。疗养院中的阳台正如柏拉图的岩洞一样，汉斯在阳台卧疗、阅读、审视大自然、冥想和反思疾病、死亡、爱欲等形而上的问题，他在阳台上"发现月光在黑夜中投射出的影子，就像模仿的事物，存在于魔山自身的表达之中——所有这一切都应该内化为主人公的思想感情"，"由休息的身体通过无声的能量和有声的阅读"重构了康德意义上的"头顶的星空"。② 由此，停滞的

---

① 保尔·利科：《虚构叙事中时间的塑形：时间与叙事》第2卷，第220页。
② 詹姆逊：《论现代主义文学》，第91—92页。

疗养生活因阳台的冥想而转向一种沉入、向内的生活，让汉斯虚无的等待和滞留获得意义。疗养院空间也因此超越现实的疗养功能，既是某种精神的象征，又是其修炼的场所，成为一个涵盖多重蕴意的空间意象。

由是观之，托马斯·曼笔下的疗养院空间首先是一个充斥着疾病与死亡的空间，作者对各种光怪陆离的疾病和死亡现象的呈现，以及人们面对疾病和死亡的态度和反应，让魔山成为一座颓废堕落之山，一座死亡之山。托马斯·曼以准确而精细的刻画，描述了疗养院那种穷奢极欲和醉生梦死的生活。同时，托马斯·曼对其间怪诞的生活方式和价值观念的表现，又让疗养院成为一个自我放逐的空间。疗养院独特的生活方式和价值观念，既让人们精神麻痹，又充盈了人们更高尚的情感体验；既让他们满足于感官享受，又让他们释放情欲；既让他们过着压抑困苦的生活，又让他们的精神得以升华。从这个意义上说，《魔山》中的疗养院空间谱写了疗养院生活的"天鹅赞歌"。此外，在《魔山》中的疗养院空间里，托马斯·曼还展演了一场现代思想大碰撞，以寓意深刻的人物设计和布局，塑造出各种精神和文化的人格化身，艺术地刻画了各种精神和文化交锋对垒的思想混战。由此，《魔山》中的疗养院空间也超越了实在的空间形式，而升华为一种精神和文化的空间。

第三节 停滞的时间与密闭的教化：疗养院空间的文化救赎

如前所述，托马斯·曼所建构的疗养院空间，以独特的生活方式和价值观念，以及异类的特征，而有别于一般的疗养院，成为一个承载精神和文化的"异质空间"。那么，现在我们要追问的是，他为何要建构这样一个独特的空间，其中蕴含着怎样的文化诉求？

一、时间与空间的双重转化

1926年6月，托马斯·曼在为家乡所做的演讲《作为精神生活方式的吕贝克》中表示，《魔山》"讲述了一个狭小空间里的漫长故事"[①]。托马斯·曼的这句自白至少有这么两重意思。

首先，"狭小空间"肯定指疗养院空间的狭小和封闭，但仅从物质层面来理解疗养院空间的"狭小"显然容易忽略《魔山》更深层次的内涵。如果从小说中故事发生的整体历史时空（1907—1914），乃至托马斯·曼写作《魔山》的历史时空（1912—1924）来看，第一次世界大战把魔山上的疗养院空间从历史和未来中隔断出来，成了一段孤立的存在，和历史的长河相

[①] 托马斯·曼：《作为精神生活方式的吕贝克》，见《托马斯·曼散文》，第85页。

比，这段时间自然渺小，因此托马斯·曼强调故事发生的地点是在"狭小的空间里"。同时，这段被隔断的疗养院时间因与历史和未来脱离而丧失了历史的纵深感，这段时间变成了一种"停顿的现在"（nunc stans）①，进而消解了时间，时间成了一种空间化的存在。这个只承载了"现在"的空间，即"狭小空间"。

其次，托马斯·曼又说这个"狭小空间"中发生的是一个"漫长故事"。这里所说的"漫长"不仅指故事的体量上的长篇巨制，他为这篇故事埋头构思就花费了七年②，还指故事所探讨问题涵盖的时间并非只是当下的，而是永恒的。《魔山》的前言里，托马斯·曼称这个故事"时间上比讲故事的年代早得多，它的年份不能用日子计算，它所贯穿的时间究竟有多长，也无法用太阳的出没来衡量。一句话，故事离现在究竟有多远，同时间确实没有什么关系"③。因此，这里所说的"狭小空间"包含了巨大的张力。魔山上的疗养院虽然狭小又封闭，但包含的内容却博大而庞杂。在这里漫长的时间凝滞在狭小的空间上，使得疗养院这个空间变得厚重而有历史感，空间被时间化、历史化了。

更重要的是，还是在《魔山》的前言中，托马斯·曼强调，小说讲述的这个故事"它曾发生或已经发生在很久之前，发生在那些遥远的日子里，也就是在世界大战以前的社会里；在这次大

---

① Thomas Mann, "Einführung in den Zauberberg, Für Studenten der Universität Princeton," in: Thomas Mann, *Gesammelte Werke in dreizehn Bänden*, Bd. 11: *Reden und Aufsätze* 3, S. 612.
② 托马斯·曼：《魔山》，"前言"，第 2 页。
③ 同上，第 1 页。

战爆发时，有许多事正好从头开始，但一旦开始就几乎不会终止"①。什么意思？在托马斯·曼最初的设计里没有"前言"，我们现在所看到的前言是在1919年4月，托马斯·曼重新打开因战争搁置了四年半的《魔山》手稿后新加上的。②换言之，战争让托马斯·曼重新设计小说主旨，将原本只是对《死于威尼斯》的滑稽模仿处理成战争的前传，以此反思战争。③而前言里所强调的"在很久之前""在那些遥远的日子里""有许多事正好从头开始"，实际上是在说，对战争的反思要回溯到历史中，要回到文化中去反思现在，要从过去的文明和文化中去寻找战争的根源，这才是这个"漫长"的深层含义。

由是观之，托马斯·曼在建构疗养院空间的时候运用了时间和空间的双重转化，第一重是"时间的空间化"，截断时间的过去和未来，只停留在现在的空间里，把时间变成一种空间性的时间；而第二重转化则是"空间的时间化"，在魔山这个被孤立出来的空间里叠加一种回溯性的时间景深，并试图从中寻找意义。事实上，在托马斯·曼这里时间和空间没有彼此剥离和割裂，被空间化的时间凸显了"现时"的空洞、混乱和病态，而只有经历史化和时间化了的空间才产生意义。因此，魔山中的疗养院不仅是一种空间性的存在，还是一种时间性的存在。托马斯·曼如此曲折婉转地一会儿将时间空间化，一会儿又把空间时间化，他为什么要做

---

① 托马斯·曼：《魔山》，"前言"，第1—2页。
② Hermann Kurzke, *Thomas Mann: Das Leben als Kunstwerk*, S. 89.
③ Hans Rudolf Vaget, "The Making of The Magic Mountain," in Hans Rudolf Vaget (ed.), *Thomas Mann's The Magic Mountain: A Casebook*, P. 18.

如此复杂的处理呢？事实上，托马斯·曼不厌其烦地穿梭于时间和空间中，正是为了建构一种新型的复杂而多元的空间美学。

二、从文明批判到文化批判

实际上，托马斯·曼对疗养院空间的独特设置具有明确的现实意图，即借魔山疗养院的空间形态对资本主义文明进行批判。首先，疗养院空间弥漫着疾病和死亡的气息，它成为人们自我放逐的逃避之所并非无的放矢。托马斯·曼对疗养院的空间设置，对疾病和治疗的记录，对死亡的描写，并不只是一种报告文学式的文学表达，而是在刻画和再现整个时代的精神状态。高山疗养院四周灰色的湖水、光秃秃的岩石、皑皑的白雪，这些毫无生气的自然意象皆指向凝固（Verhärtung）和死亡，加重了死亡的气息。疗养院如同一个孤岛，让罹患疾病的人们与世隔绝，显得更加孤独无助，由此产生一种沉重压抑的忧郁之感。而且，疗养院封闭的空间还进一步加强了病人们跌落和堕落（Sturz）的体验，让他们丧失行动的欲望，得过且过。他们因身体的疾病、死亡的威胁，一味贪求感官享受，漠视精神和灵魂的需求，如同行尸走肉，在高山上麻木等死。这背后展露出来的是现代社会人们无所事事的空虚之感。因此托马斯·曼坦言，《魔山》是一部时代小说，"记录了 20 世纪初前 30 年欧洲的心理状态（Seelenverfassung）和精神领域的问题（geistige Problematik）"[①]。

---

① Thomas Mann, "Einführung in den Zauberberg, Für Studenten der Universität Princeton," in: Thomas Mann, *Gesammelte Werke in dreizehn Bänden*, Bd. 11: *Reden und Aufsätze* 3, S. 602.

托马斯·曼"尝试勾勒出欧洲"一战"前时代内部的景象"①。换言之，魔山的疗养院空间所呈现出来的病态的、怪诞的、死亡的、麻木的、堕落的空间特征是对现实社会中个体压抑的心理状态和虚空的精神境况的表达。在这层意义上，《魔山》中的疗养院空间体现了福柯所说的异质空间是现实的一面镜子，它创造出另一个真实空间是为了"显现我们的空间是污秽的、病态的和混乱的"②。世纪末百无聊赖、悲观厌世的病态情绪也在魔山上弥漫开来，简化和突出表现为病人们在死亡负荷下乖张怪诞的表现。作为福柯意义上的异质空间，《魔山》中的疗养院空间以对疗养院生活准确而精细的再现揭示出当时欧洲现实社会的时代危机和精神困境。

其次，托马斯·曼刻画疗养院这样一个忧郁与死亡的凝固时空，除了再现世纪末人们的精神状态，更重要的是"从这个缩影世界中形象地诊断现实的'病原菌'"③，通过这种方式对生命意义进行反思。在世纪之交的语境中，这是"欧洲式的对生的呼唤"④。小说对疾病和死亡的关注其实是在表达对生命、对健康的关注。一方面，疾病会让人对身体的存在更敏感，汉斯就是在做

---

① Thomas Mann, "Einführung in den Zauberberg, Für Studenten der Universität Princeton," in: Thomas Mann, *Gesammelte Werke in dreizehn Bänden*, Bd. 11: *Reden und Aufsätze* 3, S. 611.
② 米歇尔·福柯：《不同空间的正文与上下文》，见包亚明主编：《后现代性与地理学的政治》，第 27 页。
③ 勃兰特：《文学与疾病——比较文学研究的几个方面》，见叶舒宪主编：《文学与治疗（增订本）》，西安：陕西师范大学出版总社，2018，第 287 页。
④ 见 1925 年 1 月 9 日托马斯·曼致施尼茨勒的信，转引自 Thomas Mann, *Selbstkommentare: Der Zauberberg*, S. 53.

完胸透射线检查后,开始对身体感兴趣,并阅读和学习了大量关于生理学、病理学的知识。另一方面,疾病和死亡赋予人们自由,让其暂时逃离正常的秩序。在魔山上,托马斯·曼就向我们展示了因疾病而产生混乱、无序的绝对自由状态。正是在这种失序的环境中,汉斯通过死来认识生,完成自我认识和自我生成。孔子云"未知生,焉知死",汉斯恰好相反,他是"未知死,焉知生"。所以他不顾人文主义者塞塔姆布里尼的劝告,主动选择"疾病的原则";他反叛疗养院的规则,为病重的病友送去鲜花和安慰,并因此感到"自己的生命幸福地充实起来了"①,以维护疾病和死亡的尊严来维护健康和生命的尊严。

再者,主人公汉斯通过在疗养院空间的死亡和疾病来认识生命的精神历练,其实是托马斯·曼本人内在的历练和反思,是其人道主义精神的宣扬。在与《魔山》同时期写作的《论德意志共和国》(1922)中,托马斯·曼曾集中表达了他"同情死亡"(Sympathie mit dem Tode)的观念。在他看来,"对死亡和疾病、对一切病态和毁灭的兴趣,只是对生、对人的兴趣的另一种表达","谁对有机体和生感兴趣,谁就会对死特别感兴趣"。②小说中,汉斯几乎重复了同样的话:"人若对生感兴趣,就会特别对死感兴趣。"③死亡只是生命的形态之一,要全面认识生命,必然也

---

① 托马斯·曼:《魔山》,第309页。

② Thomas Mann, "Von deutsche Republik," in: Thomas Mann, *Gesammelte Werke in dreizehn Bänden*, Bd. 2: *Konigliche Hoheit, Lotte in Weimar*, Frankfurt am Main: S. Fischer, 1974, S. 557-558.

③ 托马斯·曼:《魔山》,第404页。

要认识死亡。汉斯的自我认识和自我生成即是"通过对疾病和死亡的体验,认识到人的理念和政治的理念"①。

总之,托马斯·曼对疗养院空间的建构,一方面是对 20 世纪初欧洲人生存危机和精神困境的再现,魔山上各种怪诞的空间经验成为现实生活中虚无、堕落、意义空虚的时代表征;另一方面,托马斯·曼借魔山上的空间经验反思和批判战争,试图通过"空间化的时间"与"时间化的空间",打破正常客观的时空秩序,在失序的时空张力中凸显个体与社会的内在危机和矛盾,并对此大加批判。事实上,魔山上的时间和空间相互依赖,互相补充,个体的时间意识与空间体验相互交织,共同成为界定现代人生存处境和精神状况的重要维度。而其中突出的空间元素,让个体的感性知觉和情感认知更加具体可感。另外,托马斯·曼将魔山上的疗养院刻画为人们自我放逐的避难所,所揭示的是现代人在一个意义丧失的世界中四处飘荡的无家可归的状态。这种无家可归的状态不仅表现在身体或生活上,更严峻的是在人们的精神领域。尽管魔山上的疗养院空间充斥着浓厚的精神性和文化性,但这些精神和思想的交织和激荡并没有将人们从困顿的生活中解救出来,最后是战争打破了魔山封闭的空间,这些病人终于下山。但是战争真的可以带来拯救吗?小说的结局,汉斯从高山

---

① 1922 年 9 月 4 日,托马斯·曼致信阿·施尼茨勒,信中谈及,"自己陷入了对人道思想的钟爱",他正创作的是一部"关于成长的故事,一部迈斯特式的小说",故事讲述了一位年轻人在"一战"前"通过对疾病和死亡的体验,认识到人的理念和政治的理念"。Thomas Mann, *Briefe II 1914-1923*, S. 156.

返回平原的战场,他站在一个十字路口,茫然无措,突然一个炮火打来,他消失在我们的视线中,生死未卜。这是否说明托马斯·曼在达沃斯疗养院这个空间中只是呈现了世纪初人们的精神困境和生存危机,却束手无策呢?如果我们再返回考察汉斯在这方"狭小空间里的漫长故事",或许能看到托马斯·曼对此危机的探索和突围。

三、密闭的教化

托马斯·曼在《关于我自己》中曾说,《魔山》的故事讲述了"一条从个人的痛苦世界通往一个拥有新的社会和人性道德的世界的道路"[①],探索这条道路的汉斯可纳入世界文学的"探寻者传奇"传统中,代表这一文学传统的还有高汶、格拉海德、帕西法尔和浮士德。这些探求者、追寻者和探索者,"他们穿越天堂和地狱,不怕天不怕地,与玄秘、疾病、邪恶和死亡为伍,与神秘的力量——在《魔山》中被称为'可疑'的世界缔约"。在托马斯·曼看来,"汉斯·卡斯托尔普也是寻找圣杯的人"[②]。从这个意义上说,汉斯在达沃斯疗养院这个充斥着疾病与死亡的空间滞留,其实是卢卡奇意义上现代小说主人公的寻找过程,但因所处的空间是个晦暗不明的疾病世界,生存的完整性意义无法轻易获取,需要穿越迷雾,才能偶然瞥见这意义的光晕。所以,汉斯在达沃斯疗养院的经历是一种"炼金——密封式的教育

---

① 托马斯·曼:《关于我自己》,见《托马斯·曼散文》,第249页。
② 同上,第255—256页。

（hermetische Pädagogik）和化体（Transsuustatiation）"①。

这种"密封式的教育"关涉两点。其一，"密封式的教育"与死亡直接相关。在小说中，托马斯·曼借助共济会的入会秘仪来阐释。按共济会的要求，新会员需拥有"强烈的求知欲和大无畏精神"，入会时将被带至墓穴里进行试炼，而且必须在墓穴里逗留一段时间，再由老会员领出。除此之外，新人还得对棺材顶礼膜拜。在这个仪式中，墓穴成为主要象征，其目的在于，让入会的新人，在通往神秘和净化的道路上，能够克服对死亡的恐惧，能够穿越尸体腐烂的王国，最终通向"终极目的"。②这种"炼金术"（Hermetik）的教育学，与汉斯在达沃斯疗养院的经历可谓如出一辙。汉斯从平原来到高山疗养院，进入这个充满疾病与死亡的半封闭空间，见识各种死亡，并且表现出"对死人的事显得颇有经验，十分内行，但态度十分严肃虔敬"③。汉斯的滞留一如入会仪式中的墓穴逗留，而疗养院中的各色病患即老会员，带领他经历死亡经验的历练，进而让他的生命更加充实而有意义。汉斯这种通过死亡而挖掘生命意义的"密封式教育"，或者说"炼金术"教育，其本质是一种提纯，将物质精炼，从而达到更高的境界。而通过这种"自我征服"，灵魂得以飞升。

此外，"密封式的教育"还关涉主人公停滞的时间感。在"英勇的战士"这一节中，汉斯听闻纳夫塔介绍共济会的入会秘仪后，从"炼金术"（Hermetik）联想到"密封的"（Hermetisch）罐头：

---

① 详参托马斯·曼：《魔山》，第516、606、662—663页。
② 同上，第517页。
③ 同上，第288页。

> 这些玻璃罐都是封得严严实实的，里面放些果品、肉类和别的什物。这些罐子日日夜夜放在那里，一旦有需要时打开一只，里面的食物依旧十分新鲜，岁月丝毫没有使它变质，人们可以像新鲜的食物那样加以享用。这肯定不是什么炼金术和提纯，而仅仅是一种保藏，"罐头食物"一词即由此而来。但是不可思议的事实是：它不受时间的影响，它所起的密封作用不受时间的干涉，时间从它身边流过，这里谈不上什么时间，它们超然于时间之外而兀立在架子上。①

密封的罐头不受时间影响，长久保持原初的新鲜品质，此处的时间似乎是静止的，停留在某个时刻。而汉斯在达沃斯疗养院的滞留中，也频频感受到时间的停滞，高山上的时间仿佛从平原的世界剥离出来，成为一个独特的"停顿"。但不同的是，逗留疗养院的汉斯，内在悄然发生着变化，尽管表面看来他与其他病人并无二致。发生这种变化，源于作者赋予他强烈的求知欲和无畏的精神，赋予他寻找圣杯的使命，"让他在与死亡擦肩而过的梦境中预感到圣杯的存在，这圣杯就是关于人类的理念，就是建立未来的、从对疾病和死亡的深刻认知之中获得人性理想"②。

汉斯的际遇也是作者给时代开出的一剂方药。在托马斯·曼看来，当时的德国乃至欧洲处于僵滞状态，急需大刀阔斧的改革和转变，因此，当第一次世界大战的战火蔓延开来时，他竟认为这是让德意志重焕生机的机会。从现在看来，这种支持军国主义

---

① 托马斯·曼：《魔山》，第516—517页。
② 托马斯·曼：《关于我自己》，见《托马斯·曼散文》，第256页。

的观念必须批判。而后，随着战争的扩大和深入，托马斯·曼也意识到从前的观念是错误的，战争并不能带来新的生机，而是将欧洲拖入灾难的深渊，必然要反对。因此，在写作《魔山》的后期，托马斯·曼发表《论德意志共和国》这篇重要演讲，旗帜鲜明地宣称支持民主和共和国。托马斯·曼前后的变化巨大，但始终不变的是他对于德意志文化未来的探索，而汉斯在魔山的历练正是其探索方式之一种。

第五章 《魔山》中的神话空间

神话模式的运用在《魔山》中非常普遍。首先,《魔山》的整个故事情节就改写了 13 世纪游吟歌手汤豪泽(Tannhäuser)被维纳斯困在赫泽尔山上的洞穴七年之久的传说[①],而且,魔山上几乎每个人物、地点,甚至很多自然风物,都带有一个神话的命名方式。比如,把顾问大夫贝伦斯和医生助理称作弥诺斯(Minos)和拉达曼提斯(Radamanth)[②];汉斯和约阿希姆去看望病重的病友时,被称为狄俄斯库里(Dioscuri)[③];塞塔姆布里尼与撒旦和梅菲斯特紧密相关;汉斯购买的温度计与水星(Mercury)[④]有关。疗养院有时候看起来就像是奥林匹斯山上的众神之殿:整个餐

---

① 汤豪泽(Tannhäuser,1205—1270),是中古高地德语时期的抒情诗人。后来他成为民间传说的对象:他被维纳斯吸引到魔山里,后通过罗马神圣,寻求自己灵魂的拯救。上帝确保了对其灵魂的拯救,但他因教皇措辞严厉而绝望,又回到魔山。
② 拉达曼提斯,希腊神话中宙斯之子,克里特岛国王。他与弥诺斯为兄弟,死后与其一起为阴间判官。
③ 古希腊神话中宙斯之子,孪生神灵。
④ 古罗马神话中飞速奔跑的信使神。

厅……爆发出荷马式的笑声。此外，托马斯·曼在写作《魔山》伊始就曾在给友人的信中表示，小说的故事情境设置在"魔山"（Der verzauberte Berg），这个地方是一个具有多重的神话象征意味的地方。① 而且，托马斯·曼还将《魔山》纳入西方文学神话传统中，把汉斯视为高汶、格拉海德、帕西法尔这一类的探寻者的后裔。② 托马斯·曼通过对传统文学加工和利用，塑造了一个充满爱欲与死亡的非理性、超越的神话空间。弗兰克（Manfred Frank）在《浪漫派的将来之神——新神话学讲稿》一书中指出，现代精神并非只有"理性精神"，"神话精神"也是现代精神的标志。③ 托马斯·曼在《魔山》中改造和化用传统神话，营造出一个具有鲜明现代性特征的新神话空间，并以此反思现代文明。

第一节 爱欲与死亡的空间：汉斯的"冥府之行"

1912年初夏，托马斯·曼前往瑞士达沃斯的肺病疗养院探望妻子，因不适应高山气候，上山不久他便感冒发烧，在那里住了三周左右。住院期间，托马斯·曼精心观察疗养院的生活及各色人等，为随后创作的《魔山》积累了素材。他从第一次世界大战爆发前的1913年开始写作《魔山》，直至1924年才终告完成。历时十余年写成的《魔山》从最初的中篇扩展成一个长篇，主题

---

① Hans Wysling (Hrsg.), *Dichter über ihre Dichtungen: Thomas Mann*, S. 452.
② 托马斯·曼：《关于我自己》，见《托马斯·曼散文》，第255页。
③ 弗兰克：《浪漫派的将来之神——新神话学讲稿》，李双志译，上海：华东师范大学出版社，2011，第1页。

也从幽默、讽刺的"羊人剧"深化为一部反映"一战"前夕欧洲社会生活的百科全书。①

然而,《魔山》的故事和情节相较于其篇幅和内容上的庞然大物而言,显得简而又简:一位名叫汉斯·卡斯托尔普的青年从德国汉堡前往瑞士达沃斯探望疗养的表兄,原定的三周探望却因种种原因变成了滞留七年。直到"一战"爆发,他才从"魔山"回到"平原"。尽管从情节上看,小说只讲述了汉斯上山和下山,然而在他滞留"魔山"期间,曾见识各色各样的人物,也经受了生活的酸甜苦辣,更体味了人生的风风雨雨,主人公这些精神和思想上的经历和反思才是《魔山》的重头戏。因此,对《魔山》的解读就当紧随汉斯左右,从他在山上的经历来理解。更为重要的是,作者对汉斯魔山之旅的描述,处处影射了奥德修斯的冥府之行。比如,汉斯一上山就先看到雪橇转运尸体的情景,入住的34号病房弥漫着给刚死去的美国女人所洒的消毒水的气味,死亡在这里稀松平常。汉斯上山次日,当表兄将他介绍给塞塔姆布里尼时,这位好为人师的意大利人立即将他的上山之行称为奥德修斯的冥府之行②,同时把疗养院的医生和助手比作弥诺斯和拉达曼提斯,他还说汉斯上升五千英尺是假,下降到地府是真。之后他在奉劝汉斯下山时,又一次直言疗养院是魔女基尔克的岛屿,并警告汉斯说:"您可没有奥德修斯的那份功力,能安安稳稳地住在这里不受惩罚。"③塞氏几次三番将汉斯比作奥德修斯,暗示高山乃地府或诱惑之地,换言之,作者

---

① 托马斯·曼:《魔山》,"译本序",第1页。
② 托马斯·曼:《魔山》,第53页。
③ 同上,第243页。

是在借他之口告诉我们汉斯的高高上山之行实际上却是一个深深下落之行，他其实是个"掉在深渊里的人"。①汉斯成了现代的奥德修斯，他在高山上各种各样的经历所呈现的其实是奥德修斯漂泊与回归途中所经历的戏剧事件。不过，托马斯·曼的这些描写并未造成疗养院阴郁沉重的氛围，相反倒是呈现出轻喜剧般的滑稽和幽默。我们不禁要问，作者为何这么写？对魔山的这些描述只是一时兴起？冥府之行的比喻只是随口一说？通读全书后，我们发现，托马斯·曼的这些安排实为用心良苦，刻意为之。早有学者指出《魔山》一书改写了《奥德赛》卷九和卷十的"基尔克诱惑"（Cricean Seduction）主题。②既然这并非偶然之举，那么汉斯的上山之旅又与奥德修斯冥府之行有何关联？为了解开这些疑问，我们不妨对奥德修斯的冥府之行先做一番解析，搞清楚奥德修斯下冥府的动机、经历和结果，以此来观照汉斯的魔山之旅。

一、奥德修斯的冥府之行

奥德修斯在海上漂泊了十年，终于踏上重返家园的归途。临行前，女神基尔克指引奥德修斯去往冥府询问先知特瑞希阿斯自己该如何返乡，会有怎样的际遇。奥德修斯的冥府之行这一段叙述出现在《荷马史诗》第十一卷，位于史诗的核心位置。被海神

---

① 托马斯·曼:《魔山》，第53页。

② John S. Martin, "Circean Seduction in Three Works by Thomas Mann," in *MLN*, Vol. 78, No. 4, German Issue (Oct., 1963), P. 346-352. 文中，作者认为托马斯·曼的《死于威尼斯》《魔山》和《马里奥与魔术师》三部作品都改写了《奥德赛》第九卷和第十卷中的"基尔克的诱惑"这一母题，托马斯·曼借此表达了"逃离现实正常生活才能得到快乐"的观点

波塞冬阻挡归家的奥德修斯，在雅典娜的帮助和安排下，漂流到富庶的费埃克斯国，并觐见了国王和王后。奥德修斯迫切地想得到善于航海的费埃克斯人的帮助，希望他们能护送自己返回伊塔卡。因此，他此行最主要的目的是获得费埃克斯国王和王后的支持。于是，奥德修斯进宫之后，使用计谋，有意将盲歌手的吟唱引向颂扬特洛伊的英雄，成功引起国王的注意，对他厚礼相待。

从史诗的第九卷起，奥德修斯开始讲述自己的故事。他从特洛伊战争结束后讲起，分别叙说了自己和同伴经历的九次历险。对比"冥府之行"在荷马和奥德修斯讲述中的位置，我们发现，在奥德修斯自述的历险中，处于正中位置的是基尔克的魔法，随后才是冥府之行，而荷马则将其置于正中。也就是说，奥德修斯对自我的认知与荷马的安排和意图不一样。荷马认为，奥德修斯完成自我认知最重要的一环是冥府之行，奥德修斯在冥府之行中获得的教谕无疑是整部《奥德赛》的最核心内容。而奥德修斯自己则认为没有基尔克的指引，他根本无法前往冥府询问先知特瑞希阿斯，更遑论知晓自己的返乡之路和最终归宿，因此基尔克在所有历险中最为关键。荷马和奥德修斯两位不同的看法表明，一方面，直至此时，奥德修斯尚未完成自我的建构；另一方面，他必须完成所有的历险之后才能完全认识到冥府之行的教谕意义。那么，如此重要的冥府之行，奥德修斯见识了什么，从中获得哪些教谕？

奥德修斯说他在冥府中先后遇见了许多魂灵，这些魂灵可分为三组：第一组包括同伴埃尔佩诺尔、特瑞希阿斯、母亲；第二组是一群女英雄；第三组是特洛伊英雄们以及以前的男性英雄们。我们注意到，在这整个讲述过程中，荷马一直隐于奥德修斯背后，并未发表言论，使得此次神秘的冥府之行完全属于奥德修斯自己，是他本人的独特经历，如此安排更显冥府之行的真实和可信。

在这些魂灵中，第一组都是与奥德修斯自身命运休戚相关的人物。其中最重要的是特瑞希阿斯，因为他能预知奥德修斯的未来，是奥返乡归途中际遇的知情者。不过，奥德修斯第一个遇见的并不是他，而是同伴埃尔佩诺尔。这个天资一般的年轻人在艾艾埃岛失足丧命，因没有举行葬礼而漂泊冥府。所以，他一见到奥德修斯就恳求他不要没有举行"哀悼和葬礼"就弃他不顾，而是要在海边为他修一座坟，并将他生前使用过的船桨插在坟头，还暗暗威胁说如果不照办的话，奥德修斯的返乡之旅必遭神谴。因此，奥德修斯从冥府返回的第一件事就是安葬埃尔佩诺尔。他在冥府习得的第一样东西是虔敬。伯纳德特在《弓弦与竖琴》中对奥德修斯的这段经历评论说，在为埃尔佩诺尔举行葬礼的过程中，奥德修斯习得了两种虔敬，既明白了人死之后要入土为安，又明白了如何传递神旨。此外，年轻的埃尔佩诺尔猝死也让奥德修斯看到人生的无常，克服了基尔克的诱惑，重新踏上归乡之路。

接着，奥德修斯在冥府遇见了母亲，此前他并不知道母亲因过度思念他而死。他曾两次遇到母亲，分别在特瑞希阿斯告知预言前后。前一次的母子相遇，极大考验了奥德修斯。因为在他下到冥府之前，基尔克曾告诫他：在见到先知特瑞希阿斯之前，他不可以让别的魂灵靠近牲血。所以，尽管他迫切地想与母亲相认，也只能忍痛拒绝母亲靠近。然而，奥德修斯以极大的忍耐和克制经受住了考验，因为他非常清楚自己冥府之行的目的。换言之，奥德修斯对自身的处境有着清醒的深刻认识，所以，直至完成询问特瑞希阿斯的任务之后他才与母亲相认。这时他曾三次试图拥抱母亲的魂影,但终究不得。荷马借奥德修斯母亲之口告诉我们,人一旦死去,灵魂与肉身分离开,会下到冥府变成一个虚影。此外,基尔克还曾警告说,除了特瑞希阿斯,其他人死后下到冥府的都将丧失他在此世的智慧和理智。这个警告击中了奥德修斯的要害,因为他天不怕地不怕,唯一惧怕的就是失去智慧。所以,在冥府中,奥德修斯一再试图去拥抱母亲,他的这一举动既是出于对母子相聚的渴望,是人之常情,也潜藏着他对基尔克的警告的不甘心与求证。但荷马却要让奥德修斯认识到,凡人一旦死去就会失去他在世间的所有智慧,变成无知的魂影。这个既定的命运无法更改,无论凡人在世时如何追求智慧,获得了怎样的智慧。人的存在是有限的。这对善于思考、欲求真理的奥德修斯来说,无疑是毁灭性的打击,同时,像他这样天生就爱追求真理的爱智者的生命之根基就崩塌了。但天性爱求知的奥德修斯宁可涉险也要一探究竟,尽管母亲苦苦相劝让他立即离开,而他也完成了询问先知的任务之后仍盘桓不去,守着牲血,向前来的魂灵一一询问。因为知晓自己命运后的奥德修斯最强烈最深沉的愿望不是返家,而是知识,他想在地府习得更多凡间没有的知识。

之后,奥德修斯又看到一群女英雄,听她们叙说自己丈夫、情人和孩子们的故事。接着奥德修斯遇见了阿伽门农。后者向奥德修斯控诉自己的遭遇并提醒他:"……你以后对女人不要过分温存,不要把知道的一切全部告诉女人,要只说一部分,隐瞒另外一部分。"[①] 听了阿伽门农的经历,奥德修斯采纳了这个建议,之

[①] 荷马:《奥德赛》,王焕生译,北京:人民文学出版社,2003,第211页。

后的行动都在暗中进行。在哭泣的阿伽门农之后，奥德修斯见到了阿喀琉斯。面对奥德修斯，这位昔日英勇无比的英雄哭诉说，自己根本不想要这冥府中的权力，"宁愿为他人耕种田地，被雇受役使"①。我们再次想起基尔克曾对冥府的描述："他们哭泣不止，却不会有任何帮助。"② 在以无所成就为特征的冥府中，阿伽门农哭泣，阿喀琉斯哀伤，其他人则悲痛不已。这之后奥德修斯看到了埃阿斯，他很想与之冰释前嫌，但余怒未消的埃阿斯始终一言不发，带着怒气返身走向黑暗。埃阿斯愤然离去的身影让人印象深刻，而他的离去也表明，死后进入冥府的凡人的灵魂品性、旧时的习性和在世时的心性都不会改变。在冥府中的人尽管丧失了智慧和思考的能力，但是他的性情还是一如生前。在埃阿斯之后，奥德修斯又看到提梯奥斯、坦塔洛斯和西绪福斯的灵魂。这些神子和王者在生前都触犯过神灵，因此在冥府中他们都陷入永久性的惩罚。后来，奥德修斯继续讲述他在冥府的经历。他说自己本可以看到古代英雄提修斯和佩里托奥斯。但是，突然有许多魂灵蜂拥而上，接踵而至，团团围住他。他害怕被永远留在冥府，惊恐万分中匆匆离开。到这里，奥德修斯终于完整地讲完了自己的冥府故事。

奥德修斯带着求问自己将来命运的动机下至冥府，从中不仅知晓了今后自己的命运如何，还克服恐惧，经受了巨大的考验和打击，更获得了凡人没有的知识，从而意识到人的限度和命运的无常，懂得了要敬畏生命和神明。通过冥府之行，奥德修斯对生

---

① 荷马:《奥德赛》，第 213 页。
② 同上，第 191 页。

命的价值有了更深刻的认识，完成了自我认知，而且也给他今后的命运指明方向，帮助他逢凶化吉，顺利抵达家乡，实现生命的使命。荷马将足智多谋、诡计多端之人的自我认知放置在冥府，放置在死亡之乡，是想通过奥德修斯教育世人要对生命虔敬，要珍惜此世。原因在于，对冥府而言，凡人所有的财富、权力、才智以及荣誉都轻如鸿毛，不足为奇，即使是非凡的英雄、神子或神的伴侣都得受冥府的掌控，逃不脱化为虚幻魂影的命运。而托马斯·曼则将汉斯的魔山之旅塑造为一个现代的"冥府之行"。我们知道，如果一个作者有目的有意识地将一个源文本作为一个新文本的一部分，新的文本会重新塑造源文本。那么在小说《魔山》中，托马斯·曼如何重新塑造了"冥府之行"，又有何用意？

二、汉斯的魔山之旅

汉斯从平原来到高山，在山上见识到各种各样的人、疾病和死亡，此外他还参加了人体研究、算命、招魂术、留声机音乐等各式各样的活动，他的这些经历看起来杂乱无章，让人无从下手。然而，正如奥德修斯在冥府遇见各个魂灵一样，汉斯在魔山也在观看和认识各种人的灵魂。另外，汉斯在山上的经历还承袭了史诗和成长小说的特征，主要是爱情和历险，但这两个经历又带有现代特征。此时爱情不再单纯是情感体验和情感教育，而是加入了更多身体、爱欲、形而上乃至意识形态的成分；历险也不再是游学或游历，更多的是对精神和思想的接受和反思。因此，我们选择汉斯的魔山之旅中对他影响较大的爱情和精神上的经历，截取三个典型的重塑奥德修斯冥府之行的场景，即拍 X 光片、瓦尔普吉斯之夜和招魂会进行辨析，考察汉斯上山的动机、经历和转变。

《魔山》共七章。一翻开小说，出生于上层工商市民之家的汉斯，这个涉世未深的年轻人，就已踏上从家乡汉堡前往达沃斯疗养院的路程。与目标明确的奥德修斯不同，汉斯上山的起因平淡无奇。此前，他刚完成学业，即将到造船厂做见习工程师，长期的备考让他身体疲惫，刚好在疗养院住了五个月的表哥要求他前去看望。因此汉斯就计划上山休假三周排遣一番，希望以山上的时间的"忘情河"、"魔汤"般的空气暂时逃离平原的"责任、志趣、烦恼、前途"或"家乡和秩序"，从疲劳中恢复过来。① 与奥德修斯探寻自己命运的动机相比，这实在朴实多了，而且从来养尊处优的汉斯并不想经历奇遇或危险。他是一个非常平庸的富二代，衣食无忧，缺乏投身世界的愿望和能力，"他生活中的所谓工作，只是和无忧无虑地享受一支马丽亚·曼契尼雪茄烟相距不远的一种观念罢了"②。用托马斯·曼本人的话说，他就是一个"中不溜儿"，没什么野心和抱负，单纯得像"一张一尘不染的白纸"③。然而，一上山，汉斯马上看到一个完全不一样的世界。在这个疗养院中住着来自世界各地的病人，不同性别、年龄、身份、职业、种族、家庭和文化背景的人汇聚于此。这些病人终日无所事事，只知吃喝玩乐，疗养院也极力提供条件让他们享乐。很快，汉斯就适应了山上规律的生活、丰富的吃食、长时间的休息以及调情和幼稚的游戏。

---

① 托马斯·曼:《魔山》，第2页。
② 同上，第31页。
③ 同上，第32页。

在山上，汉斯面对着各种"基尔克式的诱惑"①，尽管三个星期很快就结束了，但他并没有打道回府。因为，他发烧了。原以为只是普通的风寒，但贝伦斯大夫却认为另有原因，并建议他做一次仔细的检查，拍 X 光片，彻查病因。在我们现在看来，照 X 光片只是一个稀松平常的医疗手段，可是在《魔山》时代，它还是一大新生事物。②这次检查给汉斯带来了极大的震撼，成为其滞留魔山的重要转折点。托马斯·曼在小说的第五章第二节以"我的上帝，我看见了！"为题描绘了汉斯强烈的心理反应。在托马斯·曼笔下，我们看到汉斯和表哥走过一层层石阶，下到"那个人为的'地下室'"③中，接受检查。通过这次身体透视，汉斯被发现肺部有"湿润的病灶"，这成为他滞留高山的直接原因。顾问大夫贝伦斯成为阻止汉斯准时返家的第一重诱惑，他以"病

---

① 基尔克，西方文学中最早的女巫之一，可能源自上古近东地区代表自然生殖力的大母神、与太阳密切相关的兀鹰女神、生命的赐予者和摧毁者、主管百兽的"女兽主"。在荷马的《奥德赛》中，基尔克是艾艾埃岛的女神、预言家，精通巫术，善于用药，调制能让人变成动物、又恢复原形的魔药。奥德修斯及其同伴曾食用基尔克的魔药，变成猪猡，之后又在基尔克美酒美食的款待中欢乐宴饮，忘记返乡，在艾艾埃岛滞留一年。

② 1895 年，X 射线由时任德国维尔茨堡大学校长兼物理所所长的威廉·康拉德·伦琴发现，所以又称其为伦琴射线，他也因此成为 1901 年诺贝尔物理学奖得主。X 射线发现不久后就开始用于医学检查和治疗。《魔山》中，贝伦斯大夫就说："用爱克司光对人体结构加以鉴定，是新时代的一大胜利。"（托马斯·曼：《魔山》，第 211 页）

③ 托马斯·曼：《魔山》，第 206 页。疗养院倚山建筑在陡峭的地面上，检查室、实验室、手术室和爱克司光室都面朝山谷和花园，"我们称它为地下室，是因为楼房底层有一级级石阶通往那儿，实际上就形成通往地下室这么一个印象"（托马斯·曼：《魔山》，第 127 页）。

灶"之名轻而易举就说服汉斯留下来治疗。[1]但这只是照X光表面的结果。更为重要的是,汉斯在观看那些异常清晰的骨骼造影时,想到了骷髅,或者说死亡,带给他心灵极大的震撼。首先,当表哥约阿希姆接受透视时,汉斯看到的是"约阿希姆那尸体般的躯干和死人般的腿"[2];当他自己接受透视时,"他透视了自己的坟墓。通过射线之力,他预先看到了自己身体日后的腐化过程,现在他能活动自如的皮肉,将来会分解、消失,化为一团虚无飘渺的轻雾"[3]。

由是观之,这场在"地下室"中的"X光线解剖"变成了"坟墓解剖""死亡解剖"。X光造影的解剖结果是一具"没有皮肉的骨架",成了死亡的象征。通过它,汉斯有生以来第一次明白,"自己总有一天会死去的"[4]。托马斯·曼通过汉斯下到"地下室"般的检查室拍X光片,勾连起奥德修斯入冥府的经历,同样寄寓了让汉斯完成自我建构的过程。汉斯在这次"地下之行"中认识到了人生有限,此后他开始学习病理学、生物学和药学的知识,想要寻找对生命的解释;同时也刷新了他对死亡的认识,当明晰人总有一死的观念后,他把死亡当作人生必要的一个经历,对死亡这件事更加虔诚与关注,他不顾疗养院不谈论死亡事实的禁令,向病入膏肓者献花,通过维护死的尊严来维护生的尊严。

---

[1] John S. Martin, "Circean Seduction in Three Works by Thomas Mann," in *MLN*, Vol. 78, No. 4, German Issue (Oct., 1963), P. 348.
[2] 托马斯·曼:《魔山》,第214页。
[3] 同上,第215页。
[4] 同上。

可以说，"拍 X 光"这次事件成了汉斯生命开始的瞬间，他从山下那个庸常的青年中觉醒，不再只是学习轮船、航海知识的凡俗职业青年，转而开始思索生命和死亡，探究自我生命的生成与毁灭等形而上的问题。

此外，此次拍 X 光片事件还暗含着汉斯面临的最重要的"基尔克式的诱惑"。汉斯滞留魔山，表面看来是因为肺部的病灶，实际上引诱他停留的原因更在于俄罗斯的肖夏太太。汉斯被她波希米亚的风情和情欲所吸引，迷恋上她落拓不羁的自由作风。在小说的前半部分，汉斯与肖夏太太几乎没有交流，直到"瓦尔普吉斯之夜"才打破僵局。在这个狂欢之夜，汉斯向肖夏太太表明心迹，并得到她的 X 光片以作纪念。聚焦于托马斯·曼笔下的"瓦尔普吉斯之夜"，我们可以明显地看到作者对《奥德赛》中基尔克的诱惑这一主题的重新塑造。

这一天，疗养院的人们恣情狂欢，他们经过精心装扮，打扮成乞丐、护士、江湖小丑等各样人物，在朦胧的光线中放声喧哗，相互调笑。托马斯·曼对《奥德赛》的重塑首先体现在由贝伦斯大夫发起的画小猪游戏中。贝伦斯在众人簇拥中，闭着眼睛在纸片上画出一只小猪的轮廓，惹得大家跃跃欲试，都想比个高低。而在《奥德赛》中，奥德修斯曾经历了基尔克用药水让其随从遗忘故乡、变成猪猡的际遇。现代的病人一如古希腊的将士，在吃喝享乐中遗忘自己的使命，变成猪猡。而基尔克则化身为贝伦斯大夫，让病人们沉溺于游戏，与文明进步的原则背道而驰。托马斯·曼的另一重塑造则呈现为，汉斯滞留高山七年。随着画小猪游戏热情的高涨，每个病人都骚动不安，急于加入，汉斯也不例外，不过参与者众多，铅笔不够用。这使得汉斯有机会以借铅笔之由走近肖夏太太，并向她表露心迹，更在狂欢之夜后获赠肖夏太太的 X 光片。汉斯非常珍视这张小小的图片，因为这是肖夏太太留给他的"纪念品"。纪念什么？自然是纪念汉斯对她的"内在认识"。此处的 X 光片色情化了，变成他们的定情物，情欲的纪念品。小小的 X 光片成为小说的一大艺术密码，给我们解开汉斯与肖夏太太迷雾般的关系。① 此后汉斯带着它留在山上等待肖夏太太返回，一等就是七年，直到"一战"爆发。至此，《魔山》中无处不在的神秘数字 7，有了更深刻的神话意味。托马斯·曼借重塑基尔克的神话，揭示汉斯滞留高山的深层心理原因。汉斯与奥德修斯一样，面对基尔克的诱惑。不同之处在于，奥德修斯依靠神的启示以及自己坚强的自我意志离开了基尔克，而汉斯则因战争的爆发下山。所以，狂欢节之后，塞塔姆布里尼讽刺汉斯与肖夏太太的交流说道："上帝和我们芸芸众生有时去游地府，后来又找到了归路。可是阴间的人都知道，谁尝了地府的果实，谁就陷在那里面，万劫不复。"② 那么，汉斯能例外吗？

在《荷马史诗》中，奥德修斯在他重生之前必须穿越死亡的阴影，现代的汉斯也必须有此经历。作者在小说中直接让汉斯面见亡灵，由助理大夫克罗科夫斯基主持了一项类似奥德修斯下

---

① 两人到底发展到何种程度，小说中没有明示，以至于无数的《魔山》的读者一脸茫然，包括大作家穆齐尔。穆齐尔怀疑汉斯一直在手淫。赫尔曼·库尔茨克对《魔山》的色情语言做了系统而富有开拓性的分析。Hermann Kurzke, "Die Erotik des Zauberberg," in: *Hefte der Thomas-Mann-Gesellschaft*, Sitz Lübeck, heft 6/7 (August, 1987), S. 56.

② 托马斯·曼:《魔山》，第 355 页。

冥府的招魂术聚会。早前克罗科夫斯基大夫定期在疗养院举行精神分析演讲，大谈关于"爱"的分析，激发包括汉斯在内的病人们的情欲，让他们沉迷其间。他也成为汉斯滞留高山的另一重诱惑。[①]后来，他开始转向研究催眠术、梦游症等神秘现象，并在疗养院试验招魂术。他们聚集在房间里，熄灭灯光，借助于灵媒，召唤亡灵。克罗科夫斯基就像基尔克指引奥德修斯一样指引汉斯前往未知的地府。与奥德修斯一样，他在这片神奇的土地的逗留即将结束，招魂会标志着汉斯下到了生命的最低处。同样的，他也像奥德修斯一样从亡灵那里预感到了自己今后的命运。招魂活动的高潮，即他看见了身着"一战"军装的约阿希姆，而在小说的情节发展中，"一战"还未爆发，事实上，最后穿着军装下山的是汉斯本人。他在这里看到了自己未来的命运。

然而，与奥德修斯在冥府确知自己命运不同的是，生性被动的汉斯得到的启示更模糊，他无法确知将来究竟如何。因此要把他从魔山中挣脱出来，需要比他自己的意志更强大的力量。这个力量就是战争。只有在那时，他才能像奥德修斯一样走向世界，积极拥护生命的价值，与死亡的力量做斗争。

托马斯·曼通过上述三个情节重新塑造了奥德修斯的冥府之行，"新的奥德修斯"被现代疗养院的魔咒所困。不过，正如希腊的艾艾埃岛有办法恢复古代英雄的目标，指引他化险为夷，成功返乡，汉斯的魔山也有办法壮大他的精神。亦正如赫尔曼·魏刚德所言，汉斯的被动品质，他吸收经验的天赋，都使得他的引

[①] John S. Martin, "Circean Seduction in Three Works by Thomas Mann," in *MLN*, Vol. 78, No. 4, German Issue (Oct., 1963), P. 348.

诱者最终成了他的救赎者。① 他从一个稚嫩的资产阶级代表变成了他的阶级普遍局限的超越者。在整部小说中，他遵循着"同情死亡"的"精神原则"，像奥德修斯一样，认识到人生的有限，克服了爱欲的诱惑，带着对生命价值更充分的认识重新踏上生命之路。

通过现代的"冥府之行"，汉斯获得了成长。在这里，托马斯·曼借用荷马史诗的神话为成长小说中的空间书写增添了一个神话的维度。以往传统成长小说中主人公的空间位移多发生在现实生活中，其中所呈现的空间是现实的、日常的，而在《魔山》中，托马斯·曼将汉斯的"魔山之旅"比喻为奥德修斯的"冥府之行"，实际上是将成长小说的空间位移延伸至神话层面，主人公的成长变成一种神话空间中的成长。现代的汉斯与古典的奥德修斯在各自的"冥府之行"中进行对自我的整体意义的建构。通过重塑《奥德赛》中的场景，托马斯·曼在神话的视野中，汇集时间的经验于魔山，让年轻的汉斯在日益衰退的西方文化中找寻生命的真谛。这呼应了托马斯·曼的神话诗学，他曾写道："生命，至少重要的生命，在古代就是以血和肉恢复神话；它指涉神话并以之为根据；只有通过它，通过它与以往建立联系，生命才证明自己是真实的和重要的。神话就是生命的合法性，生命只有通过它并在它之中才获得其自我意识、正当性和庄严。"② 汉斯也

---

① Hermann J. Weigand, *Thomas Mann's Novel Der Zauberberg*, New York; London: D. Appleton-Century Company, 1933, P. 33-34.
② 托马斯·曼：《弗洛伊德与未来》，见氏著：《多难而伟大的十九世纪》，朱雁冰译，杭州：浙江大学出版社，2013，第230页。

以与古希腊神话中的奥德修斯勾连而重塑了现代生命的合法性，并在与奥德修斯相类的"冥府之行"中获得个体健康的创造性的自然力，建构个体生命的整体意义。

第二节 非理性的空间：现代的"瓦尔普吉斯之夜"

"瓦尔普吉斯之夜"是一个古老的文学主题。[①] 历史上不少作家都对此主题津津乐道，不断从中挖掘灵感和素材，创作了许多经典之作。如歌德的《浮士德》(*Faust*)、霍桑（Hawthorne）的《小伙子古德曼·布朗》(*Young Goodman Brown*)、阿瑟·米勒（Arthur Miller）的《萨勒姆的女巫》(*The Grucible*)等，刻画了风格各异的"瓦尔普吉斯之夜"。其中最著名的莫过于歌德的《浮士德》。歌德对此主题情有独钟，在《浮士德》中有三场戏均以"瓦尔普吉斯之夜"为名，一再阐释这一题材。托马斯·曼深受歌德的影响，也对该题材青睐有加。他在《论歌德的〈浮士德〉》中表示，"瓦尔普吉斯之夜"蕴含了一种"力量非凡的、戏弄搞笑的巨人精神"[②]。在《魔山》中，他更是直接以"瓦尔普吉斯之夜"为题描写疗养院中的一次狂欢盛会。不过，《魔山》中的"瓦尔普吉斯之夜"与传统上的"瓦尔普吉斯之夜"明显不同。托马斯·曼创造性地把布罗肯山上的女巫夜会转换成病人在疗养

---

① Henry Hatfield, "The Walpurgis Night: Theme and Variations," in *Journal of European Studies*, Vol. 13, No. 49-50 (March, 1983), P. 56.
② 托马斯·曼:《歌德与托尔斯泰》，朱雁冰译，杭州：浙江大学出版社，2013，第 209 页。

院中的狂欢舞会，营造出一个现代的非理性神话空间。同时，在这场主角从魔鬼变成人类、地点从荒野迁移到室内的现代"瓦尔普吉斯之夜"中，托马斯·曼对启蒙展开了德国化和浪漫化的批判和反思。

一、现代的"瓦尔普吉斯之夜"

1920年3月，托马斯·曼开始写作"瓦尔普吉斯之夜"，并以此作为小说第一卷的结尾。这部分的写作比预期的时间要长。一方面，因为整一节的场景要与歌德的《浮士德》中相应的场景应和；另一方面，托马斯·曼还拿不定主意如何处理小说中的男女主人公的情感发展。在这之前，《魔山》的写作因战争搁置了四年半。重新回到《魔山》的写作时，托马斯·曼对原来的手稿做了很大的调整，比如增添了前言，在汉斯的童年经历中加重了祖父和洗礼盆的分量。最大的改动是置换了小说前两章的内容，小说以汉斯到达魔山开始，汉斯的童年和青年经历置于其后且只用一章简略带过。这一改动，使得叙事一下子就由封闭的结构走向开放的结构，让主人公立即脱离日常的生活，转入陌生未知的魔山，小说的空间变化顿时凸显出来，空间在小说中的重要性也随之加重。"瓦尔普吉斯之夜"正是在这样的背景中写作的。

托马斯·曼对"瓦尔普吉斯之夜"这个题材非常重视。从小说的结构上看，它位于小说第一卷的最后一节，是对小说上卷的一个总结。就内容而言，它发生在汉斯到魔山七个月之时。在这期间，他结识了好为人师且学识渊博的意大利人塞塔姆布里尼；迷恋上散漫不羁的俄罗斯人肖夏太太，不过落花有意，流水无情，汉斯正饱受单相思之苦。更进一步说，"瓦尔普吉斯之夜"发生在汉斯进行人文方面的知识与死亡的学习和探索之后。可以说，"瓦尔普吉斯之夜"是《魔山》上半卷最为核心的部分。

传统的"瓦尔普吉斯之夜"指的是女巫夜会之夜。这源于一个宗教传说。相传，它是为瓦尔普吉斯（Walpurgis）或瓦尔普加（Walpurga）而立。瓦尔普吉斯是英国的修女，随兄长在德国传教。瓦尔普吉斯生前品格高尚，抵制巫术，深得民众的尊崇和爱戴。她逝世后，英、德等国将她奉为最伟大的圣徒之一，并把每年的五月一日定为她的瞻礼日。而"瓦尔普吉斯之夜"指的是从四月三十日到五月一日这一夜。是夜，魔女们乘着叉棍、扫帚柄、山羊前往布罗肯山同恶魔举行大型聚会，他们疯狂地饮酒跳舞，纵情狂欢。聚会的高潮是礼赞撒旦。因此，"瓦尔普吉斯之夜"也是邪恶、猥亵、肮脏、淫荡、丑陋的代称。歌德的《浮士德》就以说唱笑闹的形式，再现了这些特征。

《魔山》中的"瓦尔普吉斯之夜"秉承了部分上述特征。小说中描述说，"瓦尔普吉斯之夜"的聚会在餐厅举办，餐厅里灯影朦胧，病人和医生纷纷乔装亮相，装扮成乞丐、护士、小丑、贵族、清洁工等各色人物，甚至还有男扮女装、女扮男装的。他们在餐厅里互相调笑，相互作乐，让平日里庄严肃静的疗养院变成一个躁动不安、喧嚣热闹、纵情享乐的狂欢之所，呈现出强烈的非理性气氛。与传统的"瓦尔普吉斯之夜"相比，托马斯·曼做了创造性的改造。首先，夜会的空间从室外开阔的布罗肯山变成室内封闭的疗养院餐厅；其次，夜会的主角由魔鬼变成人类；第三，夜会的高潮从礼赞撒旦置换为汉斯迷狂中的自白。表面看来，托马斯·曼的这些改动削弱和消解了传统"瓦尔普吉斯之夜"群魔乱舞、肆意狂欢的特征,但是认真考辨之后,我们发现,托马斯·曼所刻画的现代的"瓦尔普吉斯之夜"非但没有减弱上述特征,反而使之更深刻、更震撼。托马斯·曼把原先外在显性的"魔"置换为内在隐性的"心魔",突出对现代人思想和精神状态的呈现。学者乔尔·亨特(Joel A. Hunt)指出,托马斯·曼在《魔山》中设计"瓦尔普吉斯之夜"的情节并非只为了营造滑稽搞笑的气氛,更重要的目的在于披露"一战"前欧洲人的思想状态和精神问题。[1] 在这个狂欢舞会上,人们纵情作乐,追逐声色,空虚而不自知,麻木而不知所谓,热闹欢乐的背后是现代人精神虚无、价值崩塌的困境。在夜色的笼罩下,《魔山》中的"瓦尔普吉斯之夜"呈现了一个充斥着非理性和情欲诱惑的空间场景,将这种困境表现得淋漓尽致。

可以说,借助"瓦尔普吉斯之夜"的题材,托马斯·曼建构起一个现代的非理性空间。在这个非理性的空间里,以往的秩序和规则被消解和颠覆,以往的等级和身份被打破和跨越,以往理性的规范被破除。首先,允许病人们颠覆身份和等级,按自己意愿改头换面,乔装扮演成各种角色,毫无禁忌,所以舞会上出现了乞丐、小丑、贵族、护士、清洁工等装扮的人。其次,允许病人们跨越原先按等级划分的用餐座次,还一反从前不能随意同其他桌交流和相识的不成文规则,解除了人们交际的阻隔。塞塔姆布里尼嘲弄坐在上等餐桌的斯特尔夫人,戏称她的清洁工装扮是"保婆老母独个儿赶

---

[1] Joel A. Hunt, "The Walpurgisnacht Chapter: Thomas Mann's First Conclusion," in *Modern Language Notes*, Vol. 76, No. 8 (Dec.,1961), P. 828.

路"①；汉斯以"借铅笔"的理由走向肖夏，向她表露心迹。最后，打破了原先的习惯和观念，舞会上的人们相互之间以"你"相称，而不是用"您"这个体现个人教养的称谓。总而言之，这个现代的"瓦尔普吉斯之夜"破除常规，打破秩序，颠覆规矩，呈现出一派放纵无序、颠倒错乱、肆意享乐的非理性色彩。

如果说病人们之间颠覆性的举动是这个现代"瓦尔普吉斯之夜"非理性特征的直观体现，那么汉斯和肖夏梦呓般的谈话则更深入而隐秘地加重了这种非理性的色彩。小说里汉斯或"喋喋不休地梦呓着"，或"像说梦话一般"，或把跟肖夏的谈话称为"一场很熟悉的梦，任何时候都孜孜以求的梦，既漫长，又永恒"。②狂欢晚会上独特的时空体验，让汉斯如坠梦中，激发了他潜意识里的情感和欲望，饱受感官和非理性的诱惑。而汉斯梦呓般迷醉的举动又反过来加深了疗养院非理性的空间氛围。实际上，疗养院的这场狂欢晚会是以喜剧、夸张的方式呈现人类互相嘲笑、自我解嘲的时空体验。那么，托马斯·曼为何要如此用心去建构这样一个弥漫着享乐、情欲和狂欢气息的非理性空间呢？

二、狄奥尼索斯归来

赫伯特·W. 赖克特（Herbert W. Reichert）在《歌德的浮士德在托马斯·曼两部作品中的研究》（"Geothe's Faust in Two Novels of Thomas Mann"）一文中指出，《魔山》中的"瓦尔普吉斯之夜"发生在主人公汉斯遭遇危机的时刻。他对肖夏"潜藏的"爱恋被

---

① 托马斯·曼：《魔山》，第 323 页。
② 同上，第 335—336 页。

狂欢舞会热情和充沛的氛围点燃,他个人正面临非理性和情欲的诱惑。在更深的意义上,他正面临着西方人文主义与东方非理性主义的必然选择。塞塔姆布里尼觉察到这种危险,试图通过引用《浮士德》第一部"瓦尔普吉斯之夜"中梅菲斯特的台词来评价当晚发生的事,以便让汉斯保持警惕。室内的其他人把这当作一个笑话,一笑了之,但塞塔姆布里尼特别引用《浮士德》是为了警告汉斯,他就像女巫夜会场景中的浮士德一样,正遭受着极大的感官和非理性的诱惑。① 赫伯特对《魔山》与《浮士德》中两个"瓦尔普吉斯之夜"场景的对比,对我们极有启发。确实,托马斯·曼在这个现代的"瓦尔普吉斯之夜"的场景中突出体现了西方人文主义与东方非理性主义两股力量的对峙,并让汉斯立于两者之间,最后以汉斯告别塞塔姆布里尼、走向肖夏象征性地表示其接受了东方,这背后实际上是启蒙思想与浪漫主义的博弈和碰撞。换言之,托马斯·曼是以文学的形式参与了对启蒙运动的反思和批判。那么,托马斯·曼对启蒙运动具体是如何批判的,批判的又是什么?

在《魔山》中,托马斯·曼对启蒙运动的思考以人格化地塑造启蒙思想的代言人塞塔姆布里尼贯穿始终。同时,他还设计了一股与启蒙思想截然对立的东方力量对其展开批判和反思,开始表现为塞塔姆布里尼与俄罗斯肖夏太太的对立,之后是塞塔姆布里尼与纳夫塔的论战。概括地讲,托马斯·曼对启蒙思想的批判

---

① Herbert W. Reichert, "Geothe's Faust in Two Novels of Thomas Mann," in *The German Quarterly*, Vol. 22, No. 4, Goethe Bicentennial Number (Nov., 1949), P. 211.

和反思主要聚焦于对理性与非理性、启蒙思想与浪漫主义、音乐与文学等对立矛盾上。用托马斯·曼在《一个不问政治者的沉思》中的话说，"德国人就是用浪漫方式对启蒙的理智主义和理性主义发动反革命的民族，就是用音乐反抗文学、用神秘反抗清晰的民族"[①]。魔山上的"瓦尔普吉斯之夜"是这种反动的一次集中爆发，或者说是一次"非理性主义的爆发"。这在汉斯的身上尤为明显。

首先，在"瓦尔普吉斯之夜"，汉斯以诀别的姿态离塞塔姆布里尼而去。我们知道，塞塔姆布里尼是旗帜鲜明的启蒙主义者。他出生于意大利，祖父是研究希腊古典文化的学者，父亲则是烧炭党人，一个为解放意大利的自由和民主积极奔走的革命家、爱国者。如此出身背景和家庭环境使他成为一位学识渊博、意志坚定的启蒙主义者。在小说中，塞塔姆布里尼是启蒙思想的代言人，宣扬民主、文明、科学、理性和进步，坚决反对一切非理性和蒙昧的事物，厌恶庸俗的物质享乐，对疗养院醉生梦死的生活方式大加鞭挞。他一出场就以教育者自居，滔滔不绝、不厌其烦地向汉斯灌输启蒙的思想和观念，力劝他下山，回到平原为国效力，是一个典型的"文明文人"。他的标志性动作就是"开灯"，让昏暗的房间顿时充满光亮。

尽管托马斯·曼一再让塞塔姆布里尼以启蒙思想的卫道士出现，让他对启蒙、理性、进步等观念侃侃而谈，把他塑造成一位栩栩如生的启蒙者形象，但他同时也不忘挖苦和讽刺塞塔姆布里

---

① Thomas Mann, *Betrachtungen eines Unpolitischen*, S. 201.

尼的言行，以漫画式笔法刻画塞氏身上的滑稽和矛盾之处。① 比如，与塞氏言辞上的高谈阔论相比，其外形上显得寒酸而枯燥。他总是穿着一成不变的灰粗呢上衣、浅色格子裤，在多是贵族和有钱人的疗养院中显得尤为寒酸，令人联想到兜售肤浅、贫乏技艺的街头艺人。而且，这位理性和进步的倡导者，言行不一，光喊口号。他蔑视疗养院中病人和医生粗俗、懒散、醉生梦死的无聊生活，为了显示自己的与众不同，他甚至假装不知道斯特尔夫人的名字，实际上他对斯特尔夫人非常熟悉，还在餐厅与她调情；他宣扬要一本正经地过文明优雅的生活，却在散步途中、用餐间隙向年轻姑娘抛媚眼吹口哨；更重要的是尽管他宣称工作至上，力劝汉斯早日下山就职，为国家效力，而自己却因"并不严重却十分顽固的病灶"，经年盘桓在山上；他还以自己身上"动物的部分阻挡了他为理性服务"为由，未出席进步组织的国际联盟会议；而他唯一"为理性服务"的行动——撰写《苦难问题社会学》百科全书的"人的痛苦"词条，也仅停留于口头说说；最为矛盾的是，他一向以和平主义者自居，呼吁建共和民主国家，但又提倡以革命的方式进行启蒙运动，在"一战"爆发后，他决意下山为祖国意大利而战，其民族主义爱国情绪压过了世界主义者的姿态。因此，有学者论称，塞塔姆布里尼与尼采笔下所批判的"平等主义者"如出一辙②：

---

① R. J. Hollingdale, *Thomas Mann: A Critical Study,* Lewisburg: Bucknell University Press, 1971, P. 29.
② Alexander Nehamas, "Nietzsche in The Magic Mountain," in Hans Rudolf Vaget (ed.), *Thomas Mann's The Magic Mountain: A Casebook*, P. 109.

所谓的平等主义者，即这些起错了名的"自由精神"——是民主嗜好及其"现代思想"的奴隶，且能说会道，能写会算。他们都不孤独，都没有个人内心的那种孤独感，他们是耿直而诚实的，不乏勇气，亦不乏光明磊落；可他们不自由，肤浅得很，尤其是他们几乎将人类的全部苦难和失败，归因于社会迄今存在于其中的古老形式——这种观念恰恰完全颠倒了真相！他们用尽全力想要获取的，是绿茵茵草地上羊群的普遍幸福，是每一个人的生活有保障、安全、舒适和慰藉；他们最常高唱和吟诵的两首歌曲和学说是"权利平等"和"同情所有受苦人"——痛苦本身被他们视为某种必须去除的东西。①

从托马斯·曼对塞塔姆布里尼漫画式的反讽中，我们确乎看到了这样一个"平等主义者"，他高举为人类进步、消除一切苦难的大旗而兢兢业业奋斗。更重要的是，通过对塞塔姆布里尼的嘲讽，托马斯·曼表达了他对启蒙思想的保留和批判态度。汉斯在"瓦尔普吉斯之夜"对塞塔姆布里尼的告别是这一态度的一次具象化呈现。汉斯随波逐流地放弃尊称"您"来和塞塔姆布里尼对话，根本不顾塞氏的反对和抗议。而对塞氏让他远离诱惑、保持清醒的劝诫也置之不理，还站到塞氏的对面发表一番临别讲辞："我感谢你，是因为在这七个月里，你一直待我十分亲切友好。……我清楚地感到现在是向你感恩的时候了……"② 狂欢之夜的非理性氛围让汉斯这位受市民文化熏陶出来的文明之子，起身

---

① 尼采：《善恶的彼岸》，赵千帆译，北京：商务印书馆，2015，第134页。
② 托马斯·曼：《魔山》，第326页。

反叛启蒙文明，他甚至直言："我对这些卡尔杜齐式的人物、夸夸其谈的共和国和当代人类的进步都不屑一顾……"① 说完这番告别词的汉斯义无反顾地走向渴慕已久的肖夏。

如果说，汉斯远离塞塔姆布里尼而去是对启蒙思想的直接反叛，那么他走向渴慕已久的肖夏并向她深情表白则是以对非理性的肯定来否定启蒙思想。托马斯·曼通过对启蒙思想对立面的肯定加深了对它的批判力度，这是"瓦尔普吉斯之夜"对"非理性的大爆发"的再次展示。克拉芙吉亚·肖夏来自俄罗斯，确切地说是来自欧亚交界、高加索以北的吉尔吉斯斯坦，曾在柯尼斯堡短暂住过。这位有着法国姓氏和斯拉夫名的少妇，就餐于"上等俄罗斯餐桌"，举止粗俗，行为散漫，自由神秘，而这种不同于德国的气质让汉斯上山不久便陷入对她的迷恋当中。汉斯走向肖夏也意味着走向情欲和非理性的东方诱惑。

如果说，塞塔姆布里尼是启蒙、理性、西方的代言人，那么肖夏则是浪漫、非理性、东方的化身。塞氏与肖夏的对峙焦点体现在对自由和道德的不同认识。在"瓦尔普吉斯之夜"，肖夏对汉斯说："我爱自由胜于这一切，特别是选择住所的自由。念念不忘独立自主是怎么一回事，你是不大明白的。这也许是我们民族的一种特性。"② 肖夏所谓的自由，是"俄罗斯式的个体自由"，"它针对的是德国式对个体的服从、个体对市民秩序的服从"。③ 而关于道德，肖夏认为不应从德行中寻找，而"应该从罪恶中来

---

① 托马斯·曼：《魔山》，第342页。
② 同上，第337页。
③ Thomas Mann, *Betrachtungen eines Unpolitischen*, S. 475.

寻找道德。……失去自己甚至让自己毁灭，比保存自己更有德行"①。这句话在《一个不问政治者的沉思》中几乎重现。② 也就是说，对道德的寻找不是在理性、善良、诚实、正义、节制、勇气等美德中，而是恰恰相反，应当在对我们有害并可能使我们毁灭的境地中寻找。对此，塞塔姆布里尼提出了严厉的批评，并极力劝诫汉斯远离诱惑，不要像弱不禁风的东方人那样，面对苦难表现出同情与忍耐，成为苦难的俘虏。但是，他苦口婆心的劝诫只是徒劳，汉斯还是不可救药地爱上了肖夏。

肖夏之所以能对汉斯产生诱惑，原因有二。其一，肖夏与汉斯高中暗恋的同学面容相似，勾起了汉斯从前隐秘的同性爱慕之情；其二，更重要的是，肖夏身上那种东方式的自由、懒散和神秘，深深吸引了汉斯。但不管如何，汉斯对肖夏的热烈感情都带有"非理性"的一面。一方面，肖夏是有夫之妇，而且因为身患肺病无法生儿育女，汉斯对她的爱恋与对希佩的同性之爱一样不可能开花结果，不能促进人类的繁衍；另一方面，肖夏"俄罗斯式的个体自由"与汉斯所代表的德国市民秩序形成紧张关系，汉斯放弃了原先所遵从的个体对国家服从的观念，走近非理性的肖夏。

为了呈现汉斯这种非理性的爱恋和肖夏非理性的诱惑，托马斯·曼将两人在"瓦尔普吉斯之夜"中的谈话设计为梦呓般的絮语，且让他们用法语交谈。托马斯·曼在《魔山导读》中对选择以法语作为汉斯和肖夏谈话的语言作出解释，是以外国语言缓解

---

① 托马斯·曼：《魔山》，第 340 页。
② Thomas Mann, *Betrachtungen eines Unpolitischen*, S. 390; S. 399; S. 402.

汉斯的尴尬，帮助他说出一些他从不敢用母语说出的话。① 但是，法语的使用绝不止于化解汉斯的尴尬，事实上，这意味着汉斯是在用代表西方文明的语言向肖夏表达自己非理性的爱恋。在这里，西方理性的语言成为东方非理性情欲的言说工具，这本身就是对启蒙理性的巨大反讽。而汉斯在这样一个梦魇般的交谈场景中，一改往日的市民绅士模样，变得语无伦次，焦躁不安，迫不及待地表露出对肖夏以及她所代表的生活方式的爱慕和向往。在酒精的刺激下，他越界与肖夏以"你"相称。更重要的是，他在近乎迷狂的状态，兴奋地发表关于"肉体、爱欲和死亡"三者关系的演说，认为肉体、爱欲和死亡三者是同一回事，是一体的，它们既是"一种臭名昭著的东西，是叫人脸红的无耻的东西"，又是"一种十分神圣和庄严的力量"，代表着高尚、虔诚、永恒和神圣。汉斯亢奋地宣告对肉体的爱，它"比世界上所有的教育材料都更有启发性"，"充满着生命和死后腐朽的令人神往的秘密"，他愿意为这有机体赴汤蹈火，在所不惜。②

在迷狂中亢奋表白心迹的汉斯有如狄奥尼索斯（Dioscorus）③附体，具有一股"巨人的精神"，他在"瓦尔普吉斯之夜"这个狂欢的黑夜里抛弃启蒙理性的束缚，恣意释放非理性的情欲，追寻

---

① Thomas Mann, "Einführung in den Zauberberg, Für Studenten der Universität Princeton," in: Thomas Mann, *Gesammelte Werke in dreizehn Bänden,* Bd. 11: *Reden und Aufsätze* 3, S. 603.
② 详见托马斯·曼：《魔山》，第 342—343 页。
③ 弗兰克在《浪漫派的将来之神——新神话学讲稿》中还称，狄奥尼索斯是一个"异乡之神"，是"从亚洲即从东方来到西方的"。参见弗兰克：《浪漫派的将来之神——新神话学讲稿》，第 10 页。

充满生命力生活方式。汉斯最后迷狂中的演说将这个非理性的狂欢之夜推向高潮，同时也将达沃斯这个人世间的狂欢夜会升华为精神性质的狂欢仪式。兼有感官性和精神性的狄奥尼索斯仿佛在这个地处高远、远离世俗的阿尔卑斯高山复活了。传统的"瓦尔普吉斯之夜"的高潮则是礼赞撒旦，而此处这个现代的"瓦尔普吉斯之夜"的高潮是礼赞肉体、爱欲和死亡。托马斯·曼将传统的撒旦置换为内在的、精神的、强调生命的元素，用一种"狄奥尼索斯式的反抗"来批判启蒙理性，让现代的"瓦尔普吉斯之夜"在非理性的特征之外加上一层神话色彩。这种以浪漫主义的神话批判启蒙的理智主义和理性主义的方式非常的德国化和浪漫化。

三、新神话空间美学

如前文所述，托马斯·曼以汉斯在"瓦尔普吉斯之夜"这个非理性的空间中对塞塔姆布里尼和肖夏的抉择呈现他对启蒙思想的态度，最终以汉斯与肖夏的结合暗示这场理性与非理性、启蒙与浪漫碰撞的结果。"瓦尔普吉斯之夜"的高潮是汉斯以迷狂的姿态发表对生命意志的赞歌，仿佛狄奥尼索斯降临在达沃斯高山，给这场狂欢夜会披上神话的色彩。这种以神话批判和反思启蒙思想的做法并非托马斯·曼的独创，德国浪漫派早已有之。

弗兰克在《浪漫派的将来之神——新神话学讲稿》一书中指出，浪漫派高举神话的大旗质疑启蒙运动的理性精神，呼吁建立一种新神话（Neue Mythologie）来"克服理性化带来的意义危机"。[①]新神话的提法是相对于旧神话而言的，二者的本质区别在于，前者

---

① 弗兰克：《浪漫派的将来之神——新神话学讲稿》，第10页。

是理性的神话，而后者是感性的神话。浪漫派的新神话构想针对的是现代社会极端理性化带来的"意义危机"和"价值危机"，在具体的实践中，他们"为狄奥尼索斯预备了一种不折不扣的复兴，并且支持了这个复兴"。① 因此，这个新神话具有双重内涵，一方面，神话本身所具有的超自然、虚幻的感性气质在复兴的狄奥尼索斯身上延续，从这个意义上说，新神话是感性的；另一方面，新神话又不是全然感性的，它的提出是为了对抗启蒙理性造成的危机，但这种对抗不是完全否定理性本身。事实上，新神话所批判的是启蒙运动中"理性至上"（die absolute Vernunft）的理性主义，其目的是要实现感性与理性的均衡。新神话是一种辩证的非理性神话。通俗一点说，新神话形式上是感性的，内核却是理性的，可以说是一种披着感性外衣的理性神话。这里所说的"理性"并非纯粹、绝对的理性，而是与感性碰撞、融合后的理性。依据这个新神话的构想，浪漫派积极响应，他们以诗性的语言、神话的叙事、感性的文学表达试图在碎片化、虚无化的现代社会为人们找到新的方向和目标，建构一个有机的诗性理想国。浪漫派的这种观念影响深远，托马斯·曼便是继承者之一。在《魔山》中，托马斯·曼根据自己的诉求和需要改写了大量的神话典故，将魔山塑造成一个具有多重象征意义的神话空间，形成了独特的新神话空间美学。"瓦尔普吉斯之夜"就是其中一个具体范例。

在"瓦尔普吉斯之夜"中，托马斯·曼首先以病人们颠倒错乱、寻欢作乐的行为举动建构了一个非理性的空间，为的是展示

---

① 弗兰克：《浪漫派的将来之神——新神话学讲稿》，第10页。

"一战"前整个欧洲大陆陷入虚无主义、颓废堕落的危机；为了摆脱困境，托马斯·曼艺术化地将汉斯设计为一位现代的狄奥尼索斯，让他与启蒙思想的化身塞塔姆布里尼诀别，进而投向象征着东方非理性的肖夏怀中，并在迷狂的状态中发表生命的赞歌，使"瓦尔普吉斯之夜"成为一个典型的神话空间。那么，托马斯·曼建构的神话空间有什么内涵呢？

关于神话，托马斯·曼在给友人的信中曾写道："必须从法西斯的智性阶层那里夺走神话，并让神话转而为人文发挥作用。我长久以来再没有做除此之外的事情。"[①]"神话就是生命的合法性，生命只有通过它并在它之中才获得其自我意识、正当性和庄严。"[②] 这番话可视为托马斯·曼神话空间的美学纲领。对此纲领，我们可以从以下几个方面来理解。

首先，神话与政治紧密相关。在托马斯·曼看来，法西斯之所以甚嚣尘上，与部分知识阶层鼓吹神话脱不了干系，要推翻它，就要把神话夺回，用之于人道主义。柏林洪堡大学的赫尔弗里德·明克勒（Herfried Münkler）在《德国人和他们的神话》中指出，德国"是一个政治神话学的天堂"，"德意志的神话象征与

---

① 1941年托马斯·曼写给克伦基（Karl Kerenyi）的信中所言，转引自弗兰克：《浪漫派的将来之神——新神话学讲稿》，第31—32页。另外，关于托马斯·曼神话学的进一步研究，可参见 Manfred Frank, "'Kaum das Urthema wechselnd': Die alte und die neue Mythologie im *Doktor Faustus*," in: Manfred Frank, Friedrich A. Kittler & Samuel Weber（Hrsg.）, *Fugen: Deutsch-Französisches Jahrbuch für Text-Analytik*, Olten und Freiburg: Walter-Verlag, 1980, S. 9–42。
② 托马斯·曼：《弗洛伊德与未来》，见氏著：《多难而伟大的十九世纪》，第230页。

其政治结构合二为一"。① 事实上,神话自诞生之日起就与政治相随相伴,一个民族发生重大命运转折的重要时刻,往往也是伟大神话产生之时。浪漫派"新神话"构想的提出本身就具有明确的政治意图,旨在建立一种有机的共同体(Gesellschaft)代替机械化和原子式的现代国家。托马斯·曼的神话书写同样具有明确的政治意图,那就是破除精神上武装法西斯的政治神话。《魔山》面对的恰恰是德国政治神话泛滥,并产生灾难性影响的危急时刻,世界被资本和战火摧毁,个体与世界处于日益扩大的裂缝当中。在小说中,托马斯·曼对此状况也做了深刻的反思,并让象征着这种政治神话的纳夫塔最终举枪自尽。

其次,神话应该用于宣扬人道主义。"神话(和宗教的世界图景)乃是从一个最高价值出发来认证一个社会的存在和构造。"② 神话因此成为一种"普遍象征",具有确认社会合法性的功能。托马斯·曼认为要彻底破除法西斯狂热的政治神话,"要让神话转而为人文发挥作用",用神话来确认人文社会的合法性,宣扬人道主义。在《魔山》中,托马斯·曼让汉斯化身狄奥尼索斯,在"瓦尔普吉斯之夜"反叛启蒙思想,高歌生命意志。为宣扬人道主义精神,在标题为"雪"的一节中,托马斯·曼建构了一个纯净洁白的神话世界,让汉斯顿悟出:"一个人为了善良和爱情,决不能让死亡主宰自己的思想。"③ 这是这部长篇巨著中,作者唯

---

① 赫尔弗里德·明克勒:《德国人和他们的神话》,李维、范鸿译,北京:商务印书馆,2017,第9—10页。
② 弗兰克:《浪漫派的将来之神——新神话学讲稿》,第4页。
③ 托马斯·曼:《魔山》,第502页。

一标为斜体的话,突出体现了它的重要性。汉斯在经历了精神和爱欲的历险后,从同情死亡(Sympathie mit dem Tode),通过对疾病和死亡的认识而认识自己和认识世界的人,转变为敬奉生命和爱的人道主义者。在《魔山》之后,托马斯·曼继续用神话阐发自己的人道思想。在《约瑟夫和他的兄弟们》中,托马斯·曼以《圣经·旧约》为题材,将约瑟夫的神话故事扩展和深化,继续宣扬自己的人道主义思想。所以,托马斯·曼说自己一直都在努力让神话为人文发挥作用。

再者,神话是生命的自我意识、尊严和合法性的确证。在托马斯·曼看来,个体的自我意识、生命的整体意义都将在神话叙事并通过神话叙事获得。这里建构的自我意识和整体意义是上帝离开后,个体生命所能找到的最大限度的真理。其实质是托马斯·曼反思启蒙后建构的一种现代性方案。神话中的生活和体验作为十分神圣的、重复的生活是一种历史的生活方式,这种方式将以神话叙事重返,并将神话的认识寓于个体之中,让后者在与神话世界的联结中获得强大的力量。

《魔山》中的达沃斯因托马斯·曼对各种神话典故的改写和化用成为一个象征意蕴浓厚的神话空间。托马斯·曼在这神话空间中批判和反思启蒙思想,用神话叙事宣扬人道主义,形成了独特的神话空间美学。事实上,托马斯·曼对神话空间美学的思索仍然是在讨论文明与文化的问题。托马斯·曼用神话表达德意志民族的精神、气质和品格,"瓦尔普吉斯之夜"中的汉斯是德国浪漫的、内在的、精神的文化代表,而塞塔姆布里尼则是西方启蒙的、外在的、肤浅的文明象征。在托马斯·曼看来,文化和文明是对立的，德国的文化因其内在而深沉的特征优于西方外在而浅薄的文明。面对现代社会现代化进程中西方文明的崛起，托马斯·曼将神话升华为精神性的新神话，并以精神的高贵来反对西方物质上的优越性，用德意志文化的沉淀来反对西方一时的文明优势。

第六章 《魔山》中的政治空间

1914年7月，奥匈帝国向塞尔维亚宣战，第一次世界大战爆发。此时的托马斯·曼正埋首写作《魔山》。战争的爆发将托马斯·曼从心理和创作的危机中解放出来，对《魔山》的创作产生极大影响，不仅让托马斯·曼停止小说写作，把大量精力投入政论文和演说，而且令小说的情节和内容发生重大改变。战争初期，托马斯·曼与当时很多知识分子一样，认同战争与暴力这种最具男子气概的追求，支持国家事业，并批判他信奉自由主义的兄长亨利希·曼。这使得托马斯·曼陷入北方与南方、责任与激情、阳刚与阴柔的二元对立中。① 当时德国的主流知识界普遍认为，第一次世界大战是一场以德国的"文化"（Kultur）反对法国的"文明"（Zivilization）的文化战争（Kulturkampf）。战后德国如何重建？是臣服于西方文明，走法国式的政治进路，还是追随日渐壮大的苏联模式，又或者是自立门户开辟一条既不同于西

---

① Hermann Kurzke, *Thomas Mann: Life as a Work of Art*, Leslie Wilson (trans.), Princeton: Princeton University Press, 2002, P. 217-220.

方,也不同于东方的德意志道路?对于这一问题,托马斯·曼也积极参与讨论,除了在这期间写作大量政论文和发表演说外,在《魔山》里也对此问题做了变体,以寓意式的人物设计和布局,塑造东西方思想的人格化身,并通过将德国的汉斯置于东西方代表漫长的论争中,做了尝试性的回答。《魔山》的结尾,主人公汉斯·卡斯托尔普结束了在高山七年混沌而虚无的疗养生活,投身平原的战火。从高山返回平原的汉斯同战友们在黄昏中的前线行进,平原已被摧残得七零八落,公路、田间小路、树林面目全非,路标也在昏暗的光线中几等于无。该往哪儿走?路在何方?此时,托马斯·曼借叙述者之口呐喊道:"是东方还是西方?这里是平原,现在在打仗。"① 此处,往东还是往西行进的抉择,既是战场上汉斯需要作出的选择,也是魔山上他在两位精神导师——代表西方的人文主义者塞塔姆布里尼和代表东方的纳夫塔——之间的态度。在现实生活中,东西方的抉择,在政治层面,是托马斯·曼为"一战"后的德国寻求合适政治方案的考量;在思想史层面,则体现了德意志"文化"与"文明"的紧张。因此,立足于20世纪20年代的思想语境,通过小说中东西方人格化身的阐释,结合托马斯·曼在此期间的政论文、日记和书信,可以比较明确地把握其在"一战"后政治观念的转变,尤其是他对德国、俄国和法国的看法。② 换言之,对《魔山》东西方以及德国代表

---

① 托马斯·曼:《魔山》,第724页。
② 当今学界对托马斯·曼在这一时期的政治观念研究主要聚焦于两个要点。其一,关注其从保守主义转变为民主共和的思想变化。不过,自托马斯·曼的《论德意志共和国》演讲发表以来,学界开始为其是否真的发

人物的解读，其实也是在重构托马斯·曼对战后的德国如何建构自己的哲学、伦理和政治，发掘个体精神与国家社会统一的适当方式，探究战后的德国要挖掘和发扬的精神品质的思考。

第一节　在法国和俄罗斯之间的德国

在托马斯·曼看来，"文明与文化是对立的"①，文明对应的是外在而肤浅的西方文明，而文化则对应内在而深沉的德意志文化和自由无功利的艺术。② 事实上，托马斯·曼对于文明与文化之争的思考在地缘上表现为东西方之争，即代表文明的西方——以法国为中心，与代表东方的文化——以德意志为中心的对抗。当然，他对东西方的划分是个相对的概念，当讨论德意志与俄罗斯的关系时，俄罗斯是东方的象征，德意志又变成西方的代表。在写作《魔山》期间，其关于东西方的思考和比较研究始终与外界的政治、战争状况及时呼应，进而发生巨大转变。这些思考和变化都纳入小说《魔山》的人物塑造中。可以说，托马斯·曼在这一时期写作的政论文与小说都面临着相同的问题，即在东西方之间为德国寻找一个出路，其使用的概念和基本观点呈现出相互应

（接上页）生了如此转变的问题而争论不休。其二，1975 年，托马斯·曼的日记公之于众后，学界转而研究其思想的连续性，而不是索隐其思想不断转变过程中的细节。

① Thomas Mann, "Gedanken zum Kriege," in: Thomas Mann, *Essays*, Band 1: *Frühlingssturm 1893-1918*, Hermann Kurzke und Stephan Stachorski (Hrsg.), Berlin: S. Fischer, 1993, S. 279.

② Thomas Mann, *Betrachtungen eines Unpolitischen*, S. 62.

和的关系，本质上都是为现代市民秩序（魏玛共和国）辩护，为德国传统文化与西方文明的和解寻找可能。因此，在讨论《魔山》中的政治空间时，我们需要先梳理这一时期托马斯·曼对东西方问题的看法及其变化。具体来说，即厘清这期间其对于法国和俄罗斯的看法。

1918 年，托马斯·曼完成了他的《一个不问政治者的沉思》（以下简称《沉思》），此书从 1915 年便开始动笔。① 在这部极具争议的杂论文中，托马斯·曼坚持将个体精神和国家政权的事务严格分开，并批判了对所有人类事务，尤其是精神方面政治化（Zivisationsliteraten）的"民主"。② 托马斯·曼自青年时代起就对普鲁士律法精神非常反感。早在 1915 年，他就宣称君主制的时代即将结束，德国的民主化不可避免。③ 然而，在《沉思》中，为了保护精神不被卷入政治领域，托马斯·曼还是表示对德意志帝国的支持。在他看来，政治问题应交由政治家和政府机构专门处理，社会的其他阶层无须操心，大可享受精神的自由。④ 尽管有"一战"的战败和随后君主制的土崩瓦解，托马斯·曼依然坚持，个体精神应与政治严格分离。在对共和国的期待中，他在日记中如此写道：

---

① 关于《沉思》每个章节的写作时间，参见 Hermann Kurzke, "Betrachtungen eines Unpolitischen," in: Helmut Koopmann (Hrsg.), *Thomas Mann Handbuch*, Stuttgart: Kröner, 1990, S. 681。

② Thomas Mann, *Betrachtungen eines Unpolitischen*, S. 149; S. 269.

③ Thomas Mann, *Briefe an Paul Amann 1915-1952*, Herbert Wegener (Hrsg.), Lübeck: Schmidt-Römhild, 1959, S. 27.

④ Thomas Mann, *Betrachtungen eines Unpolitischen*, S. 30.

我认为，在政治领域，民主文明世界的胜利是一个事实，因此，当涉及维护德国精神的问题时，建议将精神和民族生活与政治分离，彼此完全互不干扰。（1918.10.5）①

同样的表述出现在一周之后（1918.10.12）。他坚持将这两个领域严格分开，并表示他本人将继续留在精神领域做一个"不问政治者"。这么看来，他不可能完全支持共和国。因为，对他而言，"民主"或"共和国"意味着政治和个体精神的统一。② 因此，他并不欢迎战后成立的共和国。在他看来，真正的德国人不会喜欢共和国，不仅因为德国人不喜欢政治，更重要的是，相比于共和制，君主专制制度一直都是最适宜也最受德国人尊敬的国家形式，尽管后者广受诟病。如果托马斯·曼接受并支持了共和国，意味着他要么放弃政治与个体精神分离的观念，要么修正对"民主"或"共和国"的理解。从现实来看，1918 年以后，托马斯·曼不再坚持精神与政治截然分离，变成一位"民主"和"共和国"的支持者。那么，托马斯·曼的思想因何发生如此巨变？

从外在的现实原因来说，1918 年 11 月 3 日德国爆发国内革命后，托马斯·曼就对新生的共和国寄予厚望，希望它有所作为。另一方面，他也在寻找一种哲学基础，以证明政治与个体精神统一的新关系是合理的。在此背景下，他试图从法国和俄罗斯的政治中找出一个重要的因素，并以此证明战后建立的德国政体并非毫无根

---

① Thomas Mann, *Tagebücher 1918-1921*, S. 32. 本文所有关于托马斯·曼日记引文均引自此书，后随文附上日记日期，如"（1918.10.5）"，不另出注。

② Thomas Mann, *Betrachtungen eines Unpolitischen*, S. 386.

据。在《沉思》的第一章，托马斯·曼介绍了陀思妥耶夫斯基关于德国的评论。① 在陀氏看来，欧洲文明的建立基于罗马普遍融合的观念。自罗马天主教和希腊东正教，亦即西欧与东欧分裂之后，此观念就由西欧继承并进一步发展。因此，陀氏认为，法国大革命在西欧爆发的根源在于罗马观念的影响。相比之下，在德国，人们一直反对一体化，其抗议史可追溯至阿明尼乌（Arminius），随后在路德的宗教改革中进一步激化，并一直延续到陀思妥耶夫斯基的时代。托马斯·曼认同陀氏的看法，他把协约国与德国的对抗看作罗马与日耳曼价值观冲突的进一步表现，或者说是德国与罗马文明的帝国主义的对抗。然而，这种将俄罗斯归为非罗马国家的分析框架，无法解释法-俄联盟（Franco-Russian Alliance）的缔结。为了规避这一难题，托马斯·曼不得不解释说，俄罗斯与作为"西方的工具"的协约国联盟，是某种精神上的"西方自由化"。②

随着俄国革命的爆发，关于什么是"俄罗斯"的定义变得越来越棘手。③ 1915 年 2 月至 3 月间，克伦斯基（Alexander Fyodorovich Kerensky）在俄罗斯发起资产阶级革命，对此托马

---

① Thomas Mann, *Betrachtungen eines Unpolitischen*, S. 42. 更多关于托马斯·曼对陀氏的讨论，参见 Hermann Kurzke, "Dostojewski in den *Betrachtungen eines Unpolitischen*," in: Eckhard Heftrich und Helmut Koopmann (Hrsg.), *Thomas Mann und seine Quellen: Festschriff für Hans Wysling*, Frankfurt am Main: Vittorio Klostermann, 1991, S. 138–151。

② Thomas Mann, *Betrachtungen eines Unpolitischen*, S. 48.

③ 托马斯·曼对俄国革命的反应，参见 Hermann Kurzke, "Thomas Mann und die russische Revolution," in: Helmut Koopmann (Hrsg.), *Thomas Mann Handbuch*, S. 86–94。

斯·曼在一封私人信件中表达了他的惊讶："俄国的资产阶级革命？怎么会发生这种情况？根本就没有一个资产阶级！"① 托马斯·曼的困惑也体现在《沉思》中。在"政治"（写于1917年6月）和"论人道主义"（写于1917年7月至8月）这两个章中，托马斯·曼写道，他决定远离"作为国家、社会和政治的俄罗斯"，只讨论"1917年之前，成为民主共和国之前的"俄罗斯。② 此处的俄罗斯仍然以陀氏为代表，因为他是一个具有"宗教信仰的人道主义者，一个带有基督徒的温柔和谦卑，同情苦难的人"③。相反，在同时代的俄罗斯人眼中，陀氏是被遗忘的。托马斯·曼如此写道：

> 没有人会告诉我们，即将宣布的俄罗斯共和国与俄罗斯的民族会有怎样严肃的关系。——不！如果心理和精神应该并且可以作为政治权力联盟的基础和理由，那么俄罗斯和德国就属于一体。④

如此看来，托马斯·曼将革命后的俄罗斯边缘化是为了强调俄罗斯和德国的亲密关系。而且，他希望两者能结盟。这种观点一直延续到最后一章"论信仰"中。托马斯·曼试图坚持他对这三个国家的二分法："法国"与"德国和俄罗斯"相对，而视克伦

---

① Thomas Mann, *Briefe an Paul Amann 1915-1952*, S. 52.
② Thomas Mann, *Betrachtungen eines Unpolitischen*, S. 298.
③ Ebd., S. 438.
④ Ebd., S. 441.

斯基领导的这场俄罗斯革命为一次"非俄罗斯"的事件。

另外，他在《沉思》的第二部分通过对托尔斯泰和歌德的比较，开始讨论俄罗斯与德国的不同。这部分内容写于二月革命之后到苏联政府成立期间。在"反讽和激进主义"（写于1917年9月至10月）这一章中，托马斯·曼强调了托尔斯泰的无政府倾向，并表示这种倾向与苏联的兴起有关。虽然陀思妥耶夫斯基代表的是"真正的俄罗斯"（genuine Russia），但托尔斯泰以"文明文人"的身份分享了诸多理念，如"促进社会福利"和"启蒙"，因此俄罗斯又被归为协约国或罗马理念这一方。然而，对托马斯·曼而言，托尔斯泰并非一位斯拉夫作家，而是一位"西化者"（Западник）。这样，托尔斯泰就成了另一个俄罗斯的代表，与陀思妥耶夫斯基所代表的俄罗斯截然不同。

与此同时，通过比较歌德和托尔斯泰，托马斯·曼强调了一种传统的德意志观念：自我修养（Bildung）的观念。此处的自我修养指的是一种进步观，体现了对人的认识，认为人要开启天性，接收外在教育，就能达到尽善尽美的状态。德国的成长小说（Bildungsroman）是"原原本本的典型的德国式的"[1]。在"一战"的民族情绪中，成长小说成为德国思想、精神和文化的代名词。小说中，个体对人格完善的追求被升华为德意志民族的追求，德意志民族的文化和精神的内在性被提炼出来对抗西方文明的肤浅。托马斯·曼是20世纪以来有意识遵循成长小说传统的作家，曾在不同场合称《魔山》是成长小说。显然，他强调的是

---

[1] Thomas Mann, *Betrachtungen eines Unpolitischen*, S. 505.

其德意志性，而他所针对的是英、法带有社会批判性质的、政治的小说：小说只要带有社会批判性质，就是政治的，不是德意志的。① 另外，这种自我修养的观念，与文明文人的信仰有所不同，后者缺乏自我怀疑的精神，因为它对自己的立场显示出限制的意识；与托尔斯泰的相对主义也不同，后者怀疑每一种立场和观念，甚至拒绝赞美绝对的自由。②

因此，我们可以看到，托马斯·曼在写作《沉思》时所认为的德意志，既不同于西方（法国和罗马），也不同于东方（俄罗斯）。此书完成后，这种认识随着德国革命的发生变得更加重要。1918年11月7日在慕尼黑，德国联邦民主党的主席库尔特·艾斯纳（Kurt Eisner）担任巴伐利亚总理，宣布废除维特尔斯巴特王朝。11月9日菲利普·谢德曼在柏林宣布德意志共和国成立。第二天由联邦民主党、社会民主党和德国民主党组成的临时政府成立，社会民主党的领导人弗里德里希·艾伯特担任代表。然而，巴伐利亚共和国的总理艾斯纳并没有废除私有制财产，而是采用一种议会和苏维埃政府结合的政治体制，柏林也有由议会和苏联组成的双重政府。在托马斯·曼看来，这些和解式的政治体系是将西方、俄罗斯的元素，即议会制与苏联模式结合起来的一种综合模式。他在日记中写道："德国的革命就只针对德国人，尽管都是革命，却没有法国人的野蛮性，也没有俄罗斯共产党的令人迷醉。"（1918.11.10）

---

① Thomas Mann, *Der Zauberberg: Kommentar*, Grosse kommentierte Frankfurter Ausgabe, Bd. 5, Frankfurt am Main: S. Fischer, 2002, S. 69.
② Bbd., S. 502.

不过，托马斯·曼还是认为，共和国的诞生是德国在政治上领先法国的大好时机。他表示"魏玛共和国是资产阶级的共和国。西方和其他地方财阀，包括法国，将首次在政治上追随德国"（1918.11.12）。他希望这个新生的共和国是非"俄罗斯式的"，同时也不要有"无政府状态、公民投票、无产阶级统治以及与之相关的其他现象"（1918.11.19）。托马斯·曼既反感法国式的资产阶级议会制，又担心无产阶级，认为德国的问题"介于布尔什维克主义和西方财阀统治之间"（1918.12.3），是政治上的新问题。

从1919年1月斯巴达卢斯德暴动的镇压到1919年2月魏玛共和国的成立，再到1919年4月到5月期间巴伐利亚的社会革命，托马斯·曼一直关注着这个新问题。当时他更看好苏联模式，因为他想避免一个简单的议会制度，希望在"政治上能打开新局面"，"更确切地说是打开德国的新局面"（1919.3.3）。另一方面，托马斯·曼也对共产主义充满希望，认为未来将是社会主义的天下，统治世界的将是共产主义的理念，而非西方的民主理念。不过，他的这种期望是由对协约国的厌恶所激发的。

值得注意的是，他对"新问题"的认识与其同时代的思想家有许多共同之处。至于他所提倡的德国社会主义，正如罗伯特·库尔提乌斯（Robert Curtius）在1932年所指出的那样，对魏玛时期的所有知识分子来说，这几乎是一个不言而喻的事物。[1] 此外，如果我们把注意力集中到更具体的论点上，即在西方的自由主义和俄罗斯的共产主义之间可以找到一条适合德国发展的道路，类似的观

---

[1] Robert Curtius, "Nationalismus und Kultur," in: *Die Neue Rundschau* 12, Berlin, 1931, S. 740.

点在当时流行的书籍中并不鲜见。例如，斯宾格勒的《普鲁士精神与社会主义》(*Preußentum und Soyialismus*，1919)、赫尔曼·凯泽林（Hermann Keyserling）的《德国真正的政治使命》(*Deutschlands wahre politische Mission*，1921)以及穆勒·凡·登·布鲁克（Moeller van den Bruck）的《第三帝国》(*Das drite Reich*，1923)也提出了相同的观点。支持该观点的话语也出现在托马斯·曼的日记里："在政治上创造出一些新东西"（1919.3.3）。

总而言之，从1918下半年到1919上半年的过渡时期，停止写作《魔山》的托马斯·曼都在观察世界格局，一方面是俄罗斯无产阶级的共产主义，以及无政府主义；而另一方面是法国个人主义的议会制度。托马斯·曼希望出现一些新的且不同于之前的德国的东西。怀着这样的期待，托马斯·曼回到《魔山》的写作中（1919.4.17）。他将《沉思》就开始进行的对东西方问题的思考和比较研究，纳入小说人物塞塔姆布里尼、肖夏和纳夫塔的塑造中，将现实问题置换为生动的人物刻画，且将主人公汉斯置身两股对立文化的抗争中，探寻自己的身份和位置。在下一部分，我们将进入《魔山》的文本，探究托马斯·曼是如何通过小说来处理这些问题的。

第二节 《魔山》中德意志的抉择

一、西方与东方（上）：塞塔姆布里尼和肖夏

《魔山》的主人公汉斯从家乡汉堡前往瑞士的达沃斯探望表兄，原定的三周旅行却因种种原因变成滞留七年。疗养院因聚集

了来自世界各地的病人，形成一种国际性的氛围。汉斯在与病人和医生的交往中，对生命、疾病和人性等问题进行了反思。小说中，东西方的对比首先体现在意大利人塞塔姆布里尼和俄国人肖夏这一组人物形象上。塞塔姆布里尼是一位人文主义者，坚信人类的启蒙和进步，代表西方文明。在他看来，理性和批判精神是人类的最高品质。与他那位政治活跃的祖父一样，塞塔姆布里尼也有一个政治设想，即建立一个文明的世界大同式的共和国，因此他在疗养院不厌其烦地阐述自由和进步等西方启蒙观念。而有着斯拉夫名和法国姓的肖夏来自高加索以北的中亚地区，自由散漫，举止粗俗，充满异域风情，代表东方文明，挑战西方文明社会所要求的严整与秩序。

塞塔姆布里尼与肖夏象征着东西方文化形态的对峙，其中一个对峙的焦点在于他们对待"道德"的态度。对塞塔姆布里尼而言，道德是使人类摆脱所有痛苦的良药。作为文明中心和思想发源地的西方之子孙，应该积极战胜苦难，以达到道德的高峰。同时，道德也是他所在的"国际进步组织联合会"的目标，该组织致力于促进人类文明的进程。塞塔姆布里尼正参与到由此组织发起的一项规模宏大的革新计划中：撰写一部名为《苦难问题社会学》的百科全书，分析人类的苦难，并为民众指出消除各种痛苦成因的方法和措施。

相比之下，肖夏对道德的看法就有些大逆不道。她对汉斯说，道德不应从德行中寻找，而应该"从罪恶中来寻找道德。……失去自己甚至让自己毁灭，比保存自己更有德行"[①]。这句话在《沉

[①] 托马斯·曼：《魔山》，第 340 页。

思》中几乎重现。① 在她看来，对道德的寻找不是在理性、善良、诚实、正义、节制、勇气等美德中寻找，而是恰恰相反，应当在对我们有害并可能使我们毁灭的境地中寻找。对此，塞塔姆布里尼提出了严厉的批评，并极力劝诫汉斯远离诱惑，不要像弱不禁风的东方人那样，成为苦难的俘虏，对苦难表现出同情与忍耐。但是，他苦口婆心的劝诫并不奏效，汉斯还是不可救药地向肖夏靠近。肖夏之所以能对汉斯产生诱惑，原因有二。其一，肖夏与汉斯高中暗恋的同学面容相似，尤其是那双"吉尔吉斯人"的眼睛，勾起了他从前的爱慕之情；其二，更重要的是，肖夏身上那种东方式的自由、懒散和神秘，深深地吸引了汉斯。但不管如何，汉斯对肖夏的热烈感情都带有"非理性"的一面。一方面，肖夏是肺结核患者，无法生儿育女，对其的爱恋与对希佩的同性之爱一样，无法促进人类的繁衍；另一方面，肖夏"俄罗斯式的个体自由"与汉斯所代表的德国市民嗜好的秩序与纪律形成紧张关系，汉斯放弃了原先所遵从的个体对集体服从的观念，走近非理性的肖夏。而他这种对非理性的爱好其实在上山之前就已显现。

与塞塔姆布里尼那位献身于进步理想的祖父不同，汉斯的祖父效力于过去和死亡的世界。他是一个既保守又刻板的新教徒。在汉斯的记忆里，祖父总是与"乌尔（Ur）……"②的声音联系在一起。祖父悠长而古老的声调让人想起墓穴和消逝了的时间，与此同时，这种声音又把汉斯与祖父聊天的现时以及祖父此

---

① Thomas Mann, *Betrachtungen eines Unpolitischen*, S. 390; S. 399; S. 402.
② 在德语中，"Ur"是许多名词的前缀，译为"原始"或"祖先"。例如，Urgroß Vater，即祖父。

刻还健在的生命与过去逝去的时间的某种内在联系勾连起来。除此之外，在小汉斯的眼中，祖父还是一个"临时性"的形象，最终通过死亡来恢复真面目。因此，他的祖父成为一种对死亡的崇敬和时间结构的象征：过去不断地回到现在，导致永恒的重复。更重要的是，对汉斯而言，这种疾病和死亡使人类高贵的观念再熟悉不过了，在小说的第七章，汉斯直接主张"同情死亡"（Sympathie mit dem Tode）。① 换句话说，因为他对死亡和黑夜世界的同情，对一些危险和有害事物的开放态度，让他爱上了肖夏，而对塞塔姆布里尼的道德观反感。

这两位小说人物的对比与托马斯·曼在《沉思》中所讨论的罗马观念与真实的俄罗斯的对立非常接近，前者的目标是通过启蒙、民主政治实现世界的普遍融合，其以文明文人为代表，而后者则以陀思妥耶夫斯基为代表。当然，塞塔姆布里尼并不完全是文明文人②，而肖夏太太也具有除陀思妥耶夫斯基所代表的俄罗斯气质之外的特征。然而，毋庸置疑的是，托马斯·曼的确通过这两个人物对东西方进行了一番对比。"……世界上有两种原则经常处于抗衡状态。这就是权利和正义，暴虐和自由，迷信和智慧，因循守旧的原则和不断变动的原则……"③ 前者为亚洲原则、东方原则，概括为野蛮、混乱、非理性和无序，肖夏就是这一原

---

① 参见托马斯·曼：《魔山》，第662页。
② 据考证，该人物汇聚了意大利人文主义者萨塔纳、民族解放运动领袖马志尼、英雄塞塔姆布里尼（同名）、左翼作家兼诺贝尔奖获得者卡尔杜奇以及托马斯·曼的兄长亨利希·曼等人的特征。
③ 托马斯·曼：《魔山》，第150页。

则的象征；而后者是欧洲原则、西方原则，概括为理性、文明、批判精神和改造世界的行动。

在《魔山》前半部分，汉斯深受陀思妥耶夫斯基式的俄罗斯的影响，对罗马观念采取了批判的态度，体现在小说中即对代表东方的肖夏一往情深，而对塞塔姆布里尼排斥反感，做梦都在讨厌他，对其劝诫更是阳奉阴违。正如他对肖夏表白的："我对这些卡尔杜齐式的人物、夸夸其谈的共和国和当代人类的进步都不屑一顾，今后也毫不介意，因为我爱你。"[①] 他的态度也符合托马斯·曼本人在《沉思》中的观念，我们可以在小说的第二部分更加清晰地看到。然而，在汉斯对肖夏的爱慕之情在"瓦尔普吉斯之夜"中达到高潮后，肖夏离开了汉斯和疗养院。在第二部分的第六章中，小说中出现了一个新的人物纳夫塔代替了她。

二、西方与东方（下）：塞塔姆布里尼和纳夫塔

塞塔姆布里尼介绍纳夫塔时，声称他是一个具有"东方式"观念且倾向于寂静主义和神秘主义的人，他与肖夏太太有颇多共同之处。纳夫塔出生于位于波兰和奥地利交界的一个犹太家庭，童年时期，他的父亲惨遭杀害，不久母亲也去世。由于他尖锐的批判精神和对革命理想的向往，纳夫塔和他的拉比[②]产生了分歧。之后，他在一位修道院院长的牵引下，进入一所耶稣会寄宿学校，并皈依天主教。纳夫塔渴望成为一名教士，却因患病困在高

---

① 托马斯·曼：《魔山》，第519页。
② 拉比，犹太人中的一个特别阶层，接受过正规犹太教育，担任犹太人社团或犹太教会的精神领袖，是犹太教义的传授者。

山，只能在达沃斯当地的一家文科中学做拉丁语老师。他与塞塔姆布里尼比邻而居，两个人都喜欢辩论，并都试图将汉斯拉到自己这一边。

塞塔姆布里尼与纳夫塔最大的不同之处在于，前者主张世界一元论，后者则坚持世界二分法。对纳夫塔而言，世界由对立的情欲与精神两部分组成。他认为，日常生活中的现象、自然与精神、超验的上帝这些是截然对立的。因为坚持二元论，所以他对现代自然科学持批判态度。自然科学以自然本身的存在为前提，在自然科学中，没有超越世界之外的空间。纳夫塔对自然科学的世界由原子构成的基本概念提出了质疑。他认为，信仰是认识的关键，不存在纯粹的认识，而是"我信故我认识"，即相信人是一切事物的尺度，他的幸福就是真理的标准。人类的这种特权与救赎的概念密不可分，人类有能力通过拒绝服从自然而"获得上帝的赐予"。在纳夫塔看来，身体是一个负面的元素，必须被精神所否定，人类的使命是通过禁欲主义从自然中挣脱。

相反，塞塔姆布里尼则坚持一元论，认为自然就是精神本身。他既不承认形而上学，也不承认在世界之外有超验的东西存在。一切形而上学的思维方式，包括上帝的概念，都是邪恶的。因为它扰乱了人类社会发展的进程。在他看来，真理是可以把握的，通过将整个世界分成部分，再把部分还原成整个世界的方式。因此，塞塔姆布里尼强调，运用真理和知识来征服自然和促进进步和启蒙。

正如对自然和精神争论不休一样，他们对疾病和死亡也持对立的态度。在纳夫塔看来，人类最初是不朽的，堕落后才成为凡人。因此，疾病合乎人性，人类不健康的身体是构成人的要素。有些人希望以"返回自然"重获健康，但纳夫塔告诉我们，这不可能实现。人类唯一可能的方式是通过他们的精神，通过否定身体使自己崇高，在精神和疾病那里才可能找到高贵和人性。而塞塔姆布里尼则认为，纳夫塔视疾病和死亡为人体的高贵形象，而认为健康和生命是卑贱的，这种观念是有罪的。疾病和死亡是与生命对立的一种巨大诱惑，它让人放松道德和伦理，把人类从规范和自我控制中解放出来，走向欲望，沉沦于欲望，这要坚决杜绝。因此，与纳夫塔相反，他坚持认为只有健康和生命才能使人类变得高贵。

这两种世界观的对立逐渐升级为激烈的政治对抗。塞塔姆布里尼坚持在民主和科学知识的基础上实现人类完美的目标，他坚决主张彻底消除实现这个目标的一切障碍。相反，耶稣会的纳夫塔则渴望回到"一个理想的原始状态，既没有国家、又没有权力的状态，亦即直接作为上帝之子的状态，那时既没有统治，也没有隶属，也没有刑罚，没有过错，没有肉体的结合，没有阶级差别，没有工作，没有财产，有的只是平等、友爱以及道德上的完美"，"回到天国一般的原始时代"。[①] 纳夫塔的共产主义思想也可以在肖夏太太身上找到，后者具有分享和自然的气质，在给予和索取的行为中既野蛮又温柔。尽管如此，这个观念与肖夏太太本人无关，而纳夫塔对实现这个理想倒有独到的见解。纳夫塔提倡以"暂时放弃"来调和自然与精神之间的对立关系，从而打破一

---

① 托马斯·曼：《魔山》，第 404、407—408 页。

切世俗的道德秩序。

对纳夫塔的政治观念有多种解读方式。比如，说他是法西斯主义者的先驱，是一个保守革命家，是一个虚无主义者，或者是一个中世纪的共产主义者。然而，在这里，为了明晰汉斯在东西方之间的立场，我们发现，事实上他"是一个非常复杂的人物"[①]。在小说中，纳夫塔既被刻画成一个西方思想的反对者，又被塑造成不同于肖夏太太的东方代表。如果说，肖夏象征着在《沉思》中以陀思妥耶夫斯为代表的"真正的俄罗斯"，那么纳夫塔则表征着革命的俄罗斯，或者以托尔斯泰为代表的另一个俄罗斯。基督教和犹太教共同赋予纳夫塔独特的思维方式，让他极力宣扬"上帝之国"，以对抗国家暴力和金钱统治的压迫。

小说中，这种东西方的对峙也非常激烈，塞塔姆布里尼一再强迫汉斯在东西方之间作出选择，满怀热情地邀请汉斯加入世界大联盟：

> Caro amico!（亲爱的朋友！）应该作出决定——应当作出对欧洲的幸福和未来有无比重要意义的决定。贵国应当对此作出决定；贵国应当在灵魂里完成这样一种抉择。在东方和西方之间，它必须作出抉择，它必须最终地、有意识地在各自争夺自己立足点的两个世界之间作出决定。[②]

说完这番话后，塞塔姆布里尼对自己雄辩的口才很满意，但

---

① Helmut Koopmann (Hrsg.), *Thomas Mann Handbuch*, S. 408.
② 托马斯·曼：《魔山》，第 523 页。

汉斯似乎并不为其所动,他"拳头托住下巴,坐着。他凭复折屋顶的窗子往外眺望,从他那双单纯的蓝眼睛里可以看出某种倔强的神态。他默默无言"①。

尽管汉斯没有立即作出明确选择,但通过上述内容,我们看到,《沉思》中的东方和西方的政治思想人物代表在《魔山》中又重复了一次。而在这里,这两种观点都得到了各自世界观和人生观的支持。通过这种方式,托马斯·曼在小说中不仅代表而且发展了他的任务:在西方的议会民主制和东方的民主之间找到一个新的政治模式。

三、中间的德国:汉斯·卡斯托尔普

从托马斯·曼的小说和政论文对比中可以推测,他将为德国在东西方的政治之间寻找新进路的任务交给了汉斯。那么汉斯又是如何发展他的思想?事实上,在纳夫塔和塞塔姆布里尼的辩论之前,汉斯就以独特的方式确立了自己的位置。首先,让我们关注他关于生命、精神、物质、死亡和疾病"既神圣、又不纯洁的奥秘"②,这些东西自童年以来就一直困扰着汉斯。

汉斯幼时即失去了父母和祖父,从小就与死亡有着密切的联系。他对死亡产生了两种情绪。一种是庄重、威严和神圣的情感,他在葬礼仪式和人们对死者的严肃态度中得来;另一种是亵渎和猥亵的情感,他在祖父腐烂的尸体所散发出的微弱恶臭中发现。他在疗养院中也时常有这两种情绪,并对此感到困惑。当他

---

① 托马斯·曼:《魔山》,第 523 页。
② 同上,第 271 页。

在X光室观察自己的身体内部时,他显得"相当呆滞,昏昏欲睡,又显得十分虔诚"[1]。之后,当他在德国医生贝伦斯的茶室里看到性装饰时,他想起古人用同样的图案来装饰他们的石棺,并指出,对古人而言,淫猥和神圣多少是一码事。而更重要的是,疗养院中以不同方式影响着每一个人的"疾病"现象,一再唤起他的这两种情绪。一方面,在疗养院病人病情越严重,就越有可能得到尊重。用汉斯的话来说,这种氛围看起来很"神圣",这与他之前认为疾病使人高雅的观点一致[2];另一方面,他认为,在疗养院中的病人由于身患疾病普遍存在着道德沦丧、缺乏文明理性、冷漠和放荡的现象。

通过与医生贝伦斯的谈话,汉斯首次了解了生命、死亡和形式之间的关系。他认识到,死亡是一种分解和腐败的现象,它把身体分解成更单纯的化合物,变成无机物。也就是说,死亡是一种氧结合,一种氧化,而生命主要也是细胞蛋白的一种氧化作用。在这个意义上,生就是死。不过,两者仍有区别:生命总是生命,它是靠物质的交替而维持其形式的。而对于形式,汉斯认为它是从事各项人文工作的基础。

然而,汉斯并不满足于与贝伦斯的谈话,他收集大量关于生物学、解剖学和生理学的书籍,进一步了解关于生命生成和分解的秘密。他的阅读再次验证了贝伦斯的观点:生命是"物质的狂热",它通过蛋白质分子的不断溶解和更新而保持形态。汉斯进一步将生命设想为"能意识到自己恬不知耻的物体",因为它

---

[1] 托马斯·曼:《魔山》,第215页。
[2] 同上,第92页。

"是由人们熟知的、唤起肉欲的物质产生和形成的",即使还不清楚生命最初如何从无机质转化而来。[①] 同时,汉斯还发现,"疾病"是生命放荡不羁的一种形态,以至于身体失调、不受约束。

基于这些认识,他得出如下结论:其一,从非物质到物质的转变是物质的最初阶段。在此当中,由于某种未知渗透物的刺激,非物质或精神的密度增加,组织上也发生病理性的肥大,进而引发所谓的疾病。它一半是愉快的,一半是苦恼的。其二,从无机物生成有机物是物质的第二个阶段。这个过程表现为肉体过渡到意识的一种亢进,就像机体的疾病是肉体的一种失调和不受约束的亢进一样。其三,有机体中的疾病是其自身的物质性(即生命的淫荡方式)的令人陶醉的增强和粗糙的强化,所有这些转变都在通往邪恶、情欲和死亡,是一条精神堕落之路。综上所述,我们可以说物质意味着精神的放纵,生命(形式、身体)则传达了物质的放纵,而疾病(或死亡)呈现着生命的放纵。这正是生命、精神、物质、死亡和疾病的"既神圣、又不纯洁的奥秘"。

汉斯在纳夫塔出现之前的第五章获得这些认识。他认为精神、物质、生命和死亡(疾病)都是按情欲这一单一尺度来协调的,这个观点与塞塔姆布里尼和纳夫塔都有所区别。一方面,汉斯认为,生命和疾病两者都是过度放纵欲望的结果,这与纳夫塔认为生命是一种疾病的理解有一定的相似之处。另一方面,汉斯又认为,精神和现象世界(物质、生命、自然)是欲望增长的单一过程,这与纳

[①] 托马斯·曼:《魔山》,第272页。

夫塔的观点不同,与塞塔姆布里尼倒是相似。这就是为什么在之后的章节中,汉斯在聆听纳夫塔和塞塔姆布里尼的辩论时对两人的观点都不满意。对他而言,似乎在各不相融的极端选择之间,在崇尚言词的人文主义和文盲的野蛮性之间的某个地方还必然存在着某种东西,人们可以折中地称之为"人性"或"人文"。① 为了能真正找到自己的位置,他冒险进入山区,结果迷路了。

在暴风雪中,他迷糊睡着,做了那个著名的"雪梦"。起初,他在阳光灿烂的土地上看到快乐、优雅的人们,汉斯在其中一个客人的示意下,走进阳光明媚的神殿,却看到一幅血腥的画面:两位丑陋的半裸老妇正在吃孩子。从这个梦惊醒过来的汉斯,有了全新的认识。在第五章里,他已经认识到,从简单物质中产生生命并保持其形式的冲动与导致形式崩溃和死亡的冲动实际上是相同的"氧化"作用。然而,在"雪梦"中,他区分了这两种冲动,称前者为"生命",而后者则为"欲望"或"肉欲"。通过这种区分,人的生命地位得到了更加具体的定义。同其他生命形式一样,人类通过"爱"来创造和保存自己,通过"欲望"来毁灭自己。汉斯认为,神子之人(Homo Dei)位于中间,"在冒险与理智之间"。② 之前,他指出理性是唯一的美德,而死亡是"冒险",是混乱和欲望。在此背景下,可以说,"神子之人"的地位是一种源自"精神"或"理性"的有机活动,它与物质或有机体

---

① 详见托马斯·曼:《魔山》,第529页。
② 同上,第501页。

的本性无关,而欲望导致死亡;它只存在于短暂的瞬间中。①

随着对欲望和爱作出如此区分,汉斯与塞塔姆布里尼和纳夫塔的距离愈发清晰。汉斯认为人性存在于欲望与理性之间的有机活动中,而纳夫塔的人性观念导致对混乱、欲望和死亡的解放,塞塔姆布里尼的人性观念只包括精神和理性,这两种观念都不能让汉斯满意。

与此同时,汉斯将对人类生命地位的探求发展为对人类适当的地位和社会的探索,他将人类在理性和欲望之间的地位形象与位于"神秘的集团和空洞的个人之间"的国家类比。显然,这里的神秘集团相当于纳夫塔为实现上帝之国的暴力活动,而个人主义之风对应的是塞塔姆布里尼的乐观主义、自由主义和个人主义。但是汉斯的梦与这两者都相距甚远,他幻想的是"一个富有理智、人与人开诚相见的集体和人类处于美好状态的形式和文明"②。

托马斯·曼在《魔山》中还提出了对世界和生命的看法,在东西方之间提出一种新的社会模式。值得注意的是,托马斯·曼让一个德国青年成为这样一个社会希望的承载者。这意味着他在《魔山》中寄寓了自己的政治诉求,其表达方式即是让德国青年找到一个有别于东西方的德国共同体的模式。可以说,汉斯的选择某种意义上即托马斯·曼政治观念的传声筒。小说与现实的这个相似之处让我们推测,德国文化与西方文明和解的可能或许就

---

① 汉斯从雪山回来后,立即就忘了在雪中的领悟,继续在魔山过着麻木的生活,直到"一战"爆发他才下山。
② 托马斯·曼:《魔山》,第501页。

在汉斯·卡斯托尔普这个人物形象身上。正如我们所考察的,汉斯的世界观既不同于塞塔姆布里尼,也不同于纳夫塔,他还将其世界观发展为他自己对理想政治形式和理想社会的看法。

然而,我们不能因此草率地认为,托马斯·曼和汉斯持相同的立场,二者直接对应。尽管他们拥有相同的任务,但将小说人物的观点与作者本人的观点等而视之也显得简单粗暴。因此,在下一部分,我们将要讨论托马斯·在《论德意志共和国》(1922)中的政治主张。在这篇演讲稿中,托马斯·曼宣称他支持德意志共和国。更重要的是,托马斯·曼在这篇演讲中将汉斯关于生命、人性和社会的观点作为他自己新政治思想的基础。

第三节 "同情有机质":民主精神

学界一般认为,在写作《魔山》期间,托马斯·曼的政治观念有重要的转变,即从《沉思》中的保守主义旗手(1918),转变为《论德意志共和国》中的共和国支持者。1922年10月15日,托马斯·曼在柏林做了题为"论德意志共和国"的演讲。这次演讲是为庆祝剧作家格哈特·霍普特曼六十岁生日所做,到场的听众多是思想比较保守的学生。而由于写作《沉思》,此时外界仍然认为托马斯·曼是保守主义坚定的支持者。[①] 然而,在讲座开始时,托马斯·曼明确宣布,他的目的是唤醒德国年轻的听

---

① 托马斯·曼本人曾说,他因为发表了《沉思》而被视为一个保守主义者,一个反共和的知识分子。Thomas Mann, *Betrachtungen eines Unpolitischen*, S. 390; S. 399; S. 402.

众站到共和国一边，支持民主和共和国。①

正如通常所指出的那样，托马斯·曼之所以有如此大的转变，是因为现实中发生了一些重大的事件，促使他决定支持共和国。首先，1922 年 1 月，托马斯·曼与兄长亨利希和解。② 此番和解让托马斯·曼有可能转而支持亨利希一直支持的共和国。其

---

① Thomas Mann, "Von deutsche Republik," in: Thomas Mann, *Gesammelte Werke in dreizehn Bänden*, Bd. 2: *Königliche Hoheit, Lotte in Weimar*, S. 147. 《论德意志共和国》发表后，托马斯·曼经常被视为"理性共和党人"（Vernunftrepublikaner）。所谓的"理性共和党人"，指的是那些并不真正热爱共和，但出于理性的选择而拥护共和国的知识分子、政治家和商人。此术语由弗里德里希·梅尼克（Friedrich Meinecke）在 1913 年首次使用。它最先包括梅尼克、古斯塔夫·施特雷泽曼、恩斯特·特洛尔奇、瓦尔特·拉特瑙以及托马斯·曼。尽管将托马斯·曼视为一个理性的共和党人已成为学界的共识，但对其作为理性共和党人的评价却争议不断。通常认为，托马斯·曼的理念世界由两组对立观念组成，一面是理性、启蒙、生命、健康、民主和自由主义，而另一面则为感性、非理性、浪漫主义、死亡、疾病、保守主义。托马斯·曼曾试图将两者综合。有些学者认为，托马斯·曼综合两者的努力失败了，他仍然保持着对保守主义、浪漫主义和非理性的同情，只是表面上持民主态度而已。而那些将托马斯·曼视为理性共产党人的学者，对此也评价消极，他们认为在托马斯·曼的理念世界中，感性和理性的领域依然分离，他对共和国的支持仅仅只是一个"理性"的选择，并非"情感"上的接受。但是，我们不应该忽略，1918 年后，托马斯·曼放弃了他所坚持的将个人思想与政治分离的观念，转为对共和国的冷静批判。换言之，他更愿意尝试为新生的共和国建立一种情感基础，建立一种共和或民主的精神。Keith Bullivant, "Thomas Mann: Unpolitischer oder Vernunfrepublikaner?" in: Keith Bullivant (Hrsg.), *Das literarische Leben in der Weimarer Republik*, Königstei: Scriptor, 1978, S. 17.

② Hermann Kurzke, *Thomas Mann: Das Leben als Kunstwerk*, S. 271.

次,同年3月,托马斯·曼会见了总统弗里德里希·艾伯特,并对他留下良好印象。9月,政府官员阿诺德·布莱希特(Arnold Brecht)、内政部长阿道夫·科斯特(Adolf Köster)以及一些共和国的支持者拜访了托马斯·曼,并试图说服他支持共和国。[①] 此外,托马斯·曼对他之前所支持的凡·登·布鲁克团体倍感失望。尤其在外长瓦尔特·拉特瑙遭暗杀后,他开始敏锐地觉察到反共和国的保守主义运动的危险性。

除了这些不可忽视的外部原因之外,更应该关注的是他内在逻辑思维的转变,即:相比之前他所坚持的观念,他如何与之保持一致,又在哪些方法有所修正,同时增加了哪些新的看法。我们从结论入手,托马斯·曼最关键的变化在于,他放弃了从前所坚持的个体精神与政治分离的观念,开始主张两者统一。据他自《沉思》以来的观点看,这两个领域的联结是民主和共和国的关键。因此,在认可两者联合的主张之后,托马斯·曼完全有可能支持民主共和国。此重大转变不仅仅因为现实的原因,或许也是他出于机会主义而做的决定,还源于他在写作《魔山》的过程中所获得的新的政治观念。

在演讲中,托马斯·曼指出,当前德国普遍存在着对共和国的敌对情绪。对此,他分析道,人们之所以反对共和国,是因为他们认为共和国违背了德国的本性。托马斯·曼追根溯源,从德意志帝国时期典型的市民精神(Bürgertum)中找到了这种对立的原因。那时的市民倾向于将国家事务与精神领域分开,对政

---

① Paul Egon Hübinger, *Thomas Mann, die Universität Bonn und die Zeitgeschichte*, München: R. Oldenbourg, 1974, S. 84.

治不关心。托马斯·曼批评市民的这种态度,并宣称如今命运赋予人们对共和国的责任了。① 从这个批评中,我们已看到,托马斯·曼在呼吁将个体精神与政治统一起来。1922 年以后,他更强调国家与个体精神的统一,批评市民对政治态度冷漠。与托马斯·曼在《沉思》中关于两者分离的主张相比,此时他的思想已发生了重大转变。那么,托马斯·曼如何在听众面前证明自己的新立场是正确的?

首先,我们可以先整体把握托马斯·曼的论说逻辑:他建立了一个恒等式,即民主等于人道,其代表是德国的中产阶级。此处他所说的"人道"具体含义为何?为何民主就等于人道?

在《论德意志共和国》中,托马斯·曼改变了此前二元对立的思考模式,引入一个第三因素——人道主义(Humanität)——来调和矛盾。共和国的核心是民主,而德意志民主的核心又是人道,因此共和国成为文化与政治、艺术与生活之间的和谐相融的场域。托马斯·曼在被他称为"感性思想家"的诺瓦利斯的思想中发现这民主的春天。② 通过引用诺瓦利斯,托马斯·曼重申了如下观念:其一,生命和死亡都是一种氧化过程,发起和推动它们的分别是"爱"和"欲望";其二,生命(有机物)以保存形式为己任,进而对抗倾向于混乱的元素的无节制活动。同时,在这篇演讲中,托马斯·曼所谓的"人道"与他所说的"同情有机物"(Sympathie mit dem Organischen)异曲同工,具有同样的蕴

---

① Thomas Mann, "Von deutsche Republik," in: Thomas Mann, *Gesammelte Werke in dreizehn Bänden*, Bd. 2: *Königliche Hoheit, Lotte in Weimar*, S. 149.

② Ebd., S. 161.

意。这也与汉斯的观点相同，他认为对有机物的同情，既人道，同时也是对死亡、疾病和欲望的同情。① 换句话说，《论德意志共和国》中的这些观念是塑造汉斯形象的思想基础。

然而，演讲中，托马斯·曼并没有很好地展示"对有机物的同情"，即人道主义，怎么成了民主的春天，换言之，"同情有机物"怎么成为一种民主精神。这可能就是有人批评托马斯·曼试图将德国与德国浪漫主义结合起来却失败的原因。他们批评托马斯·曼利用他德国保守主义者的形象，虚伪地做宣传。②

为了搞清楚是什么促使托马斯·曼将"同情有机体"与民主结合起来，我们回到小说《魔山》中来。汉斯在东西方之间曾找到一种有机体。据他看来，这个有机体是一种介于理性和欲望之间，且通过爱来保持形式的东西。而且，理性和欲望分别以西方的塞塔姆布里尼和东方的纳夫塔为表征，因此，有机体就成了介于东西方之间的某种东西，是一种德国的概念。与有机体一样，共同体也是在理性和欲望之间保持它的形式；它既不是塞塔姆布里尼那种个人主义式的原子社会，也不是纳夫塔那种神秘的上帝之国。由于有机体和共同体的这种平行结构，对有机体的同情可以与介于东西方之间的理想德国联系起来。在托马斯·曼看来，德意志共和国应定位于这两种思想之间：

---

① Thomas Mann, "Von deutsche Republik," in: Thomas Mann, *Gesammelte Werke in dreizehn Bänden*, Bd. 2: *Königliche Hoheit, Lotte in Weimar*, S. 161-172.

② Hans Wisskrichen, *Zeitgeschichte im Roman: Zu Thomas Manns Zauberberg und Doktor Faustus*, Bern: Francke, 1986, S. 101.

在一般个体的审美化分离和无尊严的毁灭之间，在神秘主义和伦理、内在性和国家之间，实际上，在向死亡妥协的道德、平民之间，价值与在道德上如水般透彻的理性平庸都不是处于德国中心位置的人性。①

"审美化""道德"和"价值"被解释为西方和塞塔姆布里尼的特征，"无尊严的毁灭""神秘主义""向死亡妥协的道德"则属于纳夫塔和东方的特征。而与民主相一致的"人道主义"应置于两者之间。然而，在引文中，托马斯·曼插入了"内在性和国家"，这与其对东西方的对比不一致，但与"雪梦"一样，因此，位于东西方之间的中间地带所取得的成就似乎突然与国家事务和个体精神的统一联结重叠了。之所以这么说，是基于对有机体和共同体的平行理解。此处，托马斯·曼将国家视为有机体且具有自我修养（Bildung）功能。这种自我修养功能即"政治的人道"，表示作为一个文明国家一员的个体可被教化，达成修身养性的目的。这也是所谓的"德意志精神"的真正内涵。托马斯·曼认为，只有在共和国，人们才能真正实现"自我修养"：

> 德意志人，或者说，泛日耳曼人，拥有致力于建构国家的个体本能，拥有基于每个个体成员之间互相承认的共同体理念，拥有人道理念，这种人道理念既综合了贵族制和社会性，又迥异于斯拉夫性的政治神话，也迥异于西方的无政府

---

① Thomas Mann, "Von deutsche Republik," in: Thomas Mann, *Gesammelte Werke in dreizehn Bänden*, Bd. 2: *Königliche Hoheit, Lotte in Weimar*, S. 164.

的极端个人主义——这种自由与平等的统一,这种真正的和谐,一言以蔽之,就是共和国。①

如此一来,托马斯·曼赋予共和国以精神价值:共和国是个人与集体、特殊与普遍、德国与欧洲、启蒙运动与浪漫主义之间伟大的媒介和融合者,是人道本身。身处如此共和国之中,德国人无论作为个体还是集体,都能很好地发挥自己的内在潜能。我们也记得,托马斯·曼在《沉思》中曾批判民主和共和国,其原因是他担心在一个民主国家,个体的精神领域将完全被政治所占据。然而,从有机体与介于理性和欲望之间的共同体的平行结构中,托马斯·曼找到了让个人主义与社会意识相融的方式,促使他以更宏大的方式来联结个体与集体。在托马斯·曼的新观念中,社会意识不仅与个人主义相融,而且还是维系一个共同体的必要条件。所以,托马斯·曼放弃之前所坚持的精神与政治的分离说,转而呼吁团结统一,支持共和国。在这里,托马斯·曼找到了一种精神气质,一种精神态度,这种精神的气质和态度与个人主义和社会意识都是相容的,不可分割的。因此,他变成了民主共和的倡导者,用他的话说,民主和共和是国家与个人思想的统一。

在关于共和国的演讲中,托马斯·曼很少谈论共和国具体的政治制度,反而引用诺瓦利斯的话:没有共和国就没有国王,没

---

① Thomas Mann, "Von deutsche Republik," in: Thomas Mann, *Gesammelte Werke in dreizehn Bänden*, Bd. 2: *Königliche Hoheit, Lotte in Weimar*, S. 167.

有国王也没有共和国。①此番言论，让人怀疑他实际上还是一名君主主义者，或者说至少他对"民主"和"共和国"的理解是有问题的。事实上，托马斯·曼在许多场合都把他的理想民主描述成一个开明的民主政府，而非人民的政府。托马斯·曼似乎不相信人民自治的能力，而这可能是民主的一个重要条件。然而，不可否认的是，在《论德意志共和国》中，托马斯·曼不再坚持之前文明与文化截然对立的观念，超越了此前坚持以德意志文化对抗西方文明的思想框架。在这篇演讲稿中，托马斯·曼在文明与文化之间引入爱欲和人道的概念，想要调和德意志文化传统与启蒙思想的矛盾，进而为根植于德国自身传统的现代性危机设计一套解决方案。在他看来，在俄罗斯和德国革命之后，迫在眉睫的问题是在东方的共产主义和西方的议会民主之间找到一种适合德国的政治形式。他希望新生的共和国能体现这种形式。因此，在对德国现代危机的审视和反思中，他重新思考政治与个体精神的关系。

这个任务在《魔山》中展开。主人公汉斯获得了关于人类生活和共同体的新认识。一个人的生命形式就像一个有机体一样，在从理性出现到欲望释放的过程中受到有机活动的限制；一个人类共同体的形式由对有机物的同情所约束，并抵制欲望和混乱的诱惑。这种共同体的概念，介于肖夏、纳夫塔与塞塔姆布里尼之间，介于东方与西方之间。在这个以"同情有机体"为基础的共同体中，即使不将个体与政治分离，个体也可以得到保护。此

---

① Thomas Mann, "Von deutsche Republik," in: Thomas Mann, *Gesammelte Werke in dreizehn Bänden*, Bd. 2: *Königliche Hoheit, Lotte in Weimar*, S. 141.

外,从他的新观念来看,两者的统一团结非常有必要。因此,在《论德意志共和国》中,托马斯·曼自我批判了早前对政治冷漠的态度,并且呼吁这两个领域结盟,他也转而支持共和国。托马斯·曼在宣布支持共和国之前,花了很长时间重建他整个复杂的理念世界。托马斯·曼的任务是在东西方之间建立一个德国共同体,在这一任务的驱使下,托马斯·曼发现所谓的德国精神就是对有机物的同情;在这种原始的理性和情感基础上,他完全放弃了以前关于精神与政治分离的想法,旗帜鲜明地支持共和国。

结　语

作为20世纪最具影响力的成长小说之一,《魔山》一反传统主人公线性时间发展的成长模式,在高山疗养院的独特空间体验中开启主人公认识自我和认识世界的成长之路。小说中的时间凝滞,空间静止封闭,主人公也不再是按时间的发展逐步走向成熟,而是以他在魔山上的精神历险来认识自我和世界。他在这个充满疾病和死亡的空间里,以对人生最终的"死亡"的接受和反思作为起点,在死亡与生命、疾病与健康、精神与生活的永恒对立中追问当下存在的意义,寻找生命的本真。托马斯·曼根植于当时的思想语境,以独特的空间敏感性、独到的观察视角和独具一格的文学创作,在《魔山》中呈现了大量风格迥异的空间形态,以及个体多样而细微的空间体验和情感认知,形成了既关注个体存在与精神状况,又充满审美和文化批判,还表达其人道主义思想的现代空间美学。更为重要的是,托马斯·曼对空间问题的探索,以空间为介质展开的现代性批判与文化批判,对我们今天所处的后现代语境以及全球化的时代来说,仍具有非常重要的现实意义。

随着社会的日益空间化，个体被现时空间分割和剥蚀的体验愈发严重，产生了更强烈的被放逐感和陌生感。时代向前推进，现代人内心深处涌动着对意义的焦灼和渴念也愈演愈烈。可以说，托马斯·曼通过个体细微而多样的空间体验和情感认知所传达的生存危机和精神困境，与当下时代的状况并无二致。在《魔山》故事结束一个世纪之后的今天，时代状况并没有发生根本性的变革，人们仍旧在一个意义丧失的世界中四处飘荡。托马斯·曼在《魔山》中所揭示的现代社会的内在矛盾与危机，仍然没有有效化解。而托马斯·曼那既关注个体生存体验与精神处境，又充满审美和文化批判的空间美学，对我们分析当代人焦虑不安、孤独无助的精神境况具有非常重要的启示作用。

一方面，当代社会的现代化不断向前推进，全球化的思潮席卷整个世界，但我们所处的现时空间却愈发"碎片化"和"细微化"，时间的纵深感消失，人们越来越没有时间去回忆、去思索，而是被困在当下庸庸碌碌的现实生活中。托马斯·曼的空间美学告诉我们，探寻当代人的精神困境的深层原因离不开其空间的体验，而要试图化解这种空间带来的剥蚀感和分割感，则应该在破碎的现时空间上添加一种回溯性的时间景深，从民族性、内在性上增加人们的历史感和文化归属感，让空间不再只是单薄的空间，而是有深度的厚重的空间。

另一方面，托马斯·曼探索和讨论东方与西方的地缘政治空间，认为德意志应该在东西方之间建立一个以"同情有机物"为理性和情感基础的民主共同体，放弃了从前以德意志文化对抗西方文明的思想框架，引入人道主义的观念，调和艺术与生活、文化与政治。这种高扬的人道主义精神在现在也没有失去其积极意义。

更重要的是,托马斯·曼在《魔山》结尾追问我们"在哪儿",将要"去何方",这是人类永恒的问题,也是我们今天如何在断裂和破碎的现时空间中找回定位能力的表征。《魔山》写作的时代,欧洲乃至整个世界都动荡不安,在个体与世界之间形成了巨大的裂隙,个体能在破碎的世界中找到自己的位置吗?托马斯·曼在平庸世俗机械的平原空间之外虚构了一个浪漫精神有机的高山空间,试图在高高的精神之所为身心居无定所的人们寻找一方净土。但极具反讽意义的是,这个远离世俗的精神之所却是一个充满疾病和死亡的肺病疗养院,只有来这里治病的病人,没有从这里离去的治愈者。这是否意味着,救赎的失败?或许,我们不应该这么悲观。托马斯·曼告诉我们,他送汉斯上山,是为了让他明白:"一切高级的健康都必须以对疾病和死亡的深刻体验为前提,就像获得拯救的前提是经历罪恶。"[1]在《魔山》中,托马斯·曼让汉斯几乎重复了这句话,他对肖夏说:"有两条道路通向生命,一条是普通的、直接的和正当的。另一条是不正当的,它是通过死亡而引导的,这就是天才的道路!"[2]面对20世纪初叶苦难深重的德国或者说欧洲,托马斯·曼以《魔山》的空间建构为精神上流离失所的人们寻找一个栖身之所,这个栖身之所不

---

[1] Thomas Mann, *Gesammelte Werke in dreizehn Bänden*, Bd. 11: *Reden und Aufsätze 3*, S. 613;转引自黄燎宇:《〈魔山〉:一部启蒙启示录》,《外国文学评论》2011年第1期。

[2] 托马斯·曼:《魔山》,第606页。

是美好的乌托邦，而是充满腐朽和死亡的炼金炉，需要在其中经历痛苦的蒸馏、萃取、提纯等过程，才能获得精神、思想和道德的提升。对于当下时代而言，尽管现时空间不断分割和剥蚀我们，但我们仍然可以向汉斯那样做一个永远的探寻者，不断地探索自我的内在性，探知灵魂的多面性，感知世界的复杂性，迈向一种整体的和谐的自我。毫无疑问，这样一个意义的探寻之旅，必定艰险不断，动荡不安，尤其需要保持恒久的耐心和坚定的信念，需要像托马斯·曼笔下的汉斯那样迈入经受现代性矛盾洗礼的"魔山"，对时代问题和文化危机展开不间断的批判性反思。

附录一

思想史上的魔山论辩

——海德格尔和卡西尔在魔山

在《魔山》中,托马斯·曼精心安排和布局了一场现代思想的大辩论,人文主义者塞塔姆布里尼与耶稣会教士在达沃斯展开思想的交锋论战。论战的一方塞塔姆布里尼代表的是启蒙运动的人文主义者,宣扬自由、科学和进步的观念,反对教会,另一方纳夫塔则是非理性主义的代表,坚持宗教裁判,迷恋死亡和充满暴力的情欲。前者认为,精神是生活的力量,精神能给人类带来好处和快乐,所以坚持理性、进步、科学、乐观等观念,精神至上;后者则迷恋反生活的精神,推崇暴力、上帝之国、非理性。概而言之,塞塔姆布里尼高度推崇理性、科学、进步的现代文明,主张教育和塑造人,让人尽善尽美;而纳夫塔则声称要把人从人文主义者的"床榻"上惊起,呼唤"神圣的恐怖"。二者论争的实质其实是文明与文化之争,是塞塔姆布里尼所代表的生命、启蒙、自由民主、理性平等的文明与纳夫塔所代表的死亡、权威主义、浪漫主义、民族主义的文化之间的较量。在小说中,这两人的辩论非常精彩,长达两百多页的论战中各种思想和精神你来我往，针锋相对，成为魔山上一道绚丽的人文景观。

而在小说之外，魔山上也真实地发生过一场同样精彩的思想论辩。1929年春，在达沃斯的"高校周"，海德格尔和卡西尔（Ernst Cassirer）在皑皑白雪的高山上也展开了一场激烈的辩论。他们争论的焦点是如何阐释康德哲学，并由此生发了对自由、真理、有限性、客观性和哲学的本质的讨论。海德格尔和卡西尔在魔山的论辩成为德国思想史上的一次重大事件，轰动一时，其深远影响延续至今。它不仅标志着德国新康德主义（Neukantianismus）的终结，也预示着分析哲学与大陆哲学的分裂。当时亲历这场思想盛会的人们感觉自己像汉斯一样，身处托马斯·曼在小说中虚构的大辩论中。[①]《魔山》中虚构的思想论辩竟然在现实生活中重演，让魔山成为名副其实的思想空间，再提起达沃斯时，人们想起的不再只是达沃斯经济论坛。那么，文学中虚构的思想论争与现实中的精神辩论只是巧合吗？两场辩论除了都在同一个地点魔山展开，还有什么内在联系？纳夫塔是站在海德格尔身后的幽灵吗？卡西尔身后的是塞塔姆布里尼？要解开这些迷雾，我们先来了解这场发生在现实空间的魔山论辩。

[①] 当时的亲历者之一库尔特·里策勒在写给《新苏黎世报》（1929年3月30日晨版）的通讯稿中直接暗示了《魔山》中的塞塔姆布里尼与纳夫塔论战的一幕。里策勒是当时法兰克福大学的学监，在1929年的达沃斯"高校周"曾陪同海德格尔上山滑雪。参见吕迪格尔·萨弗兰斯基：《来自德国的大师——海德格尔和他的时代》，靳希平译，北京：商务印书馆，2007，第238页。

一、相遇达沃斯

1929年3月至4月间，在瑞士达沃斯举办了一场为期三周的"国际大学课程"。组织者为瑞士、法国和德国的政府，他们邀请学者专家来开展一系列的讲座和讨论会，旨在调和法语和德语知识分子的分歧。海德格尔、卡西尔、卡尔纳普（Paul Rudolf Carnap）等人都前来参加。其中海德格尔和卡西尔所做的一系列讲演和两人的辩论是此次高校周活动的高潮。这个重大的思想史事件，轰动一时，吸引了众多的学生、教授、学者参加，甚至吸引了新闻记者，因为许多未能亲临的哲学爱好者，也在山下翘首企盼他们从高山传来的消息。

这场思想论辩之所以如此瞩目，首先是因为参加辩论的两位主角是当时德国顶尖的哲学家，时代精神的代表。卡西尔是当时公认的康德研究专家，康德全集的主编。他师从赫曼·柯亨（Hermann Cohen），后者是新康德主义马堡学派创始人。参加达沃斯高校周时，卡西尔刚出版了自己的哲学代表作《符号形式的哲学》（*Philosophie der symbolischen Formen*），享有盛名。而海德格尔则因1927年出版的《存在与时间》（*Sein und Zeit*）取得了巨大成功，在哲学界如日冲天，正逐步取代胡塞尔（Edmund Husserl）而成为现象学的领袖。在高校周活动的讲演和随后的辩论中，海德格尔首先对康德的《纯粹理性批判》（*Kritik der reinen Vernunft*）做了激进的存在论的阐释，这种解读方式显然与新康德主义的马堡学派从认识论来解读的方式不同。因此这场辩论不仅是一位哲学新秀对传统的挑战，也不单单是两种对康德哲学不同的阐释的对比，还是两种不同哲学立场的较量。难怪当时参加辩论会的皮尔诺后来回忆说，在现场的他仿佛是"一场伟大历史性的时刻的参与者"，"你们可以骄傲地说，你们当时也在场"。①而迈克尔·弗里德曼（Michael Friedman）表示，这场论辩的影响持久而深远，"卡尔纳普、卡西尔和海德格尔在达沃斯的相遇对于我们理解随后产生的所谓分析哲学传统与欧陆哲学传统的分裂具有特殊的重要性"，这三位哲学家"以不同方式由共同的新康德主义遗产沿着泾渭分明的方向发展，能够极大地帮助我们看清楚分析／欧陆分野的本质和来源"。②

其次，吸引大家热情围观这场思想盛会的原因还在于两位辩论者各自独特的人格魅力。一位与会者写道："海德格尔与卡西尔之间的争论，使我们在个人的印象方面也得到了不可想象的丰富收获……一方是身材矮小的棕黑色皮肤的男人，是一个很出色的滑雪者和运动员，他精力充沛，果敢坚毅，表情严肃，拒人千里之外，有时太过于严肃。他带着令人尊敬的果断性和极为深沉的伦理的庄严，生活在由他自己提出的问题中，并献身于这些问题。另一方是满头银发，不仅外表庄重，而且内在的他也是一个庄严崇高的人，他的思想天地广阔，提问题的视野全面，性格开朗、和善、殷勤热情，生气勃勃，充满灵活性，他还有那贵族式

---

① 波尔诺：《达斡斯谈话》，第28页；转引自吕迪格尔·萨弗兰斯基：《来自德国的大师——海德格尔和他的时代》，第238—239、239页。

② 迈克尔·弗里德曼：《分道而行：卡尔纳普、卡西尔和海德格尔》，"前言"，张卜天译，南星校，北京：北京大学出版社，2010，第3页。

的高尚。"[①] 因此，这场辩论还展示了两种不同的人生态度和人格魅力。有意思的是，这二位与小说《魔山》中的两位辩论主角也有隐约的暗合之处。比如，小说中所描述的纳夫塔鹰钩鼻子，目光如炬，思想敏锐，孱弱瘦小的身体里蕴含着精神的暴力，他就像他的名字"Leo"（希伯来语狮子"Leib"的德译）一样凶悍。而塞塔姆布里尼恰恰相反，热情风趣，学识渊博，满口典故，尽管托马斯·曼对他做了漫画式的呈现，但总的来说，他还是一位有教养的绅士。最终，塞塔姆布里尼与纳夫塔从言语辩论走向决斗，深刻反映出二者论争之事的尖锐对立。而在现实的达沃斯论辩中，尽管论争的问题也相当尖锐，但是在一种既平等又热烈的氛围中展开。

二、海德格尔与卡西尔的达沃斯辩论

按照达沃斯高校周课程安排，海德格尔和卡西尔分别要做四场讲座。海德格尔以"康德的《纯粹理性批判》和为形而上学建基的任务"为讲演题目，而卡西尔则以"空间、语言和死亡"为讨论对象开讲。此外，卡西尔还对舍勒（Max Scheler）哲学中的"精神"与"生命"做了一场讲演。与《魔山》中塞塔姆布里尼和纳夫塔论争主题的混乱庞杂不同，海德格尔与卡西尔在达沃斯的辩论主题明确，他们争论的焦点是如何阐释康德哲学，而他们的根本分歧是从认识论还是存在论来理解康德哲学，并由此衍生出对自由、有限性、真理和哲学的本质的讨论。

[①] 施内贝尔格：《海德格尔拾遗》，第4页；转引自吕迪格尔·萨弗兰斯基：《来自德国的大师——海德格尔和他的时代》，第239—240页。

在海德格尔看来，康德哲学的核心问题是讨论人的有限性，是存在论的问题。因而，他认为，《纯粹理性批判》的核心内容是要"说明形而上学的难题，更确切地说，存在论的难题"①，而不是新康德主义者所认为的，《纯粹理性批判》是作为"与自然科学相关的知识理论"。海德格尔批评新康德主义者对康德的研究过分关注自然科学，而遮蔽了康德哲学的核心问题其实是对存在的形而上学的追问的实质。康德哲学中的理性问题、知性问题以及先验逻辑中的幻相问题都是存在论的问题。康德哲学从人的有限性出发，其终极目标是为"形而上学建基"，而不是对抗实证科学，建立一套科学哲学。在康德的哲学里，人具有有限性，因为人要受自己的认知的限制，而人的"知识力是一种有限的东西，它们是相对的，是受约束的"②。那么，有限的人就无法获得超越的无限了吗？对此，海德格尔表示："人作为有限的存在物在存在论上具有某种程度上的无限性，但是，人在创造存在者本身方面，根本不是无限的或绝对的，毋宁说，他在领会存在的意义上是无限的。"③也就是说，人是有限的，同时在某种程度上也具有无限性，但这个无限是在有限的范围内的无限。

而卡西尔则认为，自由的问题才是康德哲学的核心。他也同意康德哲学以人的有限性为出发点，但是并不意味着无法超越这种有限。在他看来，人作为"建构符号的动物"，可以建构出一

---

① O. F. 博尔诺记录整理，赵卫国译：《卡西尔和海德格尔在瑞士达沃斯的辩论》，《世界哲学》2007 年第 3 期。

② 同上。

③ 同上。

个"符号"和"形式"的系统,在这个纯粹的精神世界里,人可以突破有限的限制,获得无限和自由。所以,海德格尔对康德哲学的阐释在他看来"已不再作为评注者在说话,而是作为入侵者在说话,他仿佛是在运用武力入侵康德的思想体系,以便使之屈服,使之效忠于他自己的问题"①。他主张要从认识论理解康德哲学。他认为,康德将人的认知分为感性、知性和理性三个维度,并不是说人的认知具有这三个截然不同的阶段或能力,事实上,感性、知性和理性在原初是一体的,统统归于"先验的想象力"。通过这个"先验的想象力",人可以获得无限。不过,与海德格尔将"先验的想象力"根植于时间性不同,卡西尔认为人的符号功能才是这种想象力的根源,"我是通过对符号性的东西的研究而被引到此点的。如果符号性的东西不回溯到生产性的想象力的权能上,人们就不可能对它作出解释。这个想象力是全部思维与直观的联系所在"②。

海德格尔和卡西尔由各自不同哲学立场出发对康德哲学作出不同的阐释,并由此引发对于"自由""有限性""普遍真理"的讨论。首先,关于"自由如何可能"的问题。卡西尔认为,康德通过设定一个绝对命令,从而让人超越了有限性,获得自由。"道德性的东西本身超出了现象的世界,却是决定性的形而上学的东西,而在这一点上就实现了某种突破,这与通向智性世界

---

① 卡西尔:《康德与形而上学问题——评海德格尔对康德的解释》,张继选译,《世界哲学》2007年第3期。

② Martin Heidegger, *Kant und das Problem der Metaphysik*, Frankfurt am Main: Klostermann, 1991, S. 276.

（mundus intelligibilis）的过渡相关。"① 换言之，康德的绝对命令是自由的一种表现，是人对有限的一种超越。但是海德格尔不这么认为。在他看来，绝对命令的提出与存在者紧密相关，而存在者是有限的，所以绝对命令也是有限的，它不可能超越出去成为一种自由，即便它有超越的维度，那也是在存在者有限这个大前提之下的超越。这是一种非本真的自由。在海德格尔看来，"自由并不是理论把握的一个对象，而毋宁是哲思的一个对象。这一切只能意味着除了在解放的活动中，没有也不可能有任何自由，对人来说理解自由的唯一一条也是正确的一条道路就是人的自我解放"②。"自由只是在解放之中并且只能在解放之中，与人类自由的唯一相合的关联就是人类自由的自身解放。"③ 由卡西尔和海德格尔对"自由"的不同理解来看，卡西尔认为对自由的获得是通过知识上的理解和把握，而海德格尔则认为自由是通过人的自我解放获得，其自由观念始终与人的存在密切相关。

如果按海德格尔的说法，人因受制于有限的认知不能获得无限，人的自由也是一直在有限前提下的自我解放，那么有限的人能否获得永恒的真理呢？关于这个问题，海德格尔和卡西尔都认为有限的人可以获得永恒的真理，只是他们对此过程的理解

---

① O. F. 博尔诺记录整理，赵卫国译：《卡西尔和海德格尔在瑞士达沃斯的辩论》，《世界哲学》2007 年第 3 期。

② 孙冠臣：《卡西尔与海德格尔的达沃斯之辩》，《中国社会科学院研究生院学报》2008 年第 3 期。

③ Martin Heidegger, *Kant und das Problem der Metaphysik*, S. 285. 转引自孙冠臣：《卡西尔与海德格尔的达沃斯之辩》，《中国社会科学院研究生院学报》2008 年第 3 期。

不同。对海德格尔而言,"只有当此在生存着的时候,真理通常才能作为真理而存在,并且作为真理根本上具有某种意义"①。这说明,此在与真理彼此成就,真理在此在中产生,此在在真理中呈现。要想获得永恒的真理,必须在此在有限的规定中将先验的想象力与经验的感性直观相结合。在这个过程中,康德的"图型法"和"先验想象力学说"非常重要。因为,"康德将图型法的想象力标画为 exhibitio originaria(源始的展现),是一种"自由的、自我给予的呈现"。②也就是说,"图型法"可以揭示和阐明此在的本质,进而获得真理。所以海德格尔表示,"图型法这一章是在建基过程中的位序,暗示着它在系统中的位置,仅仅这一点就已经泄露出,《纯粹理性批判》书中的这 11 页必定是全部著作的核心部分"③。但是,卡西尔反对这种观点。在他看来,康德的图型法"在直接而源初的意义上并不涉及人的此在,而涉及经验对象的结构、特性和条件"④。"图型法和先验想象力的学说虽是康德的分析论的核心,但它们并不是康德整个思想体系的焦点。这个体系只有在先验辩证论、继而在《实践理性批判》和《判断力批判》中,才变得明确,并圆满完成。康德的真正的'基本本体论'并非只出现图型法里。因此,'康德与形而上学'的主题不仅仅是在图型法一章的层面上,而只是在康德的理念学说的层

---

① O. F. 博尔诺记录整理,赵卫国译:《卡西尔和海德格尔在瑞士达沃斯的辩论》,《世界哲学》2007 年第 3 期。

② 同上。

③ Martin Heidegger, *Kant und das Problem der Metaphysik*, S. 89.

④ 卡西尔:《康德与形而上学问题——评海德格尔对康德的解释》,《世界哲学》2007 年第 3 期。

面上，尤其是在康德的自由学说和他关于美的理论的层面上来加以讨论。"①卡西尔认为，通过符号的概念可以实现想象力的综合功能，进而获得对真理的认识。

三、达沃斯辩论的启示

海德格尔和卡西尔立足于各自不同的哲学立场和哲学方法对如何阐释康德哲学展开辩论。海德格尔主张康德哲学的本质是在追寻人是什么，这也是哲学本质的问题。所以，对康德的阐释必须回到原初的意义上，从存在论的维度去谈，其实质是在追问存在的意义。人是有限的，人的自由和对永恒真理的获得都是在存在本身不断的自我解放和自我突破中获得。而卡西尔则坚持康德哲学的核心要义是自由的问题，并且认为人可以通过符号的功能超越有限，获得自由和真理。从二者不同的哲学立场和解读路径的争辩可以看出，他们的辩论还是两种不同文化的交锋对峙。卡西尔认为，对意义的探求不仅要在存在的维度来考量，还应该以整个社会的维度来观照，通过文化、历史等符号形式以及自我的知识来理解和把握意义。他所代表的是德国人文主义传统的观念，主张建构的是一种世界性的"文化哲学"。而海德格尔则认为，"本质性的东西并非人，而是存在，即作为绽出之生存的绽出状态之维度的存在"②。对意义的追寻应该返回到最根本，从对存在的追问开始，以此获得最根本的超越。但因此也有人质疑海

---

① 卡西尔：《康德与形而上学问题——评海德格尔对康德的解释》，《世界哲学》2007年第3期。
② 海德格尔：《路标》，孙周兴译，北京：商务印书馆，2000，第392—393页。

德格尔在这里对此在这个特殊存在者的意义追问，并没有揭示出人的意义，反而将人工具化了，人成为存在的一个对象，失去了自主性。换言之，海德格尔对此在意义的追寻是以牺牲此在的自由为代价的。在卡西尔那里，人通过建构符号系统，形成符号文化，进而实现了对人的有限性的超越，也因此捍卫了人的尊严；而在海德格尔那里，意义是在存在中获得，人的超越是在存在的规定中。因此，也有学者称海德格尔和卡西尔的魔山论辩背后代表的是"一种人道主义和反人道主义之间的冲突和关于西方文化内涵的辩论"[①]。这不禁让我们想起《魔山》中塞塔姆布里尼和纳夫塔的辩论。

在《魔山》中，塞塔姆布里尼坚持人道主义，宣扬自由、民主、科学，认为通过教育和精神的引导可以塑造完善的人格，实现人类完美的目标，最终获得自由。在他看来，西方文明的不断向前推进亦是人类不断完善的表征，这与卡西尔认为人类可以通过建构符号系统，并通过符号的超验功能让人们获得自由和真理本质上是一致的，二者所表征的是传统人文主义的文明观。不可否认，这种进步的文明观曾带来巨大的物质文明和精神文明的超越，满足了现代人的生活需要和精神需求，但是过度追求进步、文明、科学也导致现代社会走向另一个极端，即我们在孜孜以求地追逐文明、探寻真理的同时陷入了工具理性、启蒙理性的困囿中，使得形式主义、科学主义大行其道，而理性本身所具有的反思性和批判性转变为理性的僵化，引发虚无主义，导致现代人空

---

① 迈克尔·弗里德曼：《分道而行：卡尔纳普、卡西尔和海德格尔》，第139页。

虚而幻灭的生存困境。为破除这种僵化的理性主义，纳夫塔反对现代文明，极力宣扬"上帝之国"，以对抗国家暴力和金钱统治的压迫。对他而言，要想逃离意义空虚的现代世界，必须把人类从规范和自我控制中解放出来。纳夫塔渴望回到"一个理想的原始状态，既没有国家、又没有权力的状态，亦即直接作为上帝之子的状态，那时既没有统治，也没有隶属，既没有法律，也没有刑罚，没有过错，没有肉体的结合，没有阶级差别，没有工作，没有财产，有的只是平等、友爱以及道德上的完美"①。为达此目的，甚至可以走极端的道路。纳夫塔所呼吁的回到人类的原始状态与海德格尔主张回到存在去追问意义的观念貌离而神合。在他们看来，若想获得真正的自由和真理，必须弃绝所有的外在束缚和规约，回到最根本的存在上去探寻意义，只有这样才能真正走出现代性的困境。在这一点上，海德格尔比纳夫塔走得更远。但与文明理性的观念一样，这种从本体论意义上探寻意义和真理的主张也暗含着危险的因素，一旦走向极端，将导致更可怕的后果，历史已经证明。

那么，在现代社会的危机和困境中，要如何重获意义，如何探寻时代的真理？托马斯·曼在塞塔姆布里尼与纳夫塔的辩论中安排了代表新生力量的汉斯在二者之间左右摇摆，最后汉斯在纯白的雪野中顿悟："为了善和爱，不应该让死亡主宰自己"。这一宣言既是对死亡的扬弃，也是对与死亡相关的其他元素——如混乱、无序、暴力——的扬弃。小说中的达沃斯辩论最终以汉斯

---

① 托马斯·曼：《魔山》，第404页。

在雪野顿悟之后远离了两位精神导师，德国的文化和西方的文明在他身上得到和解，托马斯·曼认为德国应该走一条自己的中间道路而结束。而小说之外的达沃斯辩论，海德格尔与卡西尔的论争，最终以海德格尔的胜利宣告结束，但这胜利背后的文明与文化的争论仍在继续。

在现代非本真的当下，我们生活在一种异化的状态中，若想获得人之为人的认识和意义，依然需要跟随先哲们向我们展演的探索路径：通过提出根本性问题，通过对存在的追问，而获得自己的本质特征。这种通过个体性而实现本真性的探求，呼应了德国人对自我修养的重视，而自我修养在现代德国历史上发挥了非常突出的作用。如汉斯、托马斯·曼，抑或海德格尔和卡西尔，他们都是具有自我修养潜能的人，能够获得真正的关于存在的知识，有志于理解、批判和发现那些未来美好社会的种种可能性。

附录二

托马斯·曼生平、作品简谱

1875

保罗·托马斯·曼（Paul Thomas Mann）于 6 月 6 日出生于吕贝克一个城市贵族家庭，是托马斯·约翰·海因里希·曼（Thomas Johann Heinrich Mann，1840—1891）与尤丽娅·达·西尔瓦-布鲁恩斯（Julia da Silva-Bruhns，1851—1923）的第二个儿子。兄弟姐妹有亨利希·曼（Heinrich Mann，1871—1950）、尤丽娅（Julia Mann，1877—1910）、卡拉（Carla Mann，1881—1910）、维克多（Viktor Mann，1890—1949）。

1882

入读布塞纽斯博士（Dr. Bussenius）文科中学预备部的私立学校。

1889

入读吕贝克的卡特琳娜文理中学（Realgymnasium Katharineum），在这所学校读至 1894 年中学毕业。

1890

曼氏家族公司迎来百年庆典。出售孟街象征着家族历史与辉煌的"布登勃洛克之家"。

1891

父亲去世,家族公司解散。

1892

在吕贝克剧院观看了瓦格纳的歌剧《汤豪泽》(*Tännhauser*)和《罗恩格林》(*Lohengrin*)。母亲及弟妹们迁居慕尼黑。

1893

创办杂志《春天的风暴》(*Frühlingssturm*)。

1894

中学毕业,迁居慕尼黑。随后在"南德意志火灾保险银行"当见习生。写作第一篇短篇小说《堕落》("Gefallen"),并于同年10月发表于康拉德主编的自然主义杂志《社会》(*Die Gesellschaft*)。在慕尼黑大学和慕尼黑工业大学旁听经济、历史、文学、美学等课程。

1895

与杂志《二十世纪》(*Das Zwanzigsten Jahrhundert*)合作,

发表第一篇论文《批评与创作》("Kritik und Schaffen")。

1896

在《西木卜里其西木斯》(*Simplicissimus*)发表《幸福的意志》("Der Wille zum Glück")。

1897

发表小说《矮个子先生弗里德曼》("Der kleine Herr Friedemann")。开始创作《布登勃洛克一家》(*Buddenbooks*)。旅居罗马的帕莱斯特里纳。

1898

担任《西木卜里其西木斯》的编辑。继续写作《布登勃洛克一家》。第一部短篇小说集《矮个子先生弗里德曼》出版。

1899

是年秋天，经吕贝克去丹麦的阿尔斯迦德度假，这段经历之后写入《托尼奥·克勒格尔》("Tonio Kröger")。继续写作《布登勃洛克一家》。

1900

服兵役，后因健康原因提前退役。结识保罗·埃伦贝格(Paul Ehrenberg)，一起度过许多美好时光。《布登勃洛克一家》完成。

1901

《布登勃洛克一家》出版。写作《特里斯坦》("Tristan"),构思剧本《菲奥伦察》(*Fiorenza*)。

1902

在朗根出版社担任编辑。写作《托尼奥·克勒格尔》。

1903

《托尼奥·克勒格尔》完成。第二个小说集《特里斯坦》出版。

1904

结识豪普特曼(Gerhart Hauptmann)。与卡蒂娅·普林斯海姆(Katharina Pringsheim)订婚。卡蒂娅出身名门,父亲是慕尼黑著名数学教授,外祖母是19世纪著名的女权运动参与者。

1905

2月11日,与卡蒂娅结婚。剧本《菲奥伦察》完成,为纪念席勒逝世一百周年写作短篇小说《沉重的时刻》("Schwere Stunde")。大女儿艾丽卡·曼(Erika Mann)出生。

1906

写作"弗里德里希小说"《海因里希殿下》(*Königliche Hoheit*)。大儿子克劳斯·曼(Klaus Mann)出生。

1907

写作《试论戏剧》("Versuch über das Theater"),这是其第一篇重要的艺术理论文章。剧本《菲奥伦察》在法兰克福首演,随后在慕尼黑上演。

1908

与亨利希夫妇一同去威尼斯度假。在巴特特尔茨修建房子。11月,在维尔纳朗诵即将写完的《海因里希殿下》,并在那里认识施尼茨勒(Arthur Schnitzler)和霍夫曼斯塔尔(Hugo von Hofmannsthal),与后者书信来往密切,保持终生友谊。

1909

计划写《大骗子菲利克斯·克鲁尔的自白》(*Felix Krull*),写作论文《精神与艺术》("Geist und Kunst"),《海因里希殿下》出版。次子戈洛·曼(Colo Mann)出生。

1910

与历史学家和文化批评家西奥多·莱辛(Theodor Lessing)有一场文学纠纷,托马斯·曼撰写《莱辛博士》("Der Doktor Lessing")反驳。6月,女儿莫妮卡(Monika Mann)出生。7月,妹妹卡拉自杀。继续写作《大骗子菲利克斯·克鲁尔的自白》。

1911

威尼斯度假,写作第一篇"瓦格纳散文"《论瓦格纳的艺术》("Auseinandersetzung mit Wagner")。结识古斯塔夫·马勒(Gustav Mahler),其《大地之歌》(*Lied von der Erde*)在慕尼黑首演。创作《死于威尼斯》("Tod in Venedig")。

1912

夏天前往达沃斯看望在疗养的妻子卡蒂娅,在疗养院待了三周。《死于威尼斯》在《德意志新观察》(*Die Neue Rundschow*)连载,大获成功,次年推出单行本。

1913

开始写作《魔山》(*Der Zauberberg*)。

1914

继续写作《魔山》。8月,第一次世界大战爆发,停下《魔山》的写作,写了一系列政论文:《战争中的思考》("Gedanken im Kriege")、《腓特烈和大同盟》("Friedrich und die große Koalition")。与哥哥亨利希产生矛盾。

1915

开始写作《一个不问政治者的沉思》(*Betrachtungen eines Unpolitischen*)。

1917

继续写作《一个不问政治者的沉思》。

1918

与哥哥海因里希的关系进一步恶化。发表《一个不问政治者得沉思》、《主人与狗》("Herr und Hund")、《孩童之歌》("Gesang vom Kindchen")。

1919

恢复《魔山》的写作。获得波恩大学荣誉博士学位。

1920

写作《魔山》。

1921

出版《歌德与托尔斯泰》(*Goethe und Tolstoi*)、《讲演与回答》(*Rede und Antwort*)。继续写作《魔山》。

1922

与亨利希·曼和解。开始支持魏玛共和国，10月在柏林的贝多芬大厅，发表重要演说《论德意志共和国》("Von deutsche Republik")。

1923

写作《灵异体验》("Okkulte Erlebnisse")。与霍夫曼斯塔尔、施尼茨勒和豪普特曼见面。豪普特曼的王者气派和生活乐趣,以及独特的表达方式,给托马斯·曼留下深刻印象,他为《魔山》中的主要人物之一"皮佩尔科恩"的写作提供了原型。

1924

《魔山》问世,大获成功。

1925

6月6日,在慕尼黑老市政厅举行托马斯·曼五十岁生日庆典,前来庆贺的除了其家人亲友外,还有慕尼黑文化界、政界以及教育界的代表。《新德意志观察》发表托马斯·曼五十岁生日专号,为此托马斯·曼专门写了一个中篇小说《错乱与早痛》("Unordnung und frühes Leid")。生日过后,写作《论婚姻》("Über die Ehe"),为"约瑟夫小说"的写作做准备工作。

1926

1月下旬,到巴黎进行为期十天的访问,并发表演讲。6月,应吕贝克建城七百周年庆祝活动的邀请,托马斯·曼重返回家乡并发表题为"作为精神生活方式的吕贝克"("Lübeck als geistige Lebensform")的演讲。秋天,成为新设立的普鲁士艺术科学院文学部成员。12月,开始动笔写酝酿已久的约瑟夫的故事。

1927

旅行，讲座，写作和辩论。与克劳斯·霍伊泽尔（Klaus Heuser）建立友谊。5月，妹妹尤丽娅自杀。

1928

3月，发表《文化与社会主义》（"Kultur und Sozialismus"）。继续写作"约瑟夫小说"。巡回演讲。

1929

1月，在普鲁士艺术学院举行的莱辛二百周年纪念活动上发表《关于莱辛的演讲》（"Rede über Lessing"）。5月，在慕尼黑大学发表题为"弗洛伊德在现代精神史的地位"（"Die Stellung Freuds in der modernen Geistesgeschichte"）的演说。8月，应柯尼斯堡歌德协会的邀请，托马斯·曼带着妻儿来到这个边陲小镇，在此创作了中篇小说《马里奥和魔术师》（"Mario und der Zauberer"）。11月，获得诺贝尔文学奖。

1930

2月，开启埃及之行，为"约瑟夫小说"搜集材料。7月，基本完成"约瑟夫四部曲"的第一部《雅各的故事》（*Die Geschichten Jaakobs*）。9月，纳粹在德国议会大选中大获全胜。10月，托马斯·曼在柏林的贝多芬大厅发表题为"德意志致辞——对理性的呼吁"（"Deutsche Ansprache.Ein Appell an die Vernuft"）的演说。

1931

写作"约瑟夫小说"第二部《青年约瑟夫》(*Der junge Joseph*)。

1932

为纪念歌德逝世一百周年,托马斯·曼在伯尼尔、卢塞恩、布拉格、维也纳、柏林、魏玛、法兰克福以及慕尼黑巡回演讲,演讲篇目为《歌德作为市民时代的代表》("Goethe als Repräsentant des bürgerlichen Zeitalters")。夏天,在尼登继续写作"约瑟夫四部曲"的第二部《青年约瑟夫》。在《柏林日报》发表反对纳粹的文章《我们必须要求的事物》("Was wir verlangen mussen")。

1933

在慕尼黑、阿姆斯特丹、巴黎等地发表题为"多难与伟大的理查德·瓦格纳"("Leiden und Größe Richard Wagners")的演讲。《雅各的故事》在德国出版。慕尼黑的家被抄,被迫开始流亡。

1934

《青年约瑟夫》出版。在瑞士巡回演讲,访问美国,访美途中写作长篇随笔《越洋阅读〈堂吉诃德〉》("Meerfahrt mit *Don Quijote*")。

1935

到中欧三国(捷克斯洛伐克、奥地利、匈牙利)旅行,并发表巡回演讲。出版《大师的苦难与伟大》(*Leiden und Größe der Meister*)。与爱因斯坦一同获得哈佛大学荣誉博士学位。写作"约瑟夫小说"第三部。

1936

《约瑟夫在埃及》(*Joseph an Ägypten*)在维也纳出版,并在德国少量出售。发表题为"弗洛伊德与未来"("Freud und die Zukunft")的演说。就流亡文学与科罗蒂笔战,发表《致爱德华·科罗蒂的公开信》("Ein Brief von Thomas Mann [An Eduard Korrodi]"),表达对流亡作家群体的认同。加入捷克斯洛伐克国籍,就波恩大学取消他的名誉博士学位发表《给波恩的回信》("Briefwechsel mit Bonn")。

1937

第三次美国之行。在苏黎世大学发表题为"理查德·瓦格纳和〈尼伯龙根指环〉"的演讲,探讨瓦格纳的神话概念。参与创办流亡杂志《尺度与价值》(*Maß und Wert*)。写作《绿蒂在魏玛》(*Lotte in Weimar*)。

1938

耶鲁大学举行"托马斯·曼档案馆"开馆典礼。发表政论文章《希特勒老兄》("Bruder Hitler")、《这一和平》("Dieser Friede")。继续写作《绿蒂在魏玛》。

1939

《绿蒂在魏玛》出版。在普林斯顿大学演讲多次。完成长篇论文《叔本华》("Schopenhauer")。准备《自由的问题》("The Problem of Freedom")演说稿。

1940

带着《自由的问题》开始新一轮巡回演讲。发表《关于我自己》("On Myself")、《长篇小说的艺术》("Die Kunstdes Romans")演说。出版关于印度题材的中篇小说《换错的脑袋》("Die vertauschten Kpöfe")。写作"约瑟夫四部曲"的最后一部《赡养者约瑟夫》(*Joseph der Ernährer*)。通过英国广播公司向德国发表题为"致德国听众！"("Deutsche Hörer!")的广播讲话，此项合作基本保持一月一次，延续五年，最后一次讲话是在1945年5月10日。

1941

托马斯·曼与卡蒂娅和艾丽卡应罗斯福之邀做客白宫。继续写作《赡养者约瑟夫》。巡回演讲《战争与未来》("The War and the Future")。成为华盛顿国会图书馆的"德国文学顾问"，在此每年做一次演讲。

1942

完成"约瑟夫四部曲"。与戈洛一样，克劳斯也成为一名美国士兵。

1943

写作关于摩西立法的小说:《律法》("Das Gesetz")。开始写作《浮士德博士》(*Doktor Faustus*)。为写此小说,与音乐家们加强往来,尤其是勋伯格和阿多诺,交往最多,影响也最大。

1944

加入美国国籍。继续写作《浮士德博士》。发表《德意志与德意志人》("Deutschland und die Deutschen")。

1945

写作《浮士德博士》。发表题为"德意志与德意志人"的重要演说。在纽约庆祝 70 岁生日。与瓦尔特·峰·莫罗等人展开关于"内心流亡"的论战。

1946

与阿多诺合作,为《浮士德博士》的主人公创作一部奇特的现代清唱剧。在芝加哥比林斯医院做了肺癌手术。

1947

完成《浮士德博士》的写作。写作关于尼采的论文,《从我们的体验看尼采哲学》("Nietzsches Philosophie im Lichte unserer Erfahrung")。开启欧洲之行,并做巡回演讲。与豪斯曼(Hausmann)笔战。

1948

发表《1938年的幽灵》(Gespenster von 1938)。应付《浮士德博士》引起的争议，尤其是与勋伯格的风波，两人直至勋伯格死前一段时间才彻底和解。《浮士德博士》发表之后引起的各种反应，促使托马斯·曼写作《〈浮士德博士〉一书的产生——一部小说的小说》(Entstehung des Doktor Faustus: Arbeit am Erwählten)，将小说的创作过程和自己在1943年至1946年的生活公之于众。写作《优选者》("Erwählten")。

1949

为战后第二次欧洲之行准备《歌德与民主》("Goethe und die Demokratie")，同时在魏玛和法兰克福发表题为"在歌德年的讲话"(Ansprache im Goethejahr) 的演说，并荣获歌德奖和魏玛荣誉市民称号。4月，弟弟维克多因心脏病发作猝死，在此前一年其曾写完一本很有价值的家庭传记：《我们兄弟姊妹五个》(Wir waren fünf: Bildnis der Familie Mann)。5月，大儿子克劳斯自杀。继续写作《优选者》。

1950

欧洲旅行，写作和演讲《我的时代》("Meine Zeit")，完成小说《优选者》。哥哥亨利希·曼逝世。

1951

第四次欧洲之行。重新开始写作《大骗子菲利克斯·克鲁尔的自白》。

1952

迁居瑞士。继续写作《大骗子菲利克斯·克鲁尔的自白》,为题为"受骗的女人"("Die Betrogene")的中篇做准备。应邀撰写了两篇广播稿:《转瞬即逝赞》("Lob der Vergänglichkeit")、《艺术家与社会》("Der Künstler und der Gesellschaft")。

1953

发表《受骗的女人》。结束《大骗子菲利克斯·克鲁尔的自白》的写作。

1954

迁居苏黎世附近的基尔希贝格。为写喜剧《路德的婚礼》("Luthers Hochzeit")做准备。写作《论契诃夫》("Versuch über Tschechow")。《大骗子菲利克斯·克鲁白的自白》获得巨大成功。为席勒讲座工作。

1955

参加席勒纪念大会,宣读《试论席勒》("Versuch über Schiller")。举办八十岁生日庆典,获苏黎世工业大学自然科学荣誉博士学位。8月12日于苏黎世病逝,随后葬在基尔希贝格公墓。

参考文献

一、托马斯·曼著作

Betrachtungen eines Unpolitischen, Berlin: S. Fischer, 1918.

Briefe an Paul Amann 1915-1952, Herbert Wegener (Hrsg.), Lübeck: Schmidt-Römhild, 1959.

Tagebücher 1918-1921, Peter de Mendelssohn (Hrsg.), Frankfurt am Main: S. Fischer, 1979.

Gesammelte Werke in dreizehn Bänden, Frankfurt am Main: S. Fischer, 1990.

Briefe 1889-1955, Erika Mann (Hrsg.), Frankfurt: S. Fischer, 1992.

Selbstkommentare: Der Zauberberg, Hans Wysling (Hrsg.), Frankfurt am Main: S. Fischer, 1993.

The Magic Mountain, John E. Woods (trans.), New York: Alfred a Knopf, 1995.

Eassy II 1914-1916, Große Kommentierte Frankfuter Ausgabe, Bd. 15, 1, Frankfurt am Main: S. Fischer, 2002.

Briefe II 1914-1923, Thomas Sprecher, Hans R. Vaget and Cornelia Bernini (eds.), Frankfurt am Main: S. Fischer, 2004.

Der Zauberberg, Frankfurt am Main: S. Fischer, 2010.

《托马斯·曼中短篇小说全编》，吴裕康等译，桂林：漓江出版社，2002。

《绿蒂在魏玛》，侯浚吉译，上海：译文出版社，2006。

《魔山》，钱鸿嘉译，上海：上海译文出版社，2007。

《德语时刻》，韦邵辰、宁宵宵译，南京：江苏文艺出版社，2010。

《浮士德博士》，罗炜译，上海：译文出版社，2012。

《托马斯·曼政治小说》，张佩芬编，上海：上海文艺出版社，2012。

《多难而伟大的十九世纪》，朱雁冰译，杭州：浙江大学出版社，2013。

《歌德与托尔斯泰》，朱雁冰译，杭州：浙江大学出版社，2013。

《托马斯·曼散文》，黄燎宇等译，北京：人民文学出版社，2014。

《陛下》，杨稚梓译，上海：上海译文出版社，2017。

二、德语文献

Abusch, Alexander, "Thomas Mann und das 'Freie Deutschland'," in: Alexander Abusch, *Ansichten über einige Klassiker*, Belin und Weinar: Aufbau, 1982.

Bergdolt, K., *Deutsche in Venedig: Von den Kaisern des Mittelalters bis zu Thomas Mann*, Darmstadt: Primus, 2011.

Curtius, Robert, *"Nationalismus und Kultur,"* in: *Die Neue Rundschau* 12, Berlin, 1931.

Heftrich, Eckhard und Helmut Koopmann (Hrsg.), *Thomas Mann und seine Quellen: Festschriff für Hans Wysling*, Frankfurt am Main: Klostermann, Vittorio, 1991.

Heidegger, Martin, *Holzwege*, Frankfurt am Main: Klostermann, 1977.

Heidegger, Martin, *Kant und das Problem der Metaphysik*, Frankfurt am Main: Klostermann, 1991.

Hübinger, Paul Egon, *Thomas Mann, die Universität Bonn und die Zeitgeschichte*, München: R. Oldenbourg, 1974.

Joseph, Erkme, *Nietzsche im Zauberberg*, Frankfurt am Main: Klostermann, 1996.

Kracauer, Siegfried, *Das Ornament der Masse: Essays*, Frankfurt am Main: Suhrkamp, 1977.

Kurzke, Hermann, *Thomas Mann: Das Leben als Kunstwerk*, München: C. H. Beck, 1999.

Kurzke, Hermann, *Thomas Mann: Epoche-Werk-Wirkung*, München: C. H. Beck, 1997.

Koopmann, Helmut (Hrsg.), *Thomas Mann Handbuch*, Stuttgart: Kröner, 1990.

Lukács, Georg, *Die Theorie des Romans: Ein geschichtsphilosophischer Versuch über die Formen der großen Epik*, Neuwied: Luchterhand, 1963.

Mann, Heinrich, *Macht und Mensch*, München: Kurt Wolff, 1919.

Mann, Viktor, *Wir waren fünf: Bildnis der Familie Mann*, Konstanz: Südverlag, 1949.

Max, Katrin, *Liegekur und Baterienrausch Literarische Deutungen der Tuberkulose im Zauberberg und anderswo*, Würzburg: Königshausen und Neumann, 2013.

Mendelssohn, Peter de, "Nachbemerkung des Herausgebers," in: *Der Zauberer*, Frankfurt am Main: S. Fischer, 1981.

Reidel-Schrewe, Ursula, *Die Raumstruktur des narrativen Textes: Thomas Mann, Der Zauberberg*, Würzburg: Königshausen und Neumann, 1992.

Ricoeur, Paul, *Time and Narrative*, Kathleen Mclaughlin and David Pellauer (trans.), Chicago: University of Chicago Press, 1985.

Riehl, Wilhelm Heinrich, *Culturstudien aus drei Jahrhunderten*, Stuttgart: J. G. Cotta, 1859.

Sprecher, Thomas (Hrsg.), *Auf dem Weg zum Zauberberg: Die Davoser Literaturtage 1996*, Frankfurt am Main: Klostermann, 1997.

Weber, Kurt-H., *Die literarische Landschaft: Zur Geschichte ihrer Entdeckung von der Antike bis zur Gegenwart*, Berlin; New York: De Gruyter, 2010.

Weiller, Edith, *Max Weber und die literarische Moderne: Ambivalente Begegnungen zweier Kulturen*, Stuttgart und Weimar: J. B. Metzler, 1994.

Wisskrichen, Hans, *Zeitgeschichte im Roman: Zu Thomas Manns Zauberberg und Doktor Faustus*, Bern: Francke, 1986.

Wolff, Rudolf (Hrsg.), *Thomas Manns Buddenbrooks und die Wirkung 1/2*, Bonn: Bouvier, 1986/1989.

Wolff, Rudolf (Hrsg.), *Thomas Mann: Erzählungen und Novellen*, Bonn: Bouvier, 2011.

Wysling, Hans (Hrsg.), *Dichter über ihre Dichtungen: Thomas Mann*, München: Heimeran und S. Fischer, Auflage: 3 Bände, 1974.

三、英文文献

Bloom, Harold (ed.), *Thomas Mann's The Magic Mountain*, New York: Chelsea House Publishers, 1986.

Crawford, Karin Lorine, "Love, Music and Politics in Thomas Mann's *Tristan, Der Zauberberg,* and *Doktor Faustus*, Ph. D. diss., Stanford University, 2000.

Guerad, Albert L., "What We Hope from Thomas Mann," in *American Scholar*, Vol. 15 (January, 1946), P. 35-42.

Hatfield, Henry, "The Walpurgis Night: Theme and Variations," in *Journal of European Studies*, Vol. 13, No. 49-50 (March, 1983), P. 56-74.

Hollingdale, R. J., *Thomas Mann: A Critical Study*, Lewisburg: Bucknell University Press, 1971.

Hunt, Joel A., "The Walpurgisnacht Chapter: Thomas Mann's First Conclusion," in *Modern Language Notes*, Vol. 76, No.8 (Dec.,1961), P. 826-829.

Karst, Roman, "Franz Kafka: Word-Space-Time," in *Mosaic: An*

Interdisciplinary Critical Journal, Vol. 3, No. 4, New Views of *Franz Kafka* (Summer, 1970), P. 1-13.

Macauley, Jessica, *Forces of Ambiguity: Life, Death, Disease and Eros in Thomas Mann's Der Zauberberg*, Oxford: Peter Lang Ltd, International Academic Publishers, 2017.

Martin, John S., "Circean Seduction in Three Works by Thomas Mann," in *MLN*, Vol. 78, No. 4, German Issue (Oct., 1963), P. 346-352.

Marcus, Judith, *Georg Lukács and Thomas Mann: A Study in the Sociology of Literature*, Amherst: University of Massachusetts Press, 1987.

Mitchell, W. J. T. (ed.), *Landscape and Power*, Chicago: University of Chicago Press, 1994.

Montgomery, Zachary, "The time of Space and the Space of Time in *Benito Cereno* and *The Magic Mountain*: Towards a Comparative Utopian Reading," UC Santa Cruz Electronic Theses and Dissertations, 2016.

Moretti, Franco, *The Way of the World: The Bildungsroman in European Culture*, London: Verso, 1987.

Reichert, Herbert W., "Geothe's Faust in Two Novels of Thomas Mann," in *The German Quarterly*, Vol. 22, No. 4, Goethe Bicentennial Number (Nov., 1949), P. 209-214.

Tuan, Yi-Fu, *Who am I ?: An Autobiography of Emotion, Mind, and Spirt*, Madison: University of Wisconsin Press, 1999.

Vaget, Hans Rudolf (ed.), *Thomas Mann's The Magic Mountain: A Casebook*, New York: Oxford University Press, 2008.

Walter, Hugo G., *Magnificent Houses in Twentieth Century Euro-pean Literature*, New York: Peter Lang Publishing Inc., 2012.

Walter, Hugo G., *Space and Time on the Magic Mountain: Studies in Nineteenth- and Early-Twentieth-Century European Literature*, New York: Peter Lang Publishing Inc., 1999.

Weigand, Hermann J., *The Magic Mountain: A Study of Thomas Mann's Novel Der Zauberberg*, Chapel Hill: North Carolina University Press, 1965.

四、中文文献

艾丽卡·曼著，伊·冯·德吕厄、乌·瑙曼编：《我的父亲托马斯·曼》，潘海峰、朱妙珍译，北京：东方出版社，2001。

巴什拉：《空间的诗学》，张逸婧译，上海：上海译文出版社，2009。

巴赫金：《小说理论》，白春仁、晓河译，石家庄：河北教育出版社，1998。

包亚明主编：《后现代性与地理学的政治》，上海：上海教育出版社，2001。

保尔·利科：《虚构叙事中时间的塑形：时间与叙事》，王文融译，北京：生活·读书·新知三联书店，2003。

保罗·利科：《记忆，历史，遗忘》，李彦岑、陈颖译，上海：华东师范大学出版社，2018。

彼得·盖伊:《魏玛文化——一则短暂而璀璨的文化传奇》,刘森尧译,合肥:安徽教育出版社,2005。

柄谷行人:《日本现代文学的起源》,赵京华译,北京:中央编译出版社,2017。

柏格森:《时间与自由意志》,吴士栋译,北京:商务印书馆,2002。

曹卫东主编:《危机时刻:德国保守主义革命》,上海:上海人民出版社,2014。

段义孚:《空间与地方:经验的视角》,王志标译,北京:中国人民大学出版社,2017。

段义孚:《恋地情节》,志丞、刘苏译,北京:商务印书馆,2018。

方维规:《20世纪德国文学思想论稿》,北京:北京大学出版社,2014。

弗兰克:《浪漫派的将来之神——新神话学讲稿》,李双志译,上海:华东师范大学出版社,2011。

谷裕:《德语修养小说研究》,北京:北京大学出版社,2013。

海德格尔:《路标》,孙周兴译,北京:商务印书馆,2000。

荷马:《奥德赛》,王焕生译,北京:人民文学出版社,2015。

赫尔弗里德·明克勒:《德国人和他们的神话》,李维、范鸿译,北京:商务印书馆,2017。

黄燎宇:《二十世纪文学泰斗托马斯·曼》,成都:四川人民出版社,1999。

黄燎宇:《思想者的语言》,北京:生活·读书·新知三联书店,2013。

卡尔维诺:《未来千年文学备忘录》，杨德友译，沈阳：辽宁教育出版社，1997。

克劳斯·施略特:《托马斯·曼》，印芝虹、李文潮译，北京：生活·读书·新知三联书店，1992。

李昌珂:《"我这个时代"的德国——托马斯·曼长篇小说论析》，北京：北京大学出版社，2014。

李文俊编:《福克纳的神话》，上海：上海译文出版社，2008。

里昂耐尔·理查尔:《魏玛共和国时期的德国（1919～1933）》，李末译，济南：山东画报出版社，2005。

吕迪格尔·萨弗兰斯基:《来自德国的大师——海德格尔和他的时代》，靳希平译，北京：商务印书馆，2008。

罗布·里曼:《精神之贵——一个被忘却的理想》，霍星辰、张学敏译，北京：中央编译出版社，2013。

迈克·克朗:《文化地理学》，杨淑华、宋慧敏译，南京：南京大学出版社，2003。

迈克尔·弗里德曼:《分道而行：卡尔纳普、卡西尔和海德格尔》，张卜天译，南星校，北京：北京大学出版社，2010。

尼采:《悲剧的诞生》，孙周兴译，北京：商务印书馆，2012。

宁瑛:《托马斯·曼》，北京：华夏出版社，2002。

乔治·普莱:《普鲁斯特的空间》，张新木译，上海：华东师范大学出版社，2015。

R. J. 约翰斯顿:《人文地理学词典》，柴彦威等译，北京：商务印书馆，2004。

让-弗览索瓦·利奥塔:《非人——时间漫谈》，罗国祥译，北京：

商务印书馆，2000。

苏珊·桑塔格：《疾病的隐喻》，程巍译，上海：上海译文出版社，2014。

W. J. T. 米切尔编：《风景与权力》，杨丽、万信琼译，南京：译林出版社，2014。

沃尔夫·勒佩尼斯：《德国历史中的文化诱惑》，刘春芳、高新华译，南京：译林出版社，2010。

约瑟夫·弗兰克等：《现代小说中的空间形式》，秦林芳编译，北京：北京大学出版社，1991。

尤里·洛特曼：《艺术文本的结构》，王坤译，广州：中山大学出版社，2003。

詹姆逊：《论现代主义文学》，苏仲乐、陈广兴、王逢振译，北京：中国人民大学出版社，2010。

卡西尔：《康德与形而上学问题——评海德格尔对康德的解释》，张继选译，《世界哲学》2007年第3期。

科洛·曼：《忆吾父》，陈彝寿译，《现代学苑》第6卷第10期。

黄燎宇：《一部载入史册的疗养院小说——从〈魔山〉看历史书记官托马斯·曼》，《同济大学学报（社会科学版）》2018年第4期。

米歇尔·柯罗：《文学地理学、地理批评与地理诗学》，姜丹丹译，《文化与诗学》2014年第2期。

佩德罗·卡尔德斯：《汉斯·卡斯托尔普的美学教育：论成长小说〈魔山〉》，赵培玲译，《学术研究》2016年第10期。

O. F. 博尔诺记录整理，赵卫国译：《卡西尔和海德格尔在瑞士达沃斯的辩论》,《世界哲学》2007年第3期。

孙冠臣:《卡西尔与海德格尔的达沃斯之辩》,《中国社会科学院研究生院学报》2008年第3期。